KB116998

죽지 않는 혼

민명기 장편소설

죽지 않는 혼

중앙books

차 례

육군부장의 정복을 입은 충정공
대한제국 시기에 찍은 것으로 보인다.

伊頼不過一撃衆也們名将星仍功課恭名器
家拆運敗用清朝理百工

충정공 영정影幀

1896년 니콜라이 2세 대관식에 축하사절로 참석했을 때 러시아 수도에서 찍었다. 우측의 28자 칠언절구는 민영환의 친필이다. 본문 207쪽 참조.

故閔忠正公泳煥節竹
光武十年七月十五日
大韓俱樂部應需
菊田寫眞館謹寫

충정공 영정影幀
광무 10년(1906) 7월 15일에 찍은 사진. 사진 중앙에 바닥에서 솟아난 혈죽이 생생하게 보인다. 민영환이
순절에 쓴 양도와 피 묻은 의복을 보관하던 서실 뒷방 바닥에서 4줄기의 대나무가 자라난 것이다.

암각서岩刻書

민영환 선생이 기울어 가는 나라의 운명을 걱정하며 탄식하던 곳에 새긴 암각서. 1906년 나세환 외 12인의 의지로 이 바위에 '민영환閔泳煥'이라 새겼고 이후 '민영환 바위'로 부르게 되었다. 경기도 가평군 운악산 중턱에 있다.

충정공의 유족 사진 1
왼쪽의 두 남자아이는 충정공의 아우 민영찬의 두 아들. 그 옆이 맏이 범식, 충정공은 큰딸 용식이를 안고 있다.
충정공이 자결하기 3~4년 전쯤으로 추정된다.

충정공의 유족 사진 2
앞줄 왼쪽부터 장남 범식, 2남 장식, 막내 광식, 가운데가 부인 박수영 여사, 범식의 아내 이씨, 큰딸 용식, 작은
딸 주룡, 뒷줄에 있는 이는 유모다. 사진을 찍은 시기는 충정공이 자결하고 6~7년 후로 추정된다.

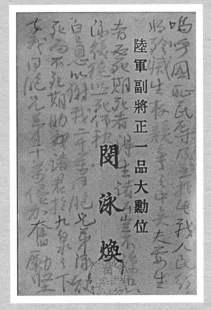
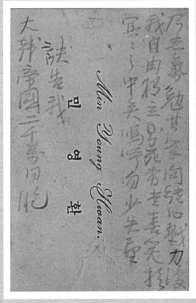

충정공 유서遺書
명함의 앞뒷면에 연필로 적은 유서. 유서를 쓴 명함은 총 6장으로 하나는 이천만 동포에게, 나머지 다섯 장은
청국, 영국, 미국, 프랑스, 독일 공관에 보내는 유서였다. 고려대학교 박물관 소장.

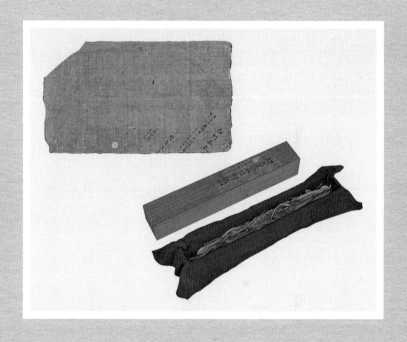

충정공 혈죽血竹

민영환의 부인 박수영 여사가 광목천에 싸서 다락 속에 몰래 보관해 왔던 혈죽. 현재 고려대학교 박물관에 보관되어 있다.

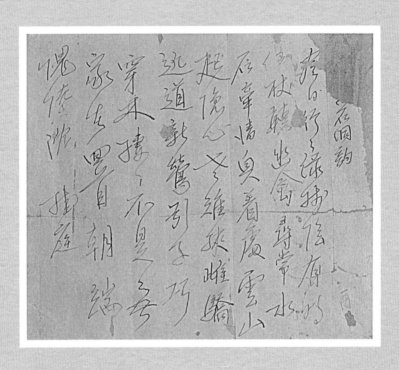

충정공 칠언율시七言律詩

본문 317쪽 참조.

어떤 죽음은 태산보다 무거워 천년을 가며
어떤 죽음은 새털보다 가벼워
당대의 시간도 감당하지 못한다.

제 1 부

위대한 선택

파헤쳐진 묘

을사년1905 11월 17일.

젊어서 세상을 떠난 영환의 아내 안동 김씨의 묘를 이장하는 날이다.

날씨는 차고 음산했다. 어제 내린 눈으로 길도 미끄러웠다.

한겨울에 급하게 묘를 이장하게 된 것은, 그 묘가 무참하게 도굴을 당했기 때문이다. 그렇지 않아도 호사스러운 장례였던지라 혹시라도 도굴을 당할까 염려되어, 백회로 관을 온통 두껍게 덮었는데, 도리어 그것이 화근이었다. 곡괭이로는 안 되니 흉하게 도끼질까지 해놓은 모양이다. 참으로 처참한 모양새였다.

"에이, 천벌을 받을 종자들 같으니."

"도둑 중에서 제일 더러운 도둑이 남의 산소 파헤치는 놈들이여."

"허참, 무섭지도 않나? 아무리 돈이 좋아도 시체를 뒤적이다니."

"그 짓 허는 놈들은 따로 있다네. 누구누구네 묘는 열기만 하면 돈이 되는 것을 벌써 아는 놈들이 여기저기 명당이라는 명당자리는 죄 쑤시고 다니면서 도굴을 하니, 그게 잡기도 수월치 않고."

둔덕에 앉은 영환의 귓가에 일꾼들이 주거니 받거니 지껄이는 소리가 들려왔다. 어서 이장이 끝나기만을 기다렸다.

백골이 되어서도 편치 못한 아내의 훼손된 시신.

안 본 것만 못했다.

동갑내기로 열일곱 살에 혼인한 아내는 곱고 어여뻤다. 마음씨 또한 명주 결처럼 고운 사람이었다. 그러나 워낙 가냘프고 연약한 몸 탓이었는지 혼인을 하고 수년이 지나도록 아이가 생기지 않았다.

호랑마님으로 통하는 영환의 어머니 서씨는 마음이 급해져서 며느리를 닦달하기 시작했다.

"나는 네 나이 때 아들을 둘이나 낳았다. 손이 귀한 집안에 들어와 생산을 못하면 그게 바로 죄인인 게야. 칠거지악이 무엇인지 알면 스스로 네 몸을 공궤供饋[1] 할 생각을 해야지……쯧쯧."

그렇게 다그치고 볶아도 손자 소식이 없자, 어머니는 당신 손으로 직접 아들의 첩을 골라서 들여앉혔다. 영환이 개성 부윤으로 가 있던 그 무렵, 이방이던 강가의 딸이었다.

---

1 좋은 음식으로 몸을 보함

그자가 서울로 공무를 보러 갈 때, 제 딸을 데리고 가서는 영환의 모친 서씨에게 문안을 드리게 한 적이 있다. 어쩌다가 그 아이가 눈에 들었는지 서씨는 아들에게 편지를 써서 강가 편에 들려 보냈다. 객지에서 혼자 지낸 지 벌써 수삭[2]이니, 여차여차 강 이방의 딸을 소실로 맞이하라는 분부이셨다. 강 이방과는 다 그렇게 약조가 되었다는 것이었다.

"혼인한 지 7년이 되도록 수태를 못하다니, 네 댁이 몸이 부실하여 그런 것이다. 더 기다릴 수가 없다. 양반의 집안에서 소실을 두는 것은 흉이 아니다. 더욱이 본처가 수태를 못해 소실을 두는 것은 당연한 일이니라."

이전부터 누누이 강조하신 말씀이었다.

"첩실에게서 아들을 낳아도 자식은 적실[3]의 자식이니, 네 안사람도 생각이 있다면 싫다고 하지는 않을라."

게다가 서울 다녀온 이방 강가가 '우리 딸이 그 댁에 소실로 들어가게 되었노라'며 온 개성 관가에 떠벌리고 다녔으니, 일은 이미 끝난 것이나 마찬가지였다. 그렇게 영환은 울며 겨자 먹기로 첩실을 얻게 되었다.

강가의 딸을 소실로 맞이하기 전, 영환은 서울의 아내에게 긴 편지를 써 보냈다.

2 여러 달
3 본처

부인,

내가 여기 이방 강가의 딸을 첩실 삼기로 했다는 말씀을,

어머님을 통해 벌써 들었을 것이오.

미안하고 미안하오.

그러나 내 뜻이 아님을 부인이 알았으면 하오. 어떤 여인이

내 곁에 있어도 당신만이 진정한 나의 사람임을 당신이 꼭

알아주면 좋겠소.

바람만 불어도 당신 걱정, 마당에 핀 꽃만 보아도 당신을

그린다오.

어머님의 뜻을 거역할 수 없어 일이 이렇게 되었소. 선친[4]께서

그렇게 처참하게 돌아가신 지 몇 해나 됐다고 내가 첩실을

들이겠소?

어머님께, 강 아무개를 먼저 서울로 데려가 정식으로 당신께

인사 시키고 어머님이 가내 법도를 가르치신 후에야 내가 그

사람을 받겠다고 했소.

이 일로 너무 마음 쓰지 않았으면 좋겠소.

어젯밤에도 당신 꿈을 꾸다가 깨었소.

차가운 날씨에 감기 걸리지 않도록 몸을 따습게 하오.

오늘은 여기서 이만 줄이겠소.

4 돌아가신 아버지

강 이방의 딸 '개성집'은 대갓집 처녀가 시집가듯 호화롭게 꾸미고 교동 집으로 들어갔다. 서씨가 당신의 집 근처인 교동에 마련해준 집이었다.

말 그대로 소실이 생겼지만 영환은 좀처럼 그쪽에 마음을 붙일 수 없었다. 모처럼 일찍 퇴청[5]이라도 하는 날이면, 아내가 보고 싶어 전동 본가로 가곤 했다. 그럴 때면 어머니 서씨는 기어이 그를 교동 첩에게로 쫓듯 했다.

"대감의 나이가 서른이 다 되도록 자식이 없는데, 어째 조상님께 죄송스런 맘이 없단 말이오? 어서 교동으로 가시게. 귀한 씨인데, 씨를 뿌려도 될성부른 밭에 뿌려야지."

어쩌다 남편을 만나도, 아내는 반가움 이상으로 시어머니의 눈길이 두려웠다. 그래서 잠시 그의 품에 안겼다가도 어서 교동 첩에게로 가라고 남편의 등을 밀었다. 아내는 혼자 울었다. 그러나 원망하는 말 한마디를 끝내 하지 않았다. 그렇게 살다가 병으로 젊은 나이에 갔다.

아내를 관에 넣던 날, 영환은 자신의 옥관자를 떼 내어 싸늘한 아내의 입에 물렸다. 자신을 만날 때면 아내가 늘 어루만지던 물건이다.

그런 아내의 묘를 어떤 놈들이 파헤친 것이다.

5 관청에서 물러나오는 것

입에 물린 옥관자는 물론이고 가락지, 노리개 할 것 없이 다 가져갔다. 시신이 입었던 대례복은 물론 비단 수의 중 변변한 것은 모조리 골라 벗겨갔다. 뿐인가! 혼례 때 머리에 얹었던 그 화려한 화관과 꽂았던 금비녀까지 뽑아갔으니, 남은 것은 이리저리 흐트러진 머리칼뿐이었다. 뒤섞인 뼈를 찾아 제대로 맞추기조차 힘들었다. 쪽 고르던 흰 치아는 세월 속에 누렇게 변해 뿌리를 드러내고, 곱던 아내의 눈 역시 간 데 없고 그 자리에 두 개의 시커먼 구멍만 남아 있었다.

"참혹하구나……."

세월에 망가지고 도굴꾼들의 손에 다시 망가진 아내의 시신을 보고 있자니, 참으로 산다는 것이 스산할 따름이었다.

"내가 오늘 살아 있다 해도 숨만 끊어지면 저 지경이 되는 것을!"

험하게 파헤쳐진 아내의 묘를 보고 있노라니, 한편으로 가라앉는 나라의 형편을 보는 듯하였다. 순간 정신이 번쩍 났다.

'이것도 혹시 왜놈들 소행이 아닐까? 아내의 묘를 이 꼴로 파헤쳐 나를 여기 용인까지 오게 만들어 놓고, 이장 날짜에 맞춰서 이번 협약6을 끝내려는 계략이 아닐까?'

을사년1905 11월 17일.

6 2차 한일조약, 을사조약

이토 히로부미와 하야시 곤스케가 조선 대신들을 한 사람 한 사람 불러 회유도 하고 협박도 하며 조정을 공포 분위기로 몰아가고 있었다. 일본 군대가 지키는 경운궁의 분위기도 여간 삼엄해지지 않았다. 대신들과 종친들이 궁궐을 출입할 때마저 일일이 출입패를 내보여야 했다.

마음이 조급해진 영환은 서둘러 몸을 일으켰다. 나머지 일을 함께 내려온 집안사람들에게 맡기고 말에 몸을 실었다.

한성으로 돌아가는 길이 멀기만 했다.

끝내 조약은 체결되고

용인에서 전동 사가로 돌아왔을 때는 이미 해가 진 뒤였다.

조개껍질을 엎어 놓은 듯 납작하게 엎드린 초가들은 벌써들 등불을 껐고, 모두 잠이 들었는지 거리는 어둡고 조용했다. 드문드문 솟을대문 밖에 내건 장명등만이 유일한 빛을 발하고 있었다.

집에 도착하면 부지런히 옷을 갈아입고 전하를 뵈러 입궁할 생각이었다. 그렇게 급히 말을 몰았건만, 이미 전하를 뵙기에는 너무 늦은 시각이다.

대문을 열고 들어서자 청지기가 다가와 알린다.

"대감마님, 늦으셨습니다. 벌써부터 사랑에 손님들이 모여 대감마님을 기다리고 있습니다요."

하마석에 내린 영환은, 하인에게 말고삐를 넘기고 큰사랑으로 들어섰다.

사랑 큰방에는 조병세, 한규설, 이상철, 송상인, 홍만식 등 낯익은 얼굴들이 보였다. 그가 들어서자 모두들 자리에서 일어서는데, 초조하고 침통한 낯빛이다.

"대감, 큰일 났습니다. 오늘 회의에서 저 쳐 죽일 놈들이 기어이 협약서에 도장을 찍었답니다. 이제 조선은 일본 허락 없이는 외교도 통상도 못한답니다. 게다가 서울에 통감부라는 것을 둬서 조선을 다스리고 주상의 일거수일투족을 감시하고 통제하겠다는 것입니다."

한규설이 무거운 침묵을 깨고 분통을 터트렸다.

"지난해 1차 협약에 이어 이번 2차 협약[1]까지 통과됐으니 조선국의 국방과 외교는 물론, 이제 내정까지 일본이 틀어쥐게 되었어요. 왕권은 이름뿐이고 이제 나라 이름까지 쓰지 못하게 할 날이 오지 않을는지 모를 일입니다."

홍만식이 긴 탄식을 쏟아내며 하는 말이다.

그렇다. 일본은 조선을 침탈하되 아주 조금씩 말려 죽여서 다시 일어설 수 없게 만들려는 것이다. 무력으로 침략하여 조선 백성들이 거세게 저항하는 일이 없도록, 손발을 하나하나 자르며 피 말리기 작전을 쓰려는 것이다.

지난해인 1904년 2월, 러시아와 전쟁을 앞둔 시점에 그들은

[1] 을사조약

'한일의정서'라는 것을 강압적으로 들이대고 '조선 내에서 전쟁에 필요한 지점을 임의로 수용한다'는 권리를 얻어냈다. 러·일 간의 전쟁을 염려한 조선이 중립을 지키려 하자 그것을 틀어막고 조선을 전쟁의 병참기지로 쓰기 위한 전략이었다.

그때도 이지용을 일본 돈 1만 엔으로 매수하였고 이근택을 위협해서 고종을 설득하는 데 성공했다. 그 협약으로써 조선은 러일전쟁의 일본 병참기지로 전락하며 전쟁에 필요한 조선의 항구를 내줬다.

그것도 모자라 그해 8월, 다시 일본의 강압에 밀려 1차 한일협약을 맺게 되었다. 1차 협약에 따라 일본에서 강제로 차관 300만 엔을 빌려 쓰게 되었으니, 그야말로 조선의 재정은 곧 빈사상태에 이르게 될 것이다.[2]

또한 1차 협약에서, 일본은 일본인 재정고문관과 외무고문관을 조선에 둘 것을 요구하였다. 결국 조선의 재정과 외교 문제는 일본의 손에서 놀아날 수밖에 없게 되었다. 빚은 날로 늘어나고, 일본은 그 차관으로 조선에서 개발 사업을 벌여 거기서 나온 수익은 모두 걷어가고 있었다. 나라의 부가 절로 일본으로 흘러들어가도록 구도가 만들어졌다.

그래도 서울이나 부산 같은 도시는 작게나마 상점이다 기계공

---

2 실제로 차관 300만 엔은 눈덩이처럼 불어 5년 후인 1910년에는 4,500만 엔이 되었다.

작소다 공업소다 해서 돈이 돌아가지만 토지 정비 사업으로 그나마 농사짓던 땅마저 빼앗긴 농민들의 형편은 말이 아니었다. 일본은 쌀과 콩 같은 우리 농산물을 헐값으로 실어 내가는 대신 영국에서 수입한 면포를 조선에 가져다 비싼 값으로 팔았다. 농산물 값은 뛰고 형편이 어려운 사람들의 살림은 나날이 쪼그라들어만 갔다.

이번의 2차 협약으로, 일본은 외교도 통상도 국방도 그들의 허락을 받아야 함은 물론 내치까지 새로 설치된 통감부가 관장하겠다는 야욕을 드러냈다. 다른 나라와의 외교까지 모두 저희 말을 잘 듣는 인사들로 채워 놓고 저희들에게 유리하게만 처리하는 등, 아주 우리 손발을 묶어 놓고 심장에 빨대를 꽂아 피를 빨겠다는 노골적 심산을 드러내었다. 뿐이랴. 앞으로는 통감정치로 다스리는 수준을 넘어, 아예 조선을 일본에 병합시켜 그 명맥을 완전히 끊으려 할 터였다.

추운 날씨에 잘 타지도 못하는 말을 타고 용인까지 다녀오느라, 몸은 물먹은 곡식 자루처럼 무거웠다. 그러나 가슴속에서는 뜨거운 불길이 타올랐다.

올 것이 왔구나.

그러나 왜 하필이면 오늘이란 말인가!

"그래, 도장을 찍은 것이 누구누구랍니까?"

영환이 묻고 조병세가 잠긴 목소리로 답했다.

"여덟 대신 가운데 탁지부 민영기, 법부 이하영, 그리고 한규설 대감까지 세 사람은 죽어도 협상은 불가하다고 끝까지 도장을 찍지 않았습니다. 협상이 가可 하다고 도장을 찍은 자들은 다섯이라고 합니다. 그 다섯은

외부 박제순朴齊純,

내부 이지용李址鎔,

군부 이근택李根澤,

학부 이완용李完用,

농상공 권중현權重顯

입니다."

어전회의를 소집해 놓고 초조하게 협상 통과를 기다리던 이토 히로부미는 다섯 시간이 넘도록 회의가 끝나지 않자 궁으로 쳐들어갔다. 하세가와 주둔군 사령관과 헌병대장, 수십 명의 헌병까지 이끌고 경운궁으로 달려 들어간 것이다. 그러고는 직접 종잇조각을 들고 다니며 대신들 한 사람 한 사람에게 '내가 보는 앞에서 이름을 쓰고 가부를 표시하라'고 윽박질렀다.

그리하여 박제순, 이지용, 이근택, 이완용, 권중현 다섯이 무릎

을 꿇고 말았다.

"여덟 명의 대신 중 다섯이 협상이 가하다고 하였고 외부대신이 협약서에 도장을 찍었으니, 이 협상은 체결이 된 것이오!"

그렇게 외친 이토가 유유히 협상장을 떠났다고 한다.

영환은 그 역적들의 이름을 하나하나 다시 마음에 새겼다.

이완용! 이지용! 이근택! 박제순! 권중현!

나라를 넘겨주는 일을 '가'하다 했다니.

나라의 녹을 먹고 온갖 호사를 누린 자들이 어찌 이렇게 쉽게 무너질 수 있는가.

저들이 바로 역적이다. 나라의 녹을 먹던 자들이 말싸움 한 번 해보지 못하고 그리 쉽게 나라를 도적의 손에 넘기다니. 역사에 대해, 임금에 대해, 백성에 대해 중대한 죄를 지은 것이다.

하기야 칼날 앞에서 무릎 꿇지 않을 사람이 몇이나 될까.

나라가 넘어간 것이 오로지 저자들 때문일까.

협박에 못 이겨 도장을 찍은 다섯 사람보다 더 나쁜 자들은 뒤에서 이토와 하야시를 도운 역적들이다. 그들이야말로 이 다섯과 함께 이름을 밝히고 목을 쳐서 만대에 알려야 할 것이었다.

하지만 그것이 다가 아니다.

상황이 이렇게 된 데는, 어디까지나 왕실의 잘못이 컸다.

청국과 일본이 조선을 두고 이 땅에서 치열한 세력 다툼을 벌이는 동안에도 대원위는 잃어버린 권력을 되찾기 위해 끊임없이 음모를 꾸몄다. 임오군란과 을미사변 뒤에도 대원군의 손길이 닿았다는 소문이 입에서 입으로 전해지고, 내막을 알 만한 사람들은 의미심장하게 고개를 끄덕였다. 고종을 폐위시키고 손자 이준용을 왕위에 앉히기 위해, 소위 '근왕파로 알려진 인물들을 소탕하겠다'며 서울과 제물포 사이에 일백여 명의 자객을 심어 놓았다는 풍문 역시 온 나라를 공포와 의구심으로 들끓게 하였다.

　조정은 안팎으로 소용돌이를 치건만 그 중심에 있는 전하는 중심을 잡지 못한 채 오늘 내린 명을 내일 거두고 오늘 자리에 앉힌 신하를 내일 파직시켰다. 어디고 기대고 믿을 곳이 없는 신하들은 눈치만 늘면서 서로를 모함하고, 어디든 힘이 있는 자에게 빌붙어서 목숨 부지하는 것을 부끄럽게 생각지 않게 된 것이다.

　'오백 년 왕조가 무너지는 것이 문제가 아니다. 이제 조선 민족이 아예 사라질 수도 있다. 말과 글과 역사를 잃은 민족은 그 본성을 잃고 남의 노예가 될 수밖에 없는 것이다.'

　영환은 가슴이 무너져 내리는 고통을 느꼈다.

　오천 년 강토가 이렇게 무너지는가.

같은 시각, 일본 공사관.

송병준과 이완용이 공사 하야시 곤스케, 그리고 이토 히로부미와 마주 앉았다. 원하던 보호조약이 이루어졌다고는 하나 분위기는 무거웠다,

이토가 입을 열었다.

"대신 여덟 중 다섯이 찬성하였으니 협약이 성립되었다고 못을 박아두긴 했으나, 이대로 조용히 끝날 것 같지는 않소. 오늘 협약장에 나오지 않은 대신들부터 유생들과 승려들 할 것 없이 그냥 앉아서 보고만 있지는 않을 터이니 앞으로가 시끄러울 것이오."

송병준이 잽싸게 이토의 말을 받았다.

"좀 시끄럽겠지요. 하나 그러다 말 것입니다. 들고 일어나 봐야 친미파 몇 명과 유생들이 좀 떠들겠지만, 그들도 대일본의 진면목이 어떻다는 것을 알게 되면 곧 수그러들 것입니다. 버티는 데도 한계가 있는 것이니까요."

"그대들도 잘 알겠지만, 조선은 우리가 대륙으로 진출하는 데 꼭 필요한 요충지요. 아시아 대륙의 공영을 위해, 광활한 만주 대륙과 대일본을 연결해줄 다리의 역할을 조선이 하게 될 것이니…… 두 분 같은 조선 상류층 인사들의 적극적인 역할이 필요하다는 이야기요."

자기의 꿈을 완성할 시간이 가까워오면 올수록 이토는 더욱 조바심이 났다. 삼국 간섭 때처럼 변덕스러운 미국이 다른 서방국과 손을 잡고 이 계획에 찬물을 끼얹을지 모른다는 우려를 안할 수 없다. 게다가 육십 중반인 자기 나이를 생각할 때, 하루가 급할 수밖에 없었다.

조선과 대륙을 철도로 연결하기만 한다면.

이를 통해 사람과 물자를 얼마든지 대륙과 주고받을 수 있다.

만주뿐인가? 조선의 옛 영토였던 간도까지도 차지할 수 있다.

임진란 이후로 일본은 조선을 늘 눈여겨보아 왔다. 풍부한 석탄과 광물, 그리고 비옥한 땅이 있는 나라. 청국과 전쟁을 할 때도 조선의 항만과 물자와 사람을 동원하지 않았다면 이기기 힘들었을 것이다. 북쪽의 대륙만이 아니다. 동남아로 진출하는 데도 꼭 필요한 전진기지가 바로 이 땅이다.

더구나 조선은 지금 가라앉는 배와 같은 형편이다. 조금만 손을 대도 가라앉게 되어 있다. 청국과의 전쟁을, 아라사[3]와의 전쟁을 공연히 벌인 것이 아니다. 모두 그런 큰 그림을 염두에 두고 감행한 모험이었다.

명성황후를 필요 이상으로 잔인하게 없애버린 것 또한, 조선 조정을 공포 분위기로 몰아넣어 감히 저항 못하도록 하려는 절

3 러시아

묘한 계산 하에서 범해진 일이었다. 얻어맞은 개는 주인이 몽둥이만 들어도 꼬리를 감추기 마련이다.

노련한 이토는 이번 2차 협상에 적극적으로 협조한 송병준과 이완용의 공을 치하하는 것을 잊지 않았다. 귀한 시가를 꺼내 두 사람에게 권하며 그가 말했다.

"오늘 협상에서 두 분이 나를 도운 것을 잊지 않겠소. 고맙소. 두 분은 앞으로 그에 합당한 대접을 받게 될 것이오. 천황 폐하께서도 기뻐하실 것이오. 일본의 날개 아래로 들어오는 조선도 일본 못지않게 발전하게 될 것이니, 대감들은 언젠가 조선에서도 애국자 대접을 받게 될 것이오."

이토의 속을 제 손바닥 보듯 들여다보고 앉아 있던 송병준이 짐짓 황감하다는 듯 일어서 깊이 머리를 숙였다. 절도 있게 읍을 한 그가 유창한 일본어로 지껄였다.

"이토 통감님, 본인도 대아시아공영에 미력이나마 힘이 될 것을 맹세합니다."

"하하하, 고맙소. 송 대감은 대세 파악에 뛰어나고 추진력도 남다른 분이오. 나는 그대를 믿소."

송병준의 가슴은 부풀어 올랐다.

출세와 돈!

이런저런 사정 끝에 일본으로 도망가 십여 년을 숨어 지내던 지난해, 기다렸다는 듯 러일전쟁이 터졌다. 때를 놓치지 않고 일본 병참감 오타니 소장의 통역을 맡으며 조선으로 나왔다.

지금은 용산 사령부에서 일본군을 상대로 주보酒保[4]를 하며 돈을 만들고 있는 그였다. 지난해 만들어진 일진회가 본격적으로 활동을 시작하게 되면, 장차 한자리 하는 것도 문제가 아니다.

송병준은 조선 사람으로는 최초로 일본식 이름으로 개명한 인사다.

노다 헤이치로野田平治郞.

그의 밑에서 아첨하던 사람들은 그를 '노다 대감'으로 불렀다.

그런 송가를 바라보며 이완용이 씁쓸한 미소를 지었다.

'내가 저런 인사와 세력을 겨루게 되다니……'

가만히 있을 수 없으니 한마디 해야 했지만 일본말을 배우지 못한 것이 한이다. 그렇다고 꿀 먹은 벙어리처럼 앉아 있을 수도 없어, 영어로 짧게 이야기했다. 그나마 수년 전 주미 공사관에 참찬관으로 있었던 덕분에 영어를 익힌 것이 다행이다.

"Your Excellency, all this progress owes to your excellent leadership. We Korean people yearn the enlightenment your protection will bring.

4 PX

― 각하, 오늘에 이르는 모든 공적은 모두 각하의 뛰어난 지도력 덕분입니다. 우리 조선 사람들은 하루 빨리 대일본의 보호 아래 있게 되기를 고대합니다.”

이토 역시 영어로 응답했다. 유신이 한창 진행되던 시절, 해외 사절단으로 유럽에 가 몇 년을 있으며 배운 영어 실력이다.

“Thank you for your encouragement. To hasten this fruition, Japan needs many gentlemen like both of you.

― 고맙소, 힘을 북돋아주셔서. 그런 날이 빨리 오기 위해서는 두 분 같은 사람들이 많이 나와야 합니다.”

인사를 마치고 잠시 생각에 잠겨 있던 이토가 말했다.

“두 분은 오늘 여기서 묵는 것이 좋겠소. 협상 소식을 듣고 불량배를 동원하는 세력들이 있을지도 모르니 말이오. 그리고 당분간은 밖에 나다니시는 걸 조심해야 할 것 같소. 그래서 오늘 협상에 찬성한 조선 대신들에게 우리 헌병을 붙여 신변을 보호해드릴 생각이오.”

두 사람은 이토의 치밀하고 사려 깊은 조치에 다시 놀라지 않을 수 없었다.

‘역시 이토로구나. 저 정도는 되어야 일국의 지도자지……. 역사가 나를 어떻게 평가하든 상관없다. 나는 내 소신대로 할 뿐이다. 역적이라고 해도 좋고 배신자라고 해도 좋다. 어차피 피할 수 없는 길이면 따라가는 수밖에 더 있는가?'

이완용은 생각했다.

'나를 매국노라 부르고 싶으면 그렇게 불러라. 윤치호가 나를 두고 기회주의자요 변절자라고 하지만 폭풍노도와 같은 대세를 거스르는 것은 어차피 불가능한 일. 국난을 당하여 분사焚死[5] 하는 자가 있을지라도 그것이 사상계思想界의 자극은 될지언정 부국제민富國齊民[6]의 방도는 아니다. 정치는 감정이 아니라 실리의 문제다. 때에 따라 적당한 길을 따를 뿐, 다른 길은 없으리. 차례로 청나라, 러시아, 미국을 거쳐 이제 일본과 손을 잡은 나를 변절자라고 하지만 시대를 그렇게 타고났을 따름이다. 내 잘못은 아니다.'

이완용은 그렇게 스스로를 변명하며 위로했다.

밤은 깊어 가는데 전동 민영환의 집 사랑에 모인 사람들은 누구도 자리를 뜰 생각을 하지 못했다. 걱정을 하더라도 동지들과 함께 하는 것이 덜 불안했다.

말은 하지 않고 있지만, 모두의 마음 깊은 곳에는 떨치기 힘든 불안감이 도사리고 있었다.

5 불에 타 죽음
6 부유한 나라를 만들고 백성을 다스림

이번 일을 다시 뒤집기란 불가능하지 않을까 하는 두려움.

"오늘 폐하께서 조약에 압인[7]과 서명을 하지 않으셨다니 그나마 다행입니다."

무거운 분위기를 깨며 영환이 좌중을 둘러보았다.

"황제의 서명과 날인이 없는 조약은 사실상 국서가 아니고, 따라서 조약의 효력도 없는 것 아니오?"

"예, 폐하께서 끝까지 버티신 것이 그나마 다행입니다. 하지만 그렇다고 저들이 신사적으로 그걸 인정하겠습니까? 더구나 이토가?"

한규설의 우려에 조병세가 못을 박았다.

"그래도 명분은 우리한테 있어요. 그 조약은 무효요. 어떠한 일이 있어도 그 조약을 받아들이면 안 된다고, 내일부터라도 폐하께 상소를 올립시다. 또한 격문을 써서 지방의 유생들에게 돌립시다. 유생이든 승려든 의병이든, 할 수 있는 것은 다 해봅시다."

그러자 민영기가 갈라진 음성으로 말했다.

"그건 너무 큰 희생이 뒤따를 것이고, 크게 승산이 없는 싸움입니다. 백성을 일본의 총받이로 내모는 격이지 않습니까? 그보다는 미국과 유럽 각국에 일본의 부당한 침략을 알려서 일본을 외교적으로 궁지로 모는 것이 더 시급할 듯합니다."

7 도장을 찍는 것

일리 있는 말이다. 그러나 서방의 외교 무대라는 곳도 도덕률보다는 힘이 지배하는 세계인 것을 영환은 이미 두 번의 사행을 통해 뼈저리게 느꼈다.

영환은 객들을 돌려보내고 조용히 혼자 생각을 정리하고 싶었다.

"모두 다 타당한 말씀들이오. 여기 모인 모두는 그간 이 나라 조정에서 녹을 먹고 주상을 가까이서 모셨으니 오늘의 일에 다 책임이 있다 하겠소. 우리가 할 수 있는 모든 것을 해봅시다. 일단 당장 내일부터 할 일을 의논하고 그다음 일들은 추후에 또 의논합시다."

그렇게 해서 의정부 참정으로 있는 조병세가 소수[8]가 되어 상소부터 올리기로 의견을 모았다. 날이 밝는 대로 다시 모여 상소문을 쓰기로 약속을 하고 손님들은 떠났다.

객들이 돌아가고 혼자 남은 영환은 생각을 가다듬었다.

'이 시점에서 내가 할 수 있는 일이 무엇인가?'

아무리 궁리해도 할 수 있는 일이 없다. 무력으로 일본을 몰아낼 힘도, 외교로 일본을 조선에서 물러나게 할 방법도 없다.

오천 년 역사가 바람 앞의 등불인데 할 수 있는 일이 아무것도 없다는 부끄러움이 무겁게 영환의 가슴을 짓누른다. 나는 과연 어떤 신하였으며 임금의 곁에서 무엇을 했나?

8 상소를 올리는 우두머리

숨 가쁘게 돌아갔던 지난 십 년을 돌아본다. 십 년뿐인가. 더 거슬러 올라가면 생부가 척살되던 임오군란1882을 시작으로 이태 뒤에 개화파들이 '친청 인물들을 청소하겠다'고 일으킨 갑신정변1884까지.

무모한 급진 개화파들의 삼일 천하는 실패로 끝나고, 개화파와 반대파 모두 여럿이 죽고 혼란만 가중되었다. 그때 구사일생으로 목숨을 부지한 그의 종형 민영익은 아직도 상해에서 돌아오지 못하고 있다.

그로부터 십 년 후의 동학란, 그 농민의 난을 평정하겠다고 불러들인 청일전쟁1894, 이듬해 민 왕후가 일본의 무뢰배에게 끌려나와 무참한 죽임을 당한 을미사변1895. 사변 후, 생명의 위협을 느낀 임금 고종을 미국 공사관으로 피신시키려다 실패한 춘생문 사건, 임금과 세자가 상궁으로 변장하고 궁을 빠져나와 정동의 러시아 공사관으로 피신한 아관파천까지.

끝 모를 혼동과 불안의 시절이었다.

유럽 사행길

두 차례 유럽 사행을 통해 일본의 부당한 침탈을 호소하며 미국으로 유럽으로 도움을 구하러 다녔다. 조선을 돕겠다는 나라는 어디에도 없었다. 하는 말은 친절하고 점잖았으며 이쪽의 편을 들어주는 듯했다. 그러나 내심으로는 어디건 '자국이 조선에서 얻어낼 수 있는 것이 무엇인지'부터 따졌다. 항만의 사용권이나 금 채굴권을 얻어 내는 것은 물론 철도 건설과 전선 설치, 지폐 제조, 왕실의 재정·회계·군사·외교 고문관 자리까지 모두 외국인들이 차지하고 있다.

어디를 돌아봐도 믿을 곳이 없었다.

미국은 미국대로 비율빈[1]을 차지하려고 일본의 조선 침략을 눈감아주었고, 영국은 영국대로 러시아의 세력 확장을 막기 위해 역시 영일 조약을 맺으며 일본의 조선 침탈을 눈감아주었다.

1 필리핀

러시아는 올해 초 일본과의 전쟁에서 패배하며 그 결과로 일본의 조선 지배권을 인정해줄 수밖에 없었다. 청국은 아편전쟁으로 곪아터진 데다 청일전쟁에서 패배하여 체면이 말이 아닌 중에도 조선에 대한 종주국 노릇을 톡톡히 하려 들었다.

조선에 있어 가장 시급한 문제는 고종의 신변 보호였다.

일본의 위협이 두려워 러시아 공사관으로 몸을 피했지만, 임금이 남의 나라 공관에 언제까지나 머무를 수는 없는 노릇. 하나 당장은 일본 헌병과 군대의 감시가 삼엄한 경운궁²으로 돌아갈 수 없었다. 밤에는 자객이 두렵고 낮에는 독살이 두려운 형편이었다.

그렇게 일 년이란 시간을 남의 공관에서 지내야 했다.

그런 상황에서 떠난 러시아 사행.

러시아 황제 니콜라이 2세의 대관식을 축하하기 위한 사행이라는 것이 그 명분이었지만 사실 목적은 따로 있었다. 국운이 걸린 조선의 국방과 재정 문제를 러시아를 통해 해결하고자 했던 것이다. 또한 조선국의 이름으로 전권공사를 각국에 보냄으로써 '조선이 독립국'임을 유럽에 공식적으로 알린다는 의미도 중대했다.

러시아와 협상을 하며, 조선은 다섯 가지 사항을 요구했다.

2 지금의 덕수궁

1. 조선의 군대가 조련될 때까지 러시아가 고종의 신변을 보호할 군사와 경비를 지원할 것.
2. 조선에 군사교관을 파견하여 조선 군대 훈련을 도울 것.
3. 조선의 광산과 철도를 담당할 고문관을 파견할 것.
4. 조선과 러시아 간의 전선을 가설할 것.
5. 일본의 국채를 갚기 위한 300만 엔 상당의 차관을 해줄 것.

그 대가로 조선은 러시아가 원하는 대로 '부동항을 조선 땅에 건설하는 것을 허가한다'는 조건을 제시했다.

당시 러시아는 러시아대로 일본의 조선 지배를 경계하고 있었다. 팽창하는 일본을 가볍게 볼 수 없는 상황이었다. 조선과 만주를 놓고 두 나라의 팽팽한 긴장상태가 이어졌다. 이 와중에 일본이 청일전쟁에서 이긴 대가로 차지하게 된 요동반도를, 러시아가 나서서 삼국협상[3]을 끌어낸 탓에 다시 중국에 돌려주어야 했다. 양국의 관계는 적대적일 수밖에 없었고, 조선은 조선대로 일본과 적대적인 대국 러시아를 끌어들여 일본을 견제하려는 의도를 가지고 있었다.

러시아와의 협상도 협상이려니와, 어찌 한두 달 안에 영국, 불란서, 독일, 오스트리아, 이태리 다섯 나라를 우리 편으로 만들 수

---

3 러시아, 프랑스, 독일 간의 협상

있단 말인가.

유럽에 최소한 일 년은 있어야 한다고 영환은 임금께 주청했다. 그러나 허락되지 않았다.

거기다가, 매우 언짢은 소문까지 들렸다. 영환의 사절단을 감시하기 위해 비밀리에 성기운, 주석면, 민경식 등 세 사람을 유럽으로 보내기로 했다는 것이다.

특명전권공사로 임명을 해 놓고 감시자를 붙이는 전하의 처사가 불쾌하고 서운했다.

깊은 고민 끝에 영환은 러시아 공사 베베르에게 '이대로는 러시아로 갈 수 없다'는 뜻을 밝혔다. 각별한 사이이기도 했지만 베베르는 조선 조정이 돌아가는 상황을 잘 아는 사람이었다. 중간에서 베베르가 전하를 설득하지 않았다면, 아마 그는 모든 직책을 사임하고 바로 고향으로 내려갔을지도 모른다.

조정은 3월 10일이 돼서야 사절단 파견을 명하는 조칙을 내렸다.

조칙詔勅

아라사국 황제의 즉위 대관식이 가까운지라

짐이 궁내부특진관 종1품 민영환에게 명하여 특명전권공사로 삼아 아라사국에 가서 축하 의례에 나아가 참석하게 하노라.

건양원년1896 3월 10일 조칙을 받듦.
내각총리대신 서리 내부대신 박정양
외부대신 이완용

학부협판 윤치호를 수행원으로, 김득련, 김도일을 중국어와 러시아어 통역으로 수행단에 임명하였다. 민영환이 개인적으로 고용한 손희영과 러시아 공사관에서 파견한 스테인까지, 조선 사절단은 모두 여섯 사람이었다.

4월 1일 아침 8시, 전하를 뵙고 서울을 떠난 일행은 오류동에서 점심을 먹고 다시 80리를 더 가서 오후 5시에야 제물포에 도착했다. 러시아가 제공한 군함 크레마지호를 타고 모스크바를 향해 인천항을 떠난 것은 다음 날 오전 10시. 상해로 가서, 불란서 상선으로 갈아타고 서쪽으로 항해하여, 인도양을 건너 수에즈 운하를 통과, 독일을 거쳐 러시아 오데사 항으로 들어가는 여정이었다.

그러나 막상 상해에 도착해 선표를 구하려니 이미 선표는 매진된 상태였다. 제대로 가도 대관식 날짜를 맞추기 촉박한데 기가 막힐 노릇이었다.

러시아 공사관 스테인이 이리저리 알아본 덕택에 그 며칠 후 상해에서 떠나는 영국 상선 '황후호The Empress'의 선표를 구했다. 예정대로라면 대관식 수일 전에는 모스크바에 도착할 수 있다는 소리에 일행은 죽었다 살아난 듯 기뻐했다.

이번에는 동쪽으로 가는 항로였다.

일본 요코하마를 거쳐 캐나다 밴쿠버까지는 황후호를 타고, 밴쿠버에서 기차를 타고 뉴욕으로, 뉴욕에서 다시 배를 타고 영국과 독일을 거쳐 모스크바로 가는 먼 여로. 인천항을 떠나 배와 기차를 번갈아 타며 50여 일 동안 4만 2,900여 리를 달려 모스크바에 도착했다.

5월 21일. 서울을 떠난 지 한 달하고도 20일 만이었으며 황제의 대관식이 거행되기 엿새 전이었다.

그 무렵 유럽에서 벌어지고 있는 힘의 대립과 견제는 거미줄처럼 얽혀서 가늠하기 힘든 안갯속이었다. 조선은 대국 러시아를 이용하여 일본의 침략을 막아보려 했고 러시아 역시 조선을 자국의 세력 아래 두려는 속셈이 있었으니, 이렇게 민감한 시기에 민영환은 여섯 명의 사절단을 꾸려 러시아로 향했던 것이다. 청나라 이홍장이 수십 명의 요리사와 자신의 관까지 준비해 가지고 유럽을 휩쓸고 다닌 호사에 비하면 그야말로 단출하기 짝이 없는 규모였다.

모스크바에 겨우 도착한 뒤, 사절단은 숙소인 트베르스코이 파바르스카야 거리 42호에 태극기를 걸었다. 펄럭이는 태극기를 바라보는 모두의 가슴은 감격으로 벅찼다.

사절단의 유럽 방문을, 독립신문은 이렇게 썼다.

첫째는 아라사 황제 대관식에 세계 각국이 다 대사를 보내어 아라사 황제와 인민을 치하하는데 조선도 남의 나라와 같이 사신을 보냈은즉 양국 교제에 매우 유익한 일이고, 둘째는 조선 역사에서 처음으로 공사를 구라파에 보내어 조선이 자주독립한 나라로 세계 각국에 광고를 하였으니 나라의 경사요…….

러시아가 니콜라이 2세 대관식에 20개국 대표를 초청하며 거기에 조선을 포함시킨 것이나, 여행에 자국의 군함을 제공한 사실은 왕실과 사행단 모두를 크게 고무시킬 만한 일이었다.

사절단이 조선을 떠나 러시아에 도착할 때까지 러시아 공사관 서기 스테인이 내내 함께 동행해주었으니 이 역시 러시아 황실의 배려였다. 모스크바에서는 조선 대표들이 묵는 숙소에 경비원과 시중 들 사람들을 보내 조금의 불편도 없도록 해주었고, 체류 비용 일체도 러시아가 부담했다.

그런 분위기 속에서 우리 사절단은 러시아에 큰 희망을 걸었다.

민영환은 황제를 두 번째 알현하는 자리에서, 외무상 로바노프에게 제시했던 다섯 가지 조선의 요구사항을 다시 황제에게 요청했다.

"외무대신 로바노프, 재무대신 비데와 상의하시오. 조선은 우리 러시아의 도움을 믿어도 될 것입니다." 이러한 황제의 기대 이상의 호감에 영환 일행은 크게 고무되었다.

그러나 정작 5월 26일 있었던 대관식 행사장에 민영환은 들어가지 못했다. 대례복에 맞추어 머리에 쓴 관이 문제가 되었다.

그날의 심정을, 그는 이렇게 썼다.

'대관식은 크렘린 궁전 내 사원 중 가장 오래된 우즈벤스키 예배당에서 거행되었다.

그런데 사원에는 관모를 쓰고 들어가지 않는 것이 법도라고 했다. 머리의 관을 벗지 않으면 대관식장에 들어가지 못한다고 대관식 날 아침 알려왔다.

난감했다. 대례복을 입고 관을 쓰지 못한 채 맨머리 상투를
드러내고 대관식에 참여할 수는 없다. 관을 쓰지 못하는 것은
죄인이나 당하는 모욕이다. 또한 우리 조선 문화에 대한
모욕이고 조선의 대표인 내게도 치욕이다.

생각 끝에 대관식장에 못 들어가면 못 들어갔지, 관을 벗을
수는 없다고 할 수밖에 없었다. 마침 청국, 터키, 페르시아
대표들도 모자 벗기를 거부해 대관식이 열리는 예배당 밖의
망루에서 함께 대관식 광경을 볼 수 있었다.'

금관을 쓴 스물여덟 살의 젊은 황제가 흰 비단에 황금색으로
수놓은 긴 가운을 걸치고, 왼손에는 지구 모형을, 오른손에는
황금 홀을 들고 식장으로 걸어 들어가는 광경은 장관이었다.
그 화려함과 위엄은 이루 다 말로 표현하기 힘들 지경이었다.
대관식 전에 이미 노국[4] 황제를 알현하였고 우리 전하의
친서와 단자를 바치는 중요한 일이 끝났으니 대관식장에
들어가지 못했다고 해서 할 일을 못한 것도 아니었다.
그럼에도 그 일을 두고 주변에서 웃음거리를 삼고 말이 많았다.
그런데 더욱 한심한 일은, 러시아 사행 다음 해인 1897년 영국
여왕 즉위 60년 기념식 사절로 유럽으로 갈 때 내가 상투를
없애고 양복을 입고 간 것이 또 이야깃거리가 되었다.

4 러시아

그때 인천에서 배를 타기 전, 여관에서 동생 영찬과 함께 머리를 자르고 옷도 양복으로 갈아입었다. 지난번 사행에서 들렀던 뉴욕에서 거리의 아이들이 우리 조선 사절단에게 돌을 던지며 쫓아오던 민망한 사건도 있었고, 우리 옷은 오랜 여행에 불편한 점이 많았던 경험 때문에 상투를 자르고 양복을 입었는데, 그것이 또 비난의 대상이 된 것이다.

들리는 말인즉 '조선 관복을 입지 않아서 영국 귀족들이 나를 우습게 보았고, 그래서 일을 그르쳤다'는 이야기였다.

세상이 어떻게 돌아가는지 모르고 앉아서 한가하게 그런 한심한 이야기를 지어내는 데 시간을 보내는 인사들이 아직도 전하 곁에서 국정을 좌지우지한다니.

통탄스러울 뿐이었다.

민영환은 황제 니콜라이 2세를 두 차례 알현한 것을 비롯, 외부대신 로바노프, 카프니스트 외부 아시아 국장과 면담하기 위해 모스크바와 페테르부르크를 오가며 석 달 가까이 협상을 벌였다. 러시아 측은 "고종은 있고 싶을 때까지 러시아 공사관에 머물 수 있다"고 했다.

그러나 왕실을 호위할 군대를 보내는 문제와 전선 설치는 외교적으로 문제를 일으킬 수 있어서 불가하고, 대신 군사교관을 파견하여 조선의 군대를 훈련시키고 궁궐 경비에 필요한 무기를 비밀리에 보급해주겠다는 것을 약속했다. 우리에게는 대단히 시급하던 차관 문제는 결국 성사되지 않았다. 서울에서 베베르에게서 듣던 것과는 달리, 러시아는 조선이 차관을 갚을 능력이 있는지를 의심하는 눈치였다. 결국 조선이 원했던 다섯 가지 중 성과가 있었던 것은 고종의 신변 보호를 위한 조치뿐이었으니, 민영환의 실망과 좌절은 클 수밖에 없었다.

영환은 러시아가 파견하는 푸차타 대령과 그가 선발한 군사교관 13명을 블라디보스토크에서 만나 함께 귀국하기로 했다. 이를 위해 귀국 날짜까지 미루었다. 그렇게 하지 않으면 그것조차 제대로 실행될지 안심할 수 없었기 때문이다.

그렇게 조선 땅에 들어온 러시아 교관들은 800명의 조선 정예병을 길러냈고 그 숫자는 곧 1,200여 명까지 늘어났다. 그다음 해 2월 고종이 러시아 공사관을 떠나 경운궁으로 환궁할 때, 러시아 공사관에서 경운궁까지 길에 도열하여 환궁하는 고종을 호위한 이들이, 바로 러시아 교관들로부터 훈련받은 조선의 병사들이었다.

러시아와 유럽을 여행하며 받았던 문화적 충격은 너무도 컸다.

유럽은 말할 것도 없고 유럽으로 가는 배가 잠시 정박했던 동경의 모습만 해도 그랬다.

배를 대는 부두는 막힘없이 트였고 견고했다. 도시의 건물과 도로는 잘 정돈되었고, 전등과 가스등이 눈부셨다. 모든 설비들이 완벽하고 정밀했으니 예전의 동경이 아니었다. 새로 지어진 국회의사당 건물을 보았을 때의 놀라움을 잊을 수 없다. 동경 중심에 당당히 자리 잡은 그 멋진 서양식 건축물은 일본 정치 발전을 상징하는 것만 같았다.

50년 전, 페리 제독이 이끄는 미국 군함이 동경 만에 나타났을 때 일본 사람들은 공포에 떨었다. 흑선! 산더미만 한 크기의 검은 배 4척이 나타나 통상을 요구했을 때 그들이 느낀 두려움은 평양 앞바다와 강화도 앞에 나타난 미국과 프랑스 선박을 보았을 때 조선이 가졌던 공포와 다르지 않았다.

그러나 조선과 일본의 대응은 서로 달랐다.

일본은 서양의 접근을 배척하는 대신 서양을 배워 서양을 물리칠 생각을 했다.

"오랑캐의 화력을 배워 오랑캐를 물리치자."

개혁을 통한 부국강병.

그 전략에 따라, 그들은 하나가 되어 움직였다.

막강한 도쿠가와 막부를 무너뜨려 200개가 넘던 번藩이 서로 힘을 겨루던 막부시대의 막을 내리고, 중앙집권체제로의 변화를 꾀했기 때문에 가능한 일이었다. 또한 널리 인재를 뽑아 미국과 유럽으로 보내 서양의 문물과 제도를 적극적으로 배우도록 하는 한편, 나라 안에서는 서양 기술 가르치기를 두려워하지 않았다. 그리하여 오늘의 발전을 이룬 것이다.

이번 을사조약을 성사시킨 이토 히로부미 역시 미국과 유럽으로 갔던 이와쿠라 사절단 중 한 명이었다. 영국에서 법을 공부하고 귀국해서 명치유신 정부의 헌법을 만든 장본인인 것이다.

일본에서 밴쿠버로 향하던 영국 화륜선 '황후호The Empress'의 장엄함과 화려함은 이루 다 말할 수 없었다. 밴쿠버와 몬트리올에서는 호텔과 도로, 산을 깎아 굴을 뚫고 그 속으로 달리는 기차를 보고 놀랐다. 그 기차를 타고 간 미국 뉴욕은 그야말로 별천지였다.

뉴욕은 제반 시설이 밴쿠버나 몬트리올의 백 배는 되는 것 같았다. 영환 일행이 짐을 푼 월도프 호텔은 10층이나 되는 건물에 객실이 1,000개가 넘는다고 했다. 강 위로 3층의 철교를 놓아 위에는 기차가 다니고 가운데는 마차가 달리고 아래로는 배가 통하도록 했으니 그 정교하고 편리함을 어찌 다 말로 할 수 있으랴! 그 철교 옆으로 우뚝 솟은 25층짜리 건물까지, 눈 가는 모든 것들이 조선에서 온 민영환 일행을 놀라게 하기에 충분했다.

조선이 세계 속에서 얼마나 뒤처진 존재인지를 눈으로 확인하고는, 도저히 그들과 대등한 외교를 할 수 없으리라는 절망감마저 들었다. 물질적 빈곤보다 더 뼈아픈 것은 우리의 허술한 제도와 법, 과학기술, 교육, 의술, 정치…… 그 모두였다.

무엇보다 일본의 철저한 올가미에서 벗어나야 한다.

그러지 않는 한 조선은 도저히 나아질 수가 없다.

지금 상황에서는 개혁도 일본을 위한 것이요 발전도 일본의 편의를 위한 것이다.

그러나 모든 것이 너무 늦었다는 생각에 두렵고 초조했다.

우리는 어디서부터 잘못되었나?

미국과 유럽, 일본의 발전을 보며 내내 영환의 마음을 사로잡은 질문이었다.

지리적으로 중국과 러시아, 일본의 사이에 끼여 있다고는 해도, 틈만 나면 통째로 집어삼키려 하는 나라들 사이에 존재하는 신세라 해도, 독립을 지켜내는 게 정녕 불가능한 일이었을까? 유럽에도 우리처럼 작지만 중립국이 되어 자주성을 지키며 평화스럽게 사는 나라들이 있다지 않던가?

대원위 시절, 이양선[5]이 강화도 앞바다에 나타났을 때 우리는

5 서양 오랑캐의 배

고작 이렇게 외쳤다.

"싸우지 않으면 강화를 해야 하고, 강화를 하는 것은 곧 매국이다."

하지만 그렇게 문을 닫으면 끝나는 일이었던가?

우리는 서양과 소통할 문이 없었다.

일본도 한때 쇄국정책을 썼지만 명치유신 훨씬 이전인 1700년대 중반부터는 나가사키 한 곳을 지정하여 네덜란드 상관을 허락해주었다. 그곳을 통해 서양과 소통을 시작했다. 서양의 총포와 화력 기술을 입수한 것도 그 상관을 통해서였고 미국 상선과 대화를 했던 것도 그 상관을 통해서였다.

그러나 우리는 문을 굳게 닫아걸었다.

더불어 그 문이 부서질 때를 대비하지 않았다.

독일 장사꾼의 남연군묘 도굴 사건이나 미국 상선이 평양에 들어와 백성들을 살육하고 약탈한 사건을 두고두고 되뇌며, 우리는 '위정 척사'만 외치고 또 외쳤다. 오랑캐와 교섭하느니 싸우다 죽겠다고 소리쳤다.

정의에 매달리다 서양의 실체를 외면한 것이다.

하나로 뭉쳐도 신통치 않은데 왕실의 빈번한 권력투쟁까지 여기 한 몫을 했다. 그러다가 강토를 일본과 청국의 전쟁터로 내주며 허물어지기 시작한 것이다.

신미양요와 병인양요 때 그들의 통상 요구를 들어주고 오히려 여러 나라와 친분을 쌓는 한편 여러 나라와 국교를 했더라면, 지금과 같은 일본의 독식을 피할 수 있지 않았을까?

연해주에서 만난 사람들

러시아 사행을 마치고 돌아온 1896년 11월 10일, 영환은 독립 신문 사장 서재필과의 인터뷰 자리에서 말했다.

"해외에 나가기 전에도, 외국에 다녀온 사람들로부터 유럽과 미국의 대단히 발전된 문화에 대한 이야기들을 많이 들었지요. 그러나 그들이 말하는 것을 거의 믿지 못했소. 이번에 직접 가보고 나니, 내가 들었던 것이 실제의 반도 되지 않는다는 것을 깨달았습니다."

서재필이 물었다.

"무엇이 가장 인상적이었습니까?"

"많은 것들이 나를 깊이 감동시켰지만 특히 다음의 두 가지 사실이었소. 첫 번째, 해외에서 내가 살펴본 사람들 누구나 직업을 가지고 일하며 먹고사는 문제에 모두 열심이었소. 일을 해서 돈을 벌며 정직하게 사는 것에 모두 애쓴다는 것이오. 게다가 국민들 대부분이 문자를 읽고 쓸 줄 알고, 자기가 하는 사업의 손익을 파악할 만큼 산술을 이해하고 있다는 것이오."

"그만큼 스스로 자립하며 살기에 유리하겠군요."

"맞습니다. 그러나 유감스럽게도 우리 조선 사람들은 그렇지가 않지요. 정신적으로도 어떻게든 남의 덕으로 살고 싶어 하지요. 나는 이것이 우릴 가난하게 만드는 이유가 된다고 봐요. 우리는 유럽이나 미국 사람들보다 독립심이 약해요."

"잘 알았습니다. 그럼 또 한 가지는?"

"두 번째, 아무리 하위직에 있는 사람들도 자부심이 강하고, 자신의 나라와 정부와 국민들에게 큰 애정을 가지고 있다는 것이오."

"귀하는 앞으로 그런 개혁을 조정에 전적으로 소개할 필요를 느끼셨습니까?"

"소개하는 데 그치지 않고 그것이 실천되도록 내 모든 힘을 쏟을 생각이오."

서재필이 다시 물었다.

"앞으로 조선이 힘써야 할 가장 시급한 것은 무엇이라고 생각하십니까?"

"스스로 살아남을 수 있는 힘을 기르는 것이오. 나는 그것을 자강自强이라 하겠소. 국력이 약하면 외교도 되지 않는다는 것을 이번 유럽 사행을 통해 뼈아프게 느꼈소. 강대국의 선한 의지에 기대면 결국 또 다른 상전을 만나게 될 수밖에 없소. 청국도, 러시아도, 미국도 다 마찬가지요. 정치나 외교는 도덕의 문제가 아니라 실리의 문제이기 때문이오."

"좋은 말씀입니다. 그러면 어떻게 자강을 이룬다는 말씀인지요."

민영환은 서재필의 질문에 엄청난 이야기를 작심한 듯 쏟아놓았다.

국가재정을 늘리기 위한 토지 개혁부터 지방관의 부정을 막을 수 있는 세제 개혁, 군비 강화, 법의 적확한 집행, 출신의 귀천을 가리지 않는 인재 등용 등 오랫동안 생각해 온 그 나름의 개혁안을 작심한 듯 쏟아놓았다.

그리고 이렇게 끝을 맺었다.

"이런 모든 이야기는 내가 수년 전부터, 그러니까 동학의 난을 전후하여 전하께 여러 차례 간곡히 말씀을 드린 내용들이오. 내가 전하께 올린 '천일책'을 보면 거기 다 있는 이야기요."

이듬해 영환은 다시 유럽 사행을 떠났다.

1897년 영국의 빅토리아 여왕 즉위 60주년을 맞아 고종이 영국, 불란서, 독일, 러시아, 이태리, 오스트리아 6개국의 특명전권공사로 그를 보낸 것이다.

이 여행은 다시 떠올리고 싶지 않은 기억뿐이다.

영환이 영국에 와 있는 동안, 국내에서는 국호를 '조선'에서 '대한제국'으로 바꾸고 '왕'의 칭호를 '황제'로 격상하는 큰 변화가 있었다. 조선이 청국과 일본의 영향에서 벗어나 그들과 대등한 독립국가임을 선포한 것이다.

그러나 조선이 대한제국이 된다 한들, 왕이 황제가 된다 한들 '조선은 일본의 보호국'이라는 해외의 인식은 달라지지 않았다. 독일과 불란서가 어째서 일본의 손아귀에 들어간 조선과 군사협약을 맺을 것인가? 황제니 대한제국이니 하며 스스로를 격상시킨다 한들 그것이 그들에게 무슨 의미가 있겠는가?

유럽이 조선의 독립을 쉽게 보장해줄 것이라는, 중립국을 희망하는 조선을 위해 모두 동의를 해줄 것이라는 고종의 희망은 꿈에 지나지 않았다.

냉혹한 현실을 깨달은 영환은 더 이상 유럽에 머무를 이유를 찾을 수 없었다.

서울을 떠나기 전, 영국 공사 존 조던John N. Jordan은 영환의 유럽행에 부정적이었다. 재정만 낭비할 뿐 얻을 수 있는 것은 없으리라고 잘라 말했다. 그의 말이 맞았다. 우물 안 개구리처럼 우리는 우리에게 유리한 것만 보고 듣고 생각해왔던 것 아닌가. 뼈 아픈 반성이었다.

영환은 런던 현지에서 전보로 '모든 유럽 공사직을 사임하겠다'는 상소를 올렸다. 그리고 미국을 향해 떠났다. 함께 온 수행원 민상호와 통역으로 따라온 그의 아우 영찬도 그를 따라 미국으로 갔다.

임금에 대한 항명이자 공무 중 현지 이탈. 영환의 처사에 고종은 크게 노했다. 조정에서는 그를 향해 '민문閔門의 권세를 믿고 방자하게 군다'고 말이 많았다.

그러나 영환은 유럽에서 있었던 일의 내막을 다 설명하고 싶지 않았다. 고종은 계속해서 전보를 보내 그를 다그치고 윤치호에게 "영환은 무얼 하는 거냐. 아직도 자고 있느냐?"고 꾸짖는다는 소문도 들렸다. 그러나 외교관이랍시고 나선 그가 차마 얼굴을 들고 그런 구걸 아닌 구걸을 하고 다닐 수는 없었다. 그것은 개인의 수치에 앞서 임금이 웃음거리가 되고 나라가 웃음거리가 되는 일이었다. 차라리 귀국 후 귀양을 가겠다는 각오 끝에 그런 일을 저지른 것이다.

영환이 일찍이 미국 공사로 임명된 것은 1895년의 일이었다. 그러나 그해 명성황후가 시해된 뒤, 그가 모든 직을 사퇴하고 낙향하면서 미국행은 무산되었다.

그러나 미국에 대한 그의 관심은 여전했다.

'선출된 왕'과 같은 '대통령'이 나라를 다스리는 그 정치제도부터가 여간 관심을 끄는 게 아니었다. 또한 외교로 말하더라도 왕과 왕가들이 서로 얽혀 있는 유럽보다는 신생 국가인 미국이 훨씬 수월할 것 같다는 판단이 들었다.

1897년 7월, 그렇게 미국의 수도 워싱턴으로 가서 객지생활을 시작했다.

이후 일 년여, 영환 일행은 해밀턴 하우스Hamilton House에 짐을 풀고는 열심히 쫓아다니며 보고 배우고 공부하고 사람을 만났다. 국빈으로 가 대접을 받으며 구경하던 때와는 달라서, 외려 그런 상황이 미국에서의 일 년을 더욱 값있게 만들어주었다.

보다 자유로이 여러 지역을 다니며 일반 사람들이 사는 모습을 접했다. 자연히 눈이 뜨였고 눈이 트이니 생각이 달라졌다. 왕이 없이도 백성이 잘사는 나라가 있다는 것을 알게 되었다.

독수리가 날개를 편 듯, 둥근 돔 지붕을 이고 우아하게 서 있는 국회의사당. 그 앞으로 광활하게 펼쳐진 대로와 세밀하고 정교

한 기계문물. 자유롭게 어울려 춤추고 마시며 즐기는 남녀들. 촘촘한 사회제도와 교육제도. 무엇 하나 부럽지 않은 것이 없었다.

"모든 인간은 태어날 때부터 하늘이 내린 권리가 있다"는 미국 독립선언서의 '천부인권' 사상은 그야말로 신선한 충격이었다.

미국의 공화정, 민권, 의회정치를 이해하면서부터는 장차 독립된 조선의 앞날을 설계해보게 되었다.

모든 인민이 인간답게 살 권리를 타고난 나라.

신분이 아니라 능력에 따라 모든 백성이 열심히 일하고 나라에 봉사하며 당당하게 살 수 있는 나라.

그런 나라를 영환은 꿈꾸었다.

훗날 이승만이라는 젊은이를 석방시켜 미국으로 보낸 일도 이때의 경험이 큰 몫을 했다.

장차 나라를 만들 젊은이들이 한 사람이라도 더 서양을 보고 배우기를 바랐던 것이다.

정치제도에 대한 그의 생각 또한, 미국에 머무는 동안 많이 달라졌다.

사실 그전까지는 영국이나 일본처럼 '임금이 정부의 상징적 존재로만 남고 실제 정치는 의회에서 행하는' 입헌군주제를 받아들이기 힘들었다. 다만 조정의 대신들이 합심하여 임금이 현명하게 치세하도록 돕는 것을 최고의 이상으로 여겼다.

그러나 두 번의 여행에서 미국과 유럽을 실제로 경험한 뒤에는 생각이 바뀌었다. 조선에서 대통령제는 아직 시기상조지만 입헌군주제는 해볼 만하다고 생각했다. 언젠가 교육을 통해 인민들 스스로 판단할 힘이 생기면 대통령제도 불가능하지 않다는 생각까지 하게 되었다.

나라를 다스릴 사람을 인민의 대표들이 뽑는다고 하니 그 얼마나 놀라운 일인가? 그것도 평생이 아니라 몇 년마다 다시 대통령을 뽑는다는 것이다. 얼마나 현명한 제도인가? 생각해보라. 만민공동회 말처럼 '누구나 왕을 뽑을 자격이 있다'고 한다면 문자도 모르고 세상 돌아가는 것에 까막눈인 백성들이 어떻게 그런 막중한 일을 할 수 있겠는가? 인민들은 그 둘레에서 그럴 자격이 있는 인민의 대표를 뽑고, 그 대표가 왕을 다시 뽑는다니 정말 기발하고 대단하지 않은가?

그런가 하면 영국처럼 대대로 혈통에 따라 왕위를 계승하는 왕이 있더라도, 국사는 대체로 인민들이 뽑은 의회가 맡아서 행하는 제도 또한 훌륭하다. 왕의 말 한마디로 정사가 결정되는 일이 없다는 것, 의원들이 의논하고 토론하여 국사를 결정한다니 얼마나 좋은 제도인가?

사실 우리도 입헌군주제 논의가 없었던 것은 아니다.

독립협회가 주최한 만민공동회에서 발의한 '헌의 6조'는 사실 전제군주의 왕권을 축소하는 공론의 정치를 목표로 한 것이었다. 이에 고종도 그 건의를 받아들여 중추원을 의회로 개편하고 중추원 회원 50명 가운데 절반을 독립협회 회원 중에서 뽑을 것을 약속하고 공표했었다. 그러나 그 약속은 일본과 수구파의 간계로 무산되고 말았다.

"독립협회가 임금을 폐위한 뒤 대통령에 박정양, 부통령에 윤치호를 앉히고 각부 장관도 독립협회 회원이 차지하려는 음모다."

조병식 등이 거짓을 고해바치자 이에 놀란 고종이 즉시 독립협회를 해산시키고 주요 인사들을 모두 구속했다. 더불어 조병식을 포함한 보수세력을 다시 등용하는 우를 범했다. 그리고 이 사건은 영환이 조선의 정치제도에 대해 진지하게 고민하는 계기가 되었다.

러시아 사행에서 돌아온 그는 서재필에게 이야기했듯 조정에 개혁의 바람이 불도록 많은 애를 썼다.

독립협회를 뒤에서 돕고 외국인들의 사교장인 정동구락부를 부지런히 드나들며 시간이 되는 대로 서양 외교관들과 어울렸다. 의사 알렌, 조선을 끔찍이 사랑하던 호머 헐버트, 선교사 딘스모어, 언더우드 같은 사람들과 친분을 쌓았다.

어느 서양인이 지어서 살다가 팔고 떠나는 집을 사서 이를 외국 손님들을 접대할 때 사용했다. 아현 야트막한 언덕에 있는 그 집[1]은 숲에 둘러싸여 운치도 있었지만 정동에서 걸어 다니기 가까운 거리였다. 모두들 그곳에 모이기를 좋아했다.

한편 영환은 '시급히 개선해야 할 10가지'에 관한 상소를 올려 잘못을 고쳐 보려 애썼다. 자본이 드는 것도 아니요 마음만 먹으면 할 수 있는 일들이기에 기대도 적지 않았다.

그 첫째, 임금 곁의 간신배와 무속인을 멀리하며 궁중 출입패[2]를 제한하고

그 둘째, 정책은 각 부의 대신들에게 맡기고

그 셋째, 자질이 있는 사람을 관리로 뽑아 오랫동안 한 자리에서 일하게 하고

그 넷째, 지방관서에는 능력이 있는 자를 임명하고

그 다섯째, 궁궐의 경비를 줄이고 왕후의 능에 더 이상 치장하는 경비를 들이지 말고

그 여섯째, 법을 집행하는 데 위협을 두려워하지 말고 특혜를 없애고

1 현 프랑스 대사관 자리에 있던 저택
2 출입증

그 일곱째, 재판은 공정하고 신속하게 처리하고

그 여덟째, 뇌물을 주지도 말고 요구하지도 말고

그 아홉째, 해외에 흩어져 살고 있는 백성의 숫자와 그들의

상황을 파악하고

그 열째, 사람은 신분에 따라 쓰지 말고 능력에 따라 쓸 것.

특히 아홉 번째로 '해외에 흩어져 살고 있는 백성'의 이야기를 꺼낸 것에는 각별한 연유가 있다. 러시아에서 귀국하던 길에 만난 우리 백성들을 잊지 못했던 것이다.

일행이 시베리아를 거쳐 연해주 가까운 지역에 도착했을 즈음이다. 조선 관리들이 그곳을 지나간다는 소문을 들은 우리나라 사람들이 찾아왔다. 대개 기사년1869 대기근이 발생했을 때, 배고픔을 이기지 못해서 두만강을 건너 러시아 땅으로 들어온 사람들이었다.

원산의 박기순, 경성의 김봉률, 길주의 황필룡, 동래의 정운서……. 조선을 떠난 지 수십 년이 지났건만 아직도 상투를 틀고 조선 옷을 입고 음식도 조선 음식을 해 먹는다는 사람들.

"이 먼 타국까지 우리 조정 사람들이 오실 줄은 몰랐습니다."

동포들이 감격에 겨워 제 부모를 만난 양 눈물을 흘렸다. 블라

고벤센스크에서 블라디보스토크까지 사이에 사는 우리 유민이 2만 명이 넘는다고 했다. 하바롭스크에 도착하니 우리 동포 수십 명이 음식을 차려놓고 영환 일행을 환영했다. 차려놓은 음식도 조선 음식 그대로고 차려입은 의복도 모두 조선 옷이다.

"우리 모두 조선 풍속을 지키며 살고 있습니다. 그러나 자식들은 조선말을 잘 못해서 걱정이랍니다."

춥고 험한 땅에서 밭을 일구고 남의 농사를 지어주며 살지만 밥은 굶지 않는다고 했다. 탐관오리에게 뜯기고 시달리느니 차라리 남의 땅이지만 맘 편하고 따습게 사는 것이 낫겠다는 생각이 들었다. 모두 형편이 되면 고국으로 돌아가고 싶다고 했다. 혹시라도 조정에서 돌아오라는 하명이 있으면 반드시 다시 돌아가겠다고도 했다.

유민들이 만든 도소都所[3]에도 가보았다. 태극기를 걸어두고 매년 대군주 폐하의 만수성절[4]에는 모여서 축하한다고 했다. 그 정성과 나라 사랑하는 마음이 참으로 갸륵하여, 도소에 글 하나를 써주었다.

슬프다,

저 유민들 수만 명이 넘는데

3 회관
4 임금의 생일

매일 날품으로 밭 갈지만 편안해 보이네.

탐관오리의 빈번한 학정을 피해 도망 나와

낯선 땅 황량한 벌판에서 견디고 살면서

망건과 상투 그대로 한 채 고향을 그리며

성과 이름을 새로 써서 올리네.

마땅히 돌아오라는 조정의 명령이 있을 터이니,

나라를 사랑하는 진정한 마음은 한결같기를.

-해천추범[5] 중에서

유민들을 남겨놓고 돌아오는 발걸음이 떨어지지 않았다.

마치 형제나 자식을 남의 집에 놓고 오는 것처럼 마음이 아팠다.

고종은 그의 개혁안을 시행할 것을 약속했지만 독립협회와 개화당에 대해서 늘 이중적이었다. 그들이 제시하는 정책에 수긍은 하면서도, 한편으로는 '그들이 왕정을 폐하려는 것 아닌가' 하는 의심을 거두지 않았다. 그 배후에는 개혁을 극렬하게 반대하는 수구세력과 보부상들의 단체인 황국협회의 입김이 있었다.

조정이 갈팡질팡하는 가운데, 호시탐탐하는 무리들에게 허점만 내보이는 시간이 그렇게 흘렀다.

그리고 다시 7년.

5 충정공 민영환의 러시아 기행문. 조재곤 역.

70

지금 이 나라는 나아지기는커녕, 일본의 거미줄에 걸린 한 마리 나방이가 되어서 그 진을 빨리며 말라가고 있는 형국이다.

을사협약에 도장을 찍은 다섯 대신만 문제가 아니다. 앞으로는 스스로 일본의 종이 되겠다고 나서는 인사들이 줄줄이 나올 것이다.

외부대신 박제순만 해도 그렇다. 얼마 전까지는 '더 이상 일본과의 협약은 안 된다'며 임금 앞에서 목청을 높이던 사람이, 지금에 와서는 돌연 이토의 편에 섰다. 일본의 집요한 회유와 협박에 하나둘 무너지고 있는 것이다.

듣자 하니 협약이 맺어지던 날, 고종 황제는 중명전에 모습을 보이는 대신 '대신들이 알아서 하라'고 했다는 것이다. 그 중차대한 일을 신하들에게 미뤘다는 것이다. 조약에 서명하라고 협박을 당할 것이 두려워 몸을 피했을 것이다. 참으로 그분다운 처사다.

고종은 인간으로서는 따뜻하고 소박한 사람이지만 왕으로서의 위엄과 담대함이 부족했다.

밤에 잠이 오지 않으면 가까운 신하나 종친들을 데리고 앉아 시중에서 떠도는 이야기나 신하들의 집안 이야기 듣기를 좋아하는 품성에, 불행이 닥치면 두려워 마음을 졸이다가도 그 일이 끝나고 나면 다시 요순시대를 만난 듯 마음이 편해지는 분이다.

오래전 일이다. 윤치호와 함께 입궐하라는 하명을 받은 영환이 새벽 4시에 상감을 뵈러 들어갔다.

천하의 개혁파로 왕정에 비판적이던 윤치호는 임금님 앞에서 잔뜩 긴장했는데, 전하의 첫마디에 그만 긴장이 풀렸다고 했다.

주상은 민영환을 보자 마치 자식을 나무라는 듯
"왜 인제야 왔누?" 하고 묻고는 나를 향해
"그래 사는 곳이 어딘가?" 하고 물었다.
"예, 전하, 필운동에서 삽니다."
"필운동이면 예서 가까운 곳이구먼. 그 필운동이란 이름이
어떻게 생겼는고 하니……."
서양 문물에 밝은 개화파 윤치호에게 외부대신 서리를 시킬
요량으로 그 인물을 알아보고자 데려다놓고는, 필운동이라는
지명의 유래에 대해 이야기하다 날이 밝았다.

'태평성대에 왕이 되었더라면 좋았을 분이 이런 난국을 만났으니…….'

임금에 대한 애증이 교차하는 새벽이었다.

죽음을 향해

다행스럽게도 고종은 그날 일인들의 협박에도 끝까지 도장을 찍지 않았다. 외부대신 박제순이 도장을 찍었다 해도 대한제국은 엄연히 황제의 나라다. 황제가 국새를 찍지 않은 문서는 국서가 아니다. 황제의 재가가 없는 조약은 무효다.

그 밤, 영환은 옷깃을 바로 하고 생각을 가다듬었다. 그리고 임금께 올리는 상소를 쓰기 시작했다.

경운궁 중명전에서 조약이 있던 그날, 한규설이 대성통곡을 하며 '무조건 조약은 불가하다'고 소리치자 통감 이토 히로부미는 '너무 떼를 쓰거든 죽여 버려라'고 맞받아쳤다.

그 말을 듣는 순간 검은 구름이 덮치는 듯, 불길한 예감을 떨칠 수 없었다.

번득이는 운명의 칼날이 명치끝을 겨누는 두려움에 떨어야 했다.

'이 난국을 어찌 할 거나! 나도 언제 어디서 어떻게 죽을지 장담
못할 노릇이구나!'

그래서 늦기 전에 먼저 임금님께 유서를 남기기로 한 것이다.
주상께 올리는 마지막 상소가 될지도 모르는 일이다. 정신을 모
아 한 자 한 자를 써내려갔다.

황제 폐하,

폐하, 신이 엎드려 간곡히 바라옵는바는 일전 조약 시에

찬성한 여러 역적들을 벌하시라는 것입니다. 조약에 도장을

찍은 저 다섯과 입으로라도 협약을 찬성한 역적들은 주륙을

당해야 마땅합니다. 비록 폐하께서 대신들에게 알아서 하라

하시었어도 폐하의 뜻을 그들이 모를 리 없는데, 나라와

백성을 외국에 넘겨준 저 오적, 박제순, 이완용, 이지용, 이근택,

권중현의 목을 반드시 베시어 천하에 조선의 국법이 엄함과

폐하의 건재를 알리시옵소서.

옛 성현도 '선을 알면서 행하지 않고 악을 알면서 버리지

못하면 천자는 그 천하를 지키지 못하고, 제후는 그 나라를

지키기 어렵고, 사서士庶[1]는 그 집안과 몸을 지키기 어렵다'고

하지 않았습니까? 마땅히 베어야 하는 자들을 베지 않고

1 선비와 서민

마땅히 윤허하시어야 할 일을 윤허하시지 않으면, 왕권은 스스로 무너지고 나라 잃은 백성은 햇살에 녹는 눈발이 되어 사방으로 흩어져 없는 것이 되고 말 것이옵니다.

우리 폐하는 살펴 헤아리소서. 우리의 법을 우리 조정에서 시행하고 마땅히 죽일 자를 죽이고 시무를 관장할 신하를 뽑아 조약을 폐할 방법을 도모하시옵소서. 우리 대한의 법대로 역적들의 죄를 물으시어 훗날 역사에 조정이 할 말이 있도록 하시옵소서. 백성과 이웃 나라들이 조선을 업신여기지 않게 하시옵소서.

백성이 없는 나라는 나라가 아니고, 이웃 나라가 멸시하는 나라는 지금보다 더 어려운 처지에 놓이게 될 것입니다.

폐하께서는 이러한 일을 해외 제국에 널리 알리시옵소서. 찾으시면 반드시 믿을 만한 신하가 있을 것이옵니다.

폐하께서 압인하시지 않았고, 일본의 협박으로 맺은 이번 을사조약이 부당하고 무효인 것을 널리 알리시옵소서.

그리하여 각국의 정부와 각국의 인민들이 일본의 부당한 조선 침탈을 알게 하시면 반드시 공론이 각처에서 일어날 것이니, 이는 일본이 가장 두려워하는 바일 것입니다.

신은 여기에 이르러 통곡하고 눈물을 흘리며 마지막 숨을

모아 폐하께 아뢰오니 바라옵건대 살피시고 또 살피시어
반드시 행하시옵소서. 비록 신이 곁에서 지켜드리지 못할
날이 오더라도 부디 옥체 보존하시고 강건한 기품을 잃지
마시옵소서. 오백 년 사직과 폐하의 백성을 지켜 주시옵소서.

을사년 엄동嚴冬
불충한 신 영환 바칩니다.

아침이 밝았다.

영환은 지난밤에 쓴 마지막 상소문을 아내에게 맡겼다.

"부인, 명심하고 앞으로 보름 안에 내가 달리 말이 없으면, 경운
궁 폐하께 이 서신을 꼭 전하도록 하오. 반드시 아무도 모르게 전
해야 하오."

"아니, 이것을 어찌 저에게……."

서찰을 받아든 아내는 어리둥절하고 긴장하는 얼굴이었다. 영
환이 짐짓 태연하게 그 눈빛을 피하며 아내를 안심시켰다.

"부인이 가지고 있는 것이 가장 안전할 것 같아서요. 내 차차 이
야기할 터이니 그리 알고 계시오."

그러고 나니 죽음이 자신에게 한 발 더 가까이 다가선 느낌이
었다. 죽음에 대한 두려움도 처음처럼 낯설지 않았다. 절벽 같은

절망 앞에 선 자에게 남은 선택은 무엇인가? 영환은 사마천이 말한, 서로 다른 죽음의 무게를 재차 떠올렸다.

"나의 죽음은 태산같이 무거운 죽음이 될 것이니, 오히려 그것이 영광이다."

영환은 어제 동지들과 약속한 대로 행동에 들어갔다. 상소를 함께할 사람들을 모으고 판중추원사 조병세를 소수로 소청을 마련해서 '지난 날 맺은 을사조약을 파기해야 한다'는 상소를 연달아 올리기 시작했다.

대안문[2] 밖에서, 그리고 대궐 안으로 들어가 전하가 계신 전각 앞에서 밤을 새우며 소리 높여 상감께 청했다.

"나라를 팔아먹은 저 오적을 처벌하소서! 황제의 나라에서 황제가 윤허하지 않은 조약은 있을 수 없사옵니다, 을사조약이 무효임을 선언하소서!"

그렇게 외치고 또 외쳤다.

그러나 폐하를 보호한다는 명분 하에 감히 임금의 앞에서 총과 칼을 찬 일본 헌병들이 폐하를 에워싸고 있으니, 임금은 어디에 계신지 모습조차 보이지 않았다. 눈앞에 번득이는 총과 칼이 무섭고, 노골적으로 협박하는 자신의 신하들이 두려웠으니 대신

2 후에 대한문이 된 덕수궁의 정문

조서를 내려 다음과 같이 일렀다.

> "그대들의 말하는 바가 대동공의大同公議에 있고 여러 번의
> 상소가 도리가 맞지 않는 것은 아니나 대궐 안에 머물러 여러
> 밤을 지내고 있으니 국조國朝 이래로 예가 없던 일이다. 여러 번
> 말해도 물러가지 않으니 신하의 의리가 어찌 이와 같으리오."

-민충정공 유고 중에서

고종은 일본 헌병들을 시켜 궁궐에서 계속 소청을 하는 그들
을 잡아들이도록 했다. 그러고는 평리원[3]에 가두고 궁궐의 출입
을 막았다. 그것이 일본 무뢰배로부터 그들을 보호하시려는 황
제의 뜻임을 영환은 잘 알았다. 그대로 두었다가는 신하들의 신
변이 어떻게 될지 염려되어 평리원에 가둔 것이다. 황제의 따뜻
한 마음을 생각하니 흐르는 눈물을 감출 수가 없었다.

영환 일행은 그렇게 사흘을 평리원에서 법부의 조사를 받고서
야 풀려났다.

그리고 그제, 다시 영환이 소수가 되어 마지막 상소를 올렸다.
그러나 임금은 한 번도 얼굴을 보이지 않았다.

그날 일기에 영환은 이렇게 썼다.

3 오늘날의 법원

사방은 깜깜한 가운데 절망 속에 갇힌 느낌이다. 검은 그림자가 조정을 덮고 이 나라 강산을 덮으니 헤어날 길이 보이지 않는구나! 발버둥을 쳐도 소용없이 그물이 온몸을 옭아매는구나!

희망은 어디에 있는가?

우리 조선이 살길은 무엇인가?

실오라기 같은 희망이라도 있다면 내 그것을 놓치지 않으리라.

불꽃같은 죽음의 그림자가 엄습해 오는구나.

그 죽음이 도화선이 되어 전하와 백성들의 가슴에 불을 지필 수 있다면.

그로써 두려움을 떨쳐버리고 다 함께 일어날 수 있다면.

나는 그 죽음을 기꺼이 택하겠다.

사이불사 死而不死.

죽어서 산 자의 혼을 깨우는 것, 그것이 죽지 않는 길이다.

나의 피 한 방울이 이름 없는 백성 수천의 피보다 더 큰 일을 해낸다면, 어찌 내가 그것을 아끼리오.

마지막 결심을 끝내고, 그는 자신에게 물었다.

"정말 죽을 용기가 있는가?"

영환 안의 자신이 대꾸했다.

"죽어야 한다면, 죽는 것이 사는 길이라면, 나는 죽음을 사양치 않을 것이다."

"과연 나의 죽음이 의미 있는 죽음이 될 것인가?"

자신의 물음에 다시 대답했다.

"내 붉은 피가 흘러 이천만 동포의 가슴속 정령을 깨우고 침탈자의 가슴 밑바닥에 두려움을 던진다면, 그것을 어찌 의미 없는 죽음이라 하겠는가."

"두렵지 않은가? 스스로 목숨을 끊는다는 것이?"

"두렵고말고!"

"어떻게 죽을 것인가?"

머릿속으로 죽어가는 자신의 모습을 그려본다.

찢어진 핏줄에서 분수처럼 솟구치는 붉은 피를 바라본다.

"장엄하다. 죽어가는 그 모습이."

"장엄? 그러나 나의 죽음이 아무 의미 없는 죽음이 된다면…… 내가 죽어도 변하는 것이 아무것도 없다면…… 그러면 나는 왜 죽어야 하나?"

"네가 죽어 아무것도 변하지 않는다 해도 너는 죽어야 해. 임금의 가장 가까운 신하로 수십 년을 조정에 나아가 자리를 차지한 죄를 어쩔 것이냐? 이 파렴치한아.”

“나도 할 말은 있다. 사양하고 거듭 사양해도 한때에 열다섯 가지가 넘는 자리에 나를 제수하셨으니 어찌 한 가지인들 제대로 해낼 수 있었겠는가? 사랑과 녹이 지나치면 허물이 쌓이고 분수가 넘치면 뉘우침이 쌓이는 것을 내가 어찌 경계하지 않았겠는가? 병조판서를 맡기실 때만 해도 세 번이나 사양하는 소를 올렸지만 주상의 심기만 어지럽혔을 뿐이었느니라. 소인이 군자의 지위에 올라가는 죄를 면해보려고 나도 할 만큼 했다. 그러나 나는 이미 기우는 배에 올라탄 격이었느니라. 책임? 뱃바닥에 난 구멍으로 들이치는 물을 내 한 손으로 어찌 감당하랴! 나라는 이미 다 결딴이 났는데!”

청년 이승만

그래도 그 어둠 속에 한 줄기 빛이라면 새로운 시대를 위한 젊은이들이 있다는 사실이었다. 만민공동회에서의 연설 때문에 체포되어 종로감옥소에 수감된 이승만 같은 청년 말이다.

청의 영향력이 점점 줄어드는 것에 위기감을 느낀 수구파들, 보부상들이 만든 황국협회가 고종에게 거짓을 고했다. 독립협회와 만민공동회가 왕정을 폐지하고 공화정을 세우려고 한다는 소문이 있다는 음해였다. 독립협회에 호의적이던 고종은 그런 밀고에 마음이 돌아섰다.

결국, 독립협회의 이상재, 남궁억을 비롯해 그 핵심 인물들을 모두 잡아들이고 만민공동회마저 해산시켜버렸다. 이승만도 그때 체포되어 곤장 100대의 체형과 종신형을 선고 받고는 벌써 6년째 옥살이를 하는 중이었다.

그러나 이승만은 낙담하지 않고 감옥 안에서 열심히 글을 쓰고 공부했다. 어려서 한학을 했음에도 영어에 능통한 그였다. 한영사전을 손으로 써 만들 정도였으며 형무소에 갇힌 죄수들에게는 부지런히 국문을 가르쳤다.

독립에 대한 의지가 충천한 애국 청년 이승만은 게다가 타고난 웅변가였다. 사람의 마음을 울리는 그의 호소력은 앞으로 큰 자산이 될 터였다. 그가 만민공동회에서 운집한 민중을 향해 쏟아내던 열변은 참으로 인상적이었다. 영환 자신도 그에 공감하는 바가 컸다.

영환은 그런 이승만을 출옥시켜서 미국으로 보내 일본의 침탈을 호소해 보면 어떨까 하는 생각을 했다.

그리고 지난여름, 오랜 정치적 동지인 한규설과 함께 주상을 설득했다.

"폐하, 지금 한성감옥소에 갇혀 있는 이승만이라는 젊은이가 있습니다. 만민공동회 사건으로 투옥이 된 지 수년이 지났습니다. 그가 비록 젊은 혈기와 섣부른 이상으로 제 머릿속에 그린 이상 국가를 설파했지만, 그의 나라 사랑은 어느 누구에도 뒤지지 않습니다. 게다가 영어에 능통하고 부지런하고 담이 큰 인물입니다. 그러면 무슨 수를 써서라도 일본의 만행을 미국 정가에 알릴 수 있을 것입니다."

그렇게 해서 황제의 특별사면을 받은 그해 8월 초, 이승만은 감옥에서 풀려났다.

생명의 은인과도 같은 두 사람을 만난 이승만이, 1882년 조선과 미국이 맺은〈조미통상수호조약〉이야기를 꺼냈다.

"그 조약에 따르면 두 조약국 중 한 나라가 제3국에 의해 부당한 대우나 억압을 받을 경우, 다른 나라는 그 나라가 완전한 평화를 누릴 수 있도록 돕거나 중재한다고 되어 있습니다. 의례적인 외교적 언사라고 할 수 있지만 조약에 분명히 그렇게 되어 있다면 한번 미국에게 일본의 부당한 침탈을 호소하고 조선의 평화를 지켜달라고 요구할 만하지 않을까요?"

조, 미 두나라가 맺은 조약에 관한 이야기라면 당연히 조선 조정의 외부 인사가 나설 일이지만 민영환과 한규설은 미국에 이승만을 보내기로 했다. 그러면 조정에 있는 사람보다 일본의 감시를 덜 받으니 비밀 유지에도 유리하고 영어도 능통하니 통역을 붙일 필요도 없었다. 밀서를 가져갈 사람으로는 단연 적임자로 여겨졌다.

루스벨트에게 보내는 탄원서는 민영환과 한규설이 각각 한 부씩 썼다.

그렇게 해서 1904년 11월, 이승만은 두 사람의 편지를 트렁크 밑바닥에 숨기고 유학생 신분으로 미국 워싱턴을 향해 떠났다. 결과적으로 밀서를 전달하는 데는 실패했지만, 워싱턴에서의 그의 활약은 영환의 기대를 저버리지 않았다.

"……워싱턴의 공사관 직원 홍철수 씨가 각하의 특별한 부탁을 받았다며 여러 가지로 저를 도와주고 있습니다. 또한 휴 딘스모어 상원의원께 각하의 소개장을 드리니 각하와 한규설 장군, 두 분의 안부를 물으며 매우 반가워하셨습니다. 딘스모어 의원의 주선으로 미 국무부 장관 존 헤이와 면담할 기회를 얻었습니다. 헤이 장관을 만나 우리 상황을 상세히 설명했는데 그분은 한국의 독립에 대해 지대한 관심을 가지고 있으며 '미국은 한국의 독립을 지지하고 도울 것'이라고 장담했습니다. 그리고 적극적으로 조미수호조약을 검토할 것을 약속했습니다. 그러나 헤이 장관이 갑자기 세상을 떠나는 바람에 그 일이 무산된 것은 정말 통탄할 일입니다. 각하가 명하신 대로 지난 8월, 휴가 중인 루스벨트 대통령을 롱아일랜드 오이스터 베이에 있는 대통령 별장에서 만나는 데 성공했습니다."

이승만은 당시의 상황을 편지와 보고서를 통해 그렇게 전했다.

"루스벨트 대통령 역시 조선의 문제에 호의적이었습니다. 제가 각하의 밀서를 내놓자 그분이 '밀서는 받을 수 없으니 정식 외교 경로를 통해 나에게 전달되도록 하라'고 충고하더군요. 그 말씀대로 바로 워싱턴에 주차하고 있는 공사 김윤정에게 두 분의 탄원서를 전하고는 루스벨트 대통령에게 보내달라고 했습니다. 그러나 그는 결국 그 문서를 백악관으로 보내지 않았습니다. 제가 생각하건대 김 공사는 벌써 일본에게 매수된 것이 틀림없습니다. 그 편지도 일본 공사에게 주었을지 모르겠습니다. 그를 믿은 것이 큰 실수였습니다."

이승만은 루스벨트를 한 번 더 만났다.

"조선에서 선교사로 있었을 때 가까이 지내던 와이드만 박사에게 써주신 소개장 덕분에 국무장관 태프트를 만날 수 있었고, 태프트가 주선해준 덕분에 루스벨트 대통령을 다시 만날 수 있었습니다. 모두 어르신의 도움 덕입니다. 감사 드립니다. 더불어 지난번에 개인적으로 보내주신 300달러와 객지생활에 큰 힘을 주었던 격려 편지 역시도 깊이 감사하다는 말씀 드리고 싶습니다."

비록 밀서 전달은 실패했지만, 이승만은 명성 있는 일간지 워싱턴포스트와 기자회견을 하여 일본의 조선 침략을 미국 내에 열렬히 폭로하는 쾌거를 이루었다. 참으로 장하고 대단한 일이었다. 장차 나라를 위해 한 몫을 톡톡히 해낼 인물임이 분명했다.

앞으로 제2, 제3의 이승만이 나올 것이라고 생각하니 영환은 외롭지 않았다. 더불어 자신의 마지막 소임-의로운 죽음-이 헛되지 않으리라는 확신이 생겨났다.

만주에도 연해주에도 중국에도 일본에도 서양에도, 뜻있는 젊은이들이 많이 있으리라.

장차 그들이 조선의 독립에 앞장서서 나서 주리라.

내 죽음이 그 불길을 일으키는 불씨가 된다면, 무엇이 아쉽고 두려우랴!

마지막 저녁, 1905년 11월 29일

영환은 다시 어떻게 죽을지를 깊이 생각했다.

칼을 쓸 수도 있고 아편을 한 움큼 삼킬 수도 있고 목을 맬 수도 있다.

마지막으로 선택한 게 칼이다. 가장 깨끗하게 짧은 순간에 끝낼 수 있기 때문이다. 피를 뿜고 죽은 그 모습이야말로 가장 오랫동안 사람들의 뇌리에 살아남을 것이다.

회목동[1] 겸인 이완식의 집으로 향하며 영환은 주머니 속 양도[2]를 다시 만져보았다. 묵직한 무게감이 손안에 가득 찬다. 백목전을 나서 종거리로 들어서서 제일 크다는 일인 문구점에 들러 구입한 물건이다.

아주 예리하게 잘 든다는 서서[3]제다. 우윳빛 상아 칼집에서 칼을 빼내자 얇고 단단한 칼날이 서늘한 빛을 발한다. 길이가 채 한

1 지금의 공평동
2 서양칼
3 스위스

뻠이 되지 않는다. 적당했다. 시종무관장 정복을 입을 때 착용하는 긴 칼이 있지만 일인들이 하듯 배를 가르고 싶지 않았다. 그 얼마나 추악한 모습인가.

"나의 마지막을 깨끗하고 짧게 끝내다오. 그리고 내 마음이 변치 않도록 지켜다오."

전동 길로 접어들자 자신의 집이 눈에 들어왔다.

긴 행랑채가 마치 성벽처럼 완고하고, 행랑채를 양편에 끼고 육중하게 솟은 대문의 위용은 지나는 행인을 공연히 주눅 들게 하기 십상이다. 선대 적부터 사시던 집을 물려받아 지금까지 살고 있는 그 고택은 전동 길 초입에서 시작해서 전동 길 끄트머리에서 끝이 난다.

대문을 열고 들어가, 몇 개의 문을 더 지나, 사랑채로 통하는 일정문 一旌門을 향해 걸어가는 자기 자신을 상상해본다. '일정 一旌'이라……. 황제의 깃발로 군사의 사기를 북돋운다. 아버지다운 욕심과 과시욕을 내보이는 그 이름이 그는 항상 부끄러웠다.

백 년은 족히 넘었을 향나무는 세월을 견디면서 가지들이 이리 뒤틀리고 저리 뒤틀려, 바람을 맞으며 살아온 그간의 세월을 그대로 내보이고 있다. 제사가 있는 날은 그 향나무 살점을 떼어 향을 살랐다. 온갖 나무들로 잘 가꾸어진 일정원一旌園을 지나 큰

사랑으로 들어선다. 일정一旌이 늘 민망해 큰사랑 출입문은 일우문一愚門이라 하였다.

일우문을 지나, 늘 사랑에 진을 치고 그를 기다리는 사람들을 피해, 사랑채 왼편에 붙여 지은 자신의 서재로 들어가는 자신을 상상을 한다. 그만의 공간이다. 혼자 글을 쓰거나 책을 보며 쉬고 싶을 때 머무는 유일한 그의 공간.

방 안을 잠시 서성이던 그의 마음이, 겹겹이 둘러쳐진 담장과 여러 개의 문을 빠져나와 다시 길로 나섰다.

꿈을 꾼 듯한 생생한 상념에서 깨어난 그가 잠시 하늘을 올려다보았다.

그러고는 다시 발걸음을 옮겼다.

겸인 이완식의 집에는 여러 사람들이 모여 그를 기다리고 있었다. 평리원에 갇혔다 함께 풀려난 사람들이다. 경운궁 차가운 돌바닥에 엎드려 '을사조약은 부당하니 없었던 것으로 하시라'고, '도장을 찍은 다섯 역적의 목을 베시라'고 사흘 낮, 사흘 밤을 소리쳐 외친 동지들이다.

영환은 찬찬히 그들을 둘러본다.

꺼져 가는 나라를 지켜보자고 함께 밤을 지새운 사람들.

한규설, 조병세, 이상철, 조동인, 송상인, 홍만식……

내일 모여서 다시 상소를 올리기로 했지만, 미안하게도 생애 마지막 그 약속은 지키지 못하게 되었다. 영환은 마음속으로 그들에게 말했다. 소리 없이 그러나 뜨겁게 절절하게 외쳤다.

'남아서 힘껏 싸워주시오!

무릇 민족이란 무엇이오? 같은 뿌리에서 태어나 같은 말을 쓰고 같은 글을 쓰는 백성들이 아니오. 이 조선 민족은 그렇게 쉽사리 이 세계에서 없어지지 않을 것이오.

마음을 굳게 먹고 흔들리지 말고 왕실과 백성을 지킵시다.

한 치라도 그 둘에게 이가 되는 일이, 곧 그들을 지키는 일이오.

내가 먼저 발걸음을 떼니, 여러분들은 여러분의 방식대로 싸워주시오!'

마음속 부탁을 마친 영환이 다시금 좌중을 둘러보았다. 가슴속에 뜨거운 무엇이 차오르고 있었다. 어렵게 참으로 어렵게 입을 열었다.

"그대들은 모두 돌아가 하룻밤 더운 방에서 몸을 풀고 쉽시다. 그리고 내일 다시 모입시다. 나도 감기 기운이 있어 오늘은 일찍 쉬고 싶소."

얼마 남지 않은 마지막 시간을 혼자 조용히 보내고 싶었다.

모여 앉은 사람들이 하나둘 일어섰다.

영환이 한 사람 한 사람에게 손을 내밀어 힘껏 악수를 했다. 마지막으로 그들에게 건네는 작별인사. 평소 같지 않은 그의 행동을 의아하게 여기는 사람은 없었다.

동지들을 모두 돌려보낸 영환은 청지기 황남수만 곁에 남으라 이르고 혼자 남았다.

텅 빈 방 안에 오롯이 자기 혼자만 남았다.

밤이 깊은 시간.

종이를 꺼내 펼쳤다.

그리고 유서를 쓰기 시작했다.

나라의 녹을 먹으며 조정에서 일인지하 만인지상의 권력과 온갖 호사를 누린 자신이다. 그런 몸으로서 이제 나라를 위해 할 수 있는 마지막 일을 결행하려 한다. 내일 또 내일로 미루면 결국 죽지 못할 수도 있다. 스스로 약해질까 두려웠다.

나라를 이 지경으로 만든 것에 사죄하는 것.

또한 부당한 일본의 침탈을 해외 제국에 널리 알려 나라를 되찾는 데 조금이나마 힘을 보태는 것.

그의 마지막 남은 소임이었다.

자신의 죽음을 슬퍼할 사람들의 얼굴을 떠올린다.

황제께 드리는 마지막 상소는 을사조약이 맺어진 날 밤에 벌써 써서 아내에게 맡겼다. 바로 그 아내 박수영에게 글을 남길 차례다.

생각을 가다듬고 붓을 들었다. 손끝이 떨렸다.

부인께 남깁니다.

갑작스런 나의 죽음에 가장 놀라고 슬퍼할 사람이

부인이겠지요.

그러나 너무 슬퍼하지 마오.

나의 육신은 이승을 떠나도,

나는 항상 당신 곁에 있을 것이오.

이렇게 가는 것이 유일한 길이고 천년을 사는 길이라,

이 길을 택할 수밖에 없소.

많은 짐을 당신께 남기고 떠나려니 미안하고 미안하오.

연로하신 어머님을 잘 부탁하오.

부디 건강하고 아이들 무탈하게 자라기를 바라오.

상해에서 절치부심 외로운 시간을 보내고 있는 종형 운미 민영익에게도 몇 자를 남겼다.

운미 형님 전.

형님, 상의 드리지 못하고 결단을 내렸습니다.

이 편지가 형님 손에 들어갈 때쯤이면 저는 벌써 저승의 혼이
되어 떠돌 것입니다.

오며가며 형님께 들러 통곡하며 풀어놓던 저의 답답한 심정을
형님만은 아실 것이라 더 긴 말은 하지 않으렵니다.

여기서 어떤 제의가 있더라도, 아무리 칩거가 외롭더라도
귀국하지 마십시오.

긴 말씀 드리지 않아도 제 뜻을 벌써 아셨으리라 믿습니다.

부디 강녕하시고 평안하시기를 빕니다.

1905년 11월 30일
계정 상서

마음에 두었던 말을 급히 쏟아놓고 나니 힘이 빠졌다. 피곤했다.

따뜻한 방바닥에 등을 대고 편히 누웠다.

마음은 평온하고 정신은 더 없이 명징해진다. 기분이 한결 나
아진다.

이제 자신에게 남은 다섯 시간.

자신의 마흔다섯 생애를 다시 돌아보기에는 충분한 시간이다.

열일곱에 과거에 급제하여 조정에서 모든 요직을 거쳤다.

나이 스물둘에 성균관 대사성을 맡았으니 능력에 비해 너무도 과분한 자리였다.

그 뒤로도 승승장구 병조, 이조, 형조, 공조 판서를 제수 받아 부침하는 정치의 중심에 있었다.

태어나기를 여흥 민씨의 가문에서, 그것도 권력의 핵심 중에 핵심에서 태어났으니 옳고 그름을 분별할 지혜가 생기기 전에 권력의 중심으로 빨려들어갔다. 어찌 부족함이 없으랴. "척족세력"의 핵심으로 불린 것이 마땅하다. 스물두 살이던 해에는 낳아 준 생부[4]가 성난 군인들에게 척살 당하는 비극을 겪었다.

구식 군대의 군졸들은 일 년이 넘게 봉급을 받지 못하였다. 그러다가 겨우 봉급미[5]라고 받고 보니 쌀이 반은 물에 젖어 썩었고 선혜청 관리들의 농간으로 쌀보다 모래와 쌀겨가 더 많으니 군인과 그 가족들의 불만이 폭발한 것이었다.

분노한 군졸들이 쌀을 나눠주던 선혜청 관리에게 행패를 부리고 난동을 한 것이 발단이었다. 결국 쌀 배급은 중단되고 선혜청 고지기에게 행패를 부린 군졸들이 잡혀갔다. 불붙은 데 기름을 부은 꼴로, 병조판서이던 아버지가 포도청에 갇힌 군졸 네 명을 참형하겠다고 큰소리친 것이 일을 키웠다.

4 민겸호(임오군란 당시 병조판서 겸 선혜청 당상관)
5 봉급으로 주던 쌀

소문을 들은 군인들이 흥분하여 무기고에서 창과 칼을 꺼내들고 대궐로 쳐들어갔다. 군인들만이 아니었다. 왕십리와 이태원 일대에 모여 살던 군인 가족들과 굶주린 일반 사람들까지 합세하니 그 수가 엄청났다. 그들은 이판사판이었다. 그리고 아무도 예상 못한 일이 벌어졌다. 병영의 무기고를 약탈하고 포도청을 부수고 전날 갇힌 동료들을 탈옥시켰다. 기세가 오른 군졸들은 궁궐 담을 넘어 궁으로 쳐들어가니, 궁을 지키던 수비병들까지 그 기세에 놀라 모두 도망쳤다. 궁궐은 그야말로 난장판이었다.

흥분한 군인들이 '민비를 잡아 죽이자'고 중궁전을 향해 몰려갔다. 때마침 중궁전에서 나오던 아버지 민겸호가 그들의 눈에 띈 것이다. 군졸들 손에 잡혀 돌계단에 던져진 아버지의 머리에서 피가 냇물처럼 흘렀다. 피를 본 군중은 더 난폭해졌다. 살려달라고 발버둥치는 아버지를 창으로 찌르고 칼로 베어 그 명줄을 끊었다. 머리의 관이 벗겨져 맨머리가 된 아버지가 으깨진 얼굴로 무릎을 꿇고 군졸들에게 목숨을 구걸하는 모습. 영환은 성난 군졸들도, 아버지도, 자신도 결코 용서할 수 없는 그 장면을 떠올릴 때마다 숨이 멎는 것 같은 고통을 지금도 느낀다.

아버지를 살해한 무리들은 그것도 모자라 그 시신을 개골창에 내다버렸다. 마침 삼 년 동안이나 가물다가 갑자기 쏟아진 폭우로 서울은 물난리가 나고 개골창은 물이 넘쳤다. 1882년 임오년 여름, 그가 스물두 살이던 때의 일이다.

버려진 부친의 시체는 물에 불어 허연 고깃덩어리가 되어 열흘 만에 떠올랐다. 알아볼 수조차 없던 시신을 겨우 수습하여 숨을 죽이고 장례를 치르던 생각을 하면 지금도 가슴을 칼로 베어내듯 고통스럽다. 비록 '탐관오리'라 불리던 사람이었지만, 그에게는 아버지다.

영환은 그 임오년의 군란을 통해 배고픈 백성이 얼마나 무서운지를 보았다. 백성의 배를 곯려서는 안 된다는 사실, 더구나 나라를 지키는 군인의 배를 곯려서는 안 된다는 사실을 눈으로 보고 깨달았다. 무능하고 부패한 조정을 바라보는 백성의 원망이 얼마나 두려운지도 알게 되었다. 백성 하나하나는 유순하고 소심하고 겁이 많지만, 그들이 무리를 이루게 되면 바람 만난 불씨처럼 거세고 난폭해져 걷잡을 수 없다는 것을 실제로 목격했다.

부친을 죽여 내버린 군중들은 어머니가 계시던 전동 집을 습격하였다. 집을 지키던 종복들 수십 명을 죽이는 한편 집 안의 기물들을 끌어내 부수고 태웠다. 집 안은 말 그대로 아수라장이었다. 두려움에 몸을 숨기셨던 어머니는 신을 찾아 신을 새도 없이 맨발로 도망을 치셨다. 그 시간 영환은 아무것도 모르고 성균관에 있었으니…….

곳간마다 가득했던 곡식과 피륙, 온갖 귀물들이 죄다 마당에 쌓여 불길에 타버렸다. 불을 지르던 무리 중 하나가 호령했다.

"이 집 쌀 톨 하나라도 손을 대는 놈은 목을 치겠다."

그렇게 집 안의 쌀 한 톨을 남기지 않고 다 태워버렸다. 아홉 개 곳간마다 쌓여 있던 인삼이며 녹용이며 사향과 비단이 타는 매캐한 냄새가 장안에 열흘 넘게 진동했다.

군졸들과 그들의 가속들, 굶주린 일반인들까지 합세한 세력을 막을 힘은 어디에도 없었다. 권세가 민영익의 죽동궁과 어릴 적부터 앙숙이었다는 대원위 대감의 친형 이최응의 호화로운 집까지 다 불태워버린 무리들은 그 세를 불려가며 장안의 이름난 세도가의 집을 습격했다.

이최응은 담을 넘어 도망치다 고환이 터져 죽었다. 근 보름 넘게 장안을 폭동의 광풍이 휩쓸었다. 관의 힘이라고는 찾아볼 수 없었다. 밥 좀 먹고 벼슬깨나 하는 양반집들은 모두 반란군이 무서워 집을 비우고 몸을 숨겼다.

그 와중에, 대원군이 뒤에서 반란군을 부추기고 있다는 소문이 장안에 파다했다. 비록 한 배에서 태어난 형제이지만 대원군과는 어려서부터 앙숙이었다는 이최응의 집이 습격당한 것이나 정적인 며느리 민 왕후의 친정 사람인 아버지 민겸호가 피살된 것은 모두 대원군이 뒤에 있다는 증좌라 했다.

아버지가 변을 당하던 날도 대원군은 그 현장에 있었다.

"대감, 저를 좀 살려주시오!"

살려달라고 매달리던 처남[6] 민겸호를 향해 대원군이 냉소했다.

"내가 무슨 수로 대감을 살리겠소?"

엄청난 군란을 수습하기 위해, 상감은 할 수 없이 왕권을 아버지 대원군에게 다시 넘겼다. 그리고 대원군은 그 난국을 수습하기 위해 청국 군대를 불러들였다. 이것이 그 후에 일어난 모든 사건에 빌미를 주게 된다.

청국의 오장경은 반란군을 진압한다는 명분 아래 청국 군대 삼천 명을 끌고 들어와 군인들은 물론 이태원과 왕십리 일대에 모여 살던 그 가족들까지 찾아내 처형하는 참혹한 일을 저질렀다. 뿐만 아니라 아녀자를 겁탈하고 재산을 약탈하는 만행을 저지르며 장안을 무법천지로 만들었다.

어찌 제 나라 군대와 백성을 박살내기 위해 청국 군을 불러들인단 말인가. 그건 조정도 아니다. 생각하면 생각할수록 그 '민문'의 한 사람으로 태어난 것이, 개미 같은 힘으로 태산 같은 관직을 수십 년이나 지고 다닌 것이 부끄럽고 송구할 따름이다.

6 대원군의 부인이 민겸호의 누이

청년 시절의 자신은 다른 '민문'들과 얼마나 달랐던가.

"아버님이 아무리 병조판서라도 쌀에 모래를 섞으라고 지시를 했을 것인가? 아랫사람들이 한 일을 어찌 일일이 다 알겠는가? 성난 군중은 성난 짐승과 다르지 않구나."

그는 그렇게 원망했었다.

그 일이 있고 12년이 지나 동학란이 일어났을 때도 마찬가지였다.

가뜩이나 어지러운 나라를 더 어지럽히는 불충한 무리들이라고 질책하며, 난을 진압하겠다고 각처에 의병을 일으키는 격문을 써 보냈다. 이제 와 살펴보면 사건의 겉만 보고 잘잘못을 따졌지 그 아래 감춰진 사실과 빌미를 살피지 못한 탓 아닌가.

조정에서 녹봉이 제대로 내려오지 않으니 지방 관리들은 백성들에게 온갖 이름으로 세금을 걷어 들이고 수탈을 했다. 백성들은 죽도록 농사를 짓고 고기를 잡고 무명을 짜도 먹고살 수가 없이 쪼들렸다. 특히 전라도 지방의 형편이 어려웠는데 고부 군수 조병갑의 탐학에 견디다 못한 농민들이 죽기 살기로 들고일어난 것이다.

'항산恒産이 있어야 항심恒心이 있다고 하지 않던가. 그런데 나는 임금님의 곁에서 무엇을 했던가. 동학의 괴수를 잡아다 효수

하라 하지 않았던가.'

사랑과 녹이 지나치면 허물이 쌓이고, 분수가 넘치면 뉘우침이 따르는 법.

영환은 눈을 가지고도 보지 못하고 귀를 가지고도 귀머거리가 되었던 젊은 날의 자신이 부끄러웠다. 임금을 잘못 보필한 죄를, 책임과 역할을 제대로 하지 못해 나라를 남의 손에 넘어가게 하고 백성을 도탄에 빠트린 죄를 어찌 가볍다 할 것인가.

천 번 만 번 죽어도 마땅하다 할 것이다.

도리어 죽을 때를 스스로 택하여 뜻있는 죽음을 결행할 수 있어 다행이었다.

그러나 한편으로는 일본의 감시를 받으며 뒤로는 자기 신하에게서조차 협박을 받아야 하는 임금님 고종.

내려놓고 싶어도 마음대로 내려놓을 수 없는 임금의 자리. 온갖 수모와 모멸을 감당하며 지내는 고종을 생각하면 마음이 아프다. 이 사람이 이 말을 하면 그런가 하고 저 사람이 저 말을 하면 또 그 말이 옳다고 하는, 귀가 얇고 심지가 굳지 못한 군주이지만, 사사로이는 고종사촌 형님. 그분을 어찌할 것인가.

"전하, 부디 심지를 굳게 가지시고 옥체 보존하시어 이 시련을 견디어 내시옵소서."

아내와 아이들은 이틀 전 집에 들러 다 잘 있는 것을 보고 왔다. 전동 집에 가기 전에 교동에도 들러 어머님도 뵈었다.

"나라가 있고 백성이 있는 법…… 너무 사사로운 일에 마음 쓰지 말고 나랏일을 도모하시오." 칠십이 가까운 어머님이지만 병약한 아들을 걱정할 정도로 몸도 마음도 꿋꿋한 분이시다. 아들이 자결을 했다고 해도 울지 않을 어머니다.

그리고 아내. 자신보다 열여섯 살 아래인 아내 박수영.

이제 겨우 스물아홉이다.

그녀를 아내로 맞이하고, 영환은 삼 년을 근처에도 안 갔다.

전처 김씨의 삼년상이 끝나자마자 후처를 들여야 한다는 이야기가 나왔다. 죽은 아내의 무덤에 풀이 자라기도 전에 다시 새장가를 가야 했다. 나이 어리고 건강한 처녀를 데려와야 아이를 많이 낳는다고 고른 처녀가 지금의 처 밀양 박씨였다.

나이 어린 후처가 영환은 썩 끌리지 않았다. 키만 멀쑥하게 컸지 둥그스름하고 수수한 얼굴에 그 큰 눈을 겁먹은 듯 껌벅이는 것이 그저 어린아이로 보였다. 하긴 열일곱 살짜리가 무엇을 알겠나. 자기보다 열여섯이나 위인 판서의 후처가 되어 그 이름도 거창한 '정경부인'이 되었으니.

이래저래 그는 전처가 살아 있을 적부터 있던 첩, 개성집이 더 편했다. 꼭 첩이 좋아서라기보다, 그저 익숙한 첩이 새사람보다 편했다. 나이 어린 박씨를 아내로 대하기가 면구스럽기도 했다.

그러던 그가 결혼하고 삼 년을 잊어버렸던 아내 박씨에게 갔던 '첫날'이 지금도 생생하다.

그날도 아라사 공관에 피신하고 계신 임금님을 뵙고 늦게까지 환궁에 관한 말씀을 드리다가 늦어서야 교동으로 갔다. 그런데 첩은 내실 문을 잠그고 앙탈을 부렸다.

워낙 질투가 심한 여인이었다. 조금만 늦으면 영락없이 '전동에 들렀다 오시는 것입니까' 묻는 것이 첫마디였다. 그도 그럴 것이, 정실이 아이를 낳지 못해서 첩이 되어 왔으나 자신 또한 십 년이 되도록 온갖 공을 들여도 아이가 들어서지 않고 있는 터였다. 그런 제 처지가 얼마나 불안했을 것인가. 게다가 나이 어린 처녀가 다시 본부인이 되어 전동 집에 앉아 있으니.

"제가 뭐라고 말씀을 드렸습니까? 오늘이 백일불공 끝나는 날이고 길일이니, 만사 제치고 해 떨어지면 일찍 들어오시라고 그렇게 말씀을 드렸건만. 전동 새 마나님한테 들러 첫잠을 주무신 겝니다."

앙칼진 개성집의 쫑알거림이 그날따라 애교스럽기는커녕 그저 피곤하고 짜증스러웠다. 백일불공이 처음도 아니고, 매번 낭

패를 보면서 또 웬 소란이란 말인가?

'새장가 가고도 전동에서 하루도 밤을 보내지 않은 것은 제가 더 잘 알면서, 참으로 얌통머리 없는 사람이 아닌가?'

"알았다. 네 말대로 내 바로 전동으로 갈 테니 그리 알아라."

하여 그 길로 다시 남여를 타고 전동으로 찾아간 그는 아내가 있는 내당으로 가기가 여간 쑥스럽지 않아 사랑으로 갔다.

갈아입을 옷을 내보내라고 안채의 아내에게 사동을 보내자, 아내가 빈손으로 사랑으로 나왔다. 좀체 없는 일이었다.

"오늘 이리로 오신다는 전갈을 받지 못해서 사랑방에 군불을 지피지 않았습니다."

마치 오늘 아침 나갔던 남편이 저녁이 되어 집으로 돌아온 듯 스스럼없이 말하는 것이었다.

"방이 추우니 안으로 들어오셔서 옷을 갈아입으시어요. 방이 따뜻해지면 그때 사랑으로 나와 쉬시지요."

젊은 아내의 나지막한 음성이 따듯하고 부드러웠다. 시집온 지 삼 년이나 되고 나이도 스무 살을 넘으니, 이제 완연한 젊은 안 주인의 귀태가 드러났다. 그동안 키가 훌쩍 더 큰 듯하고 양 볼의 살이 빠지니 얼굴의 윤곽도 뚜렷해졌다. 늘 겁먹은 듯하던 눈도 시원하고 맑아 보였다. 영환은 다소곳이 서 있는 그녀에게서 눈길을 떼지 못하며 말했다.

"그럽시다. 부인 먼저 들어가시오, 내 곧 가리다."

아내를 보내 놓고 영환은 청지기에게 일렀다.

"오늘은 안에서 자려니 내일 아침 입궐 준비는 진시 전에 하라."

그리하여 그날, 영환은 새장가 가고 처음으로 본가 내실에서 밤을 보냈다. 아내 박수영은 그날에야 처녀를 면하게 된 것이다.

'나이 어린 처녀를 후처라고 데려다놓고 혼인한 지 삼 년이 넘어서야 처음으로 안아보다니…… 내가 너무 매몰찼구나.'

아내를 품으니 첩을 데리고 자는 것과는 사뭇 느낌이 달랐다. 든든하고 뿌듯하고 집안이 제대로 꽉 차는 그런 느낌이었다. 그동안 불평 한마디 없이 자신을 기다려준 아내가 대견하여 젊은 아내의 등을 가만히 쓰다듬어주었다.

"그간 부인에게 못할 노릇을 많이 했소. 내 앞으로 두고두고 다 갚으리다. 미안하구려."

그의 부드러운 손길에 젊은 아내가 말없이 가슴으로 파고들었다. 그날 오랜만에 아주 단잠을 잤다.

그리고 얼마 지나지 않아 임신의 기쁜 소식이 들렸다.

나이 서른여덟 살에 첫아이를 가졌으니 세상을 얻은 듯 기뻤다. 누구는 손자를 볼 나이에 첫아이를 가지니 그 기쁨이야 이루

말할 수 없었다. 늘 마음 한편으로 '양자로 들어온 내가 또 입양을 해야 하나' 걱정스럽던 터였다. 누가 "자당께서도 무양하시고 댁내 두루 평안하시냐"고 물으면 으레, "내자가 입덧이 심해 고생하는 것 말고는 다 무탈하다"고 말하고 싶어 죽을 지경이었다.

첩실도 아닌 정실에게 태기가 있다니 경사 중에 경사였다.

그해 겨울 영환의 아내는 첫아이를 낳았다. 아들이었다. 아이를 낳고 나자 그의 아내는 그야말로 피어나는 목화송이가 되었다.

풍만하나 소박하고 소박하나 의젓하기가 꼭 목화송이 같았다.

아이에게 탐스러운 젖을 물리고 앉아 있는 아내를 보자면 어찌나 보기 좋은지, 김홍도가 아니더라도 붓을 들어 한번 그려보고 싶을 지경이었다.

영환의 어머니 서씨의 기쁨 또한 말할 것도 없었다. 큰댁으로 양자를 간 당신의 아들이 대를 이을 아들을 낳지 못하면 그 또한 양가에 면목이 없는 노릇이라 그간 걱정이 이만저만이 아니었다. 오죽했으면 자기 손으로 아들의 첩을 골라 들였으랴. 그러나 그 첩 역시 십 년이 다 되도록 태기가 없으니 불안하기 짝이 없었다. 혹시 아드님이 '자식을 두지 못할 몸인가' 하는 걱정이 늘 떠나지 않았다.

손자를 안아보는 영환의 모친 서씨는 감개가 무량하고 세상에 부러운 것이 없었다.

"우리 귀둥이, 어서어서 커서 헌헌장부가 되거라. 너는 우리 집안의 기둥이다."

따지고 보면 집안의 경사만도 아니고 나라의 경사다.

큰며느리가 나이는 어려도 맏이 노릇을 하며 큰살림을 탈 없이 해내고 있는 것이 대견했는데, 이번에는 떠억 종손을 생산하니 더없이 신통하고 고마웠다. 아이는 가문의 대를 잇고 커서는 나라의 도량이 될 중신으로 성장할 것이었다.

"이참에 개성집을 어째야 할꼬…… 내보내야 하나?"

서씨는 백동 곰방대를 재떨이에 탕탕 털며 이 생각 저 생각이 많다.

"큰며느리가 첩에 대해 별 내색은 안 하지만, 돌부처도 첩을 보면 돌아앉는다지 않는가. 그간 첩을 두고 험담 한 번 안 한 것만으로도 무던하지."

멀리 볼 것도 없다. 자기 자신도 그 여러 첩들 때문에 속이 썩어 문드러진 적이 어디 한두 번인가.

"철마다 보약을 해 먹이네, 가물치며 잉어며 임신에 좋다는 건 안 해준 것이 없었는데 애가 생기지 않는 것도 제 팔자지……. 그렇게 절에 다니며 불공을 드린 개성집이건만 오히려 적실의 몸에 손이 생겼으니, 이건 다 집안이 잘되려는 징조로다. 윗대 적부터 도 이 댁에 워낙 서자는 없었느니라. 대감하고 상의해서 개성집을 돌려보내든지 해야겠구먼."

첫 손자가 태어나자 서씨는 개성집을 내보낼 궁리로 바빠졌다. 아드님 체면도 있는 데다 개성집 성깔이 녹록지 않으니 조용히 내보내려면 한 밑천 떼어줘 보내는 것이 여러모로 편할 터였다. 개성집은 그렇게 해서 소리 소문 없이 영환을 떠나게 되었다.

죽은 아내 안동 김씨가 보드랍고 화려한 비단이라면, 지금 아내 수영은 오래된 무명옷처럼 편하고 부드럽고 담백한 여인이다. 전처 안동 김씨가 보살피고 위해줘야 할 사람이라면 박씨는 도리어 넓은 품으로 남편을 다독이는 사람이었다. 짜증이 나고 피곤하다가도 아내를 만나면 마음이 편안해지곤 했다. 그래서 아무에게도 털어놓지 못하는 조정의 이런저런 골치 아픈 이야기도 아내에게 곤잘 털어놓게 되었다.

자신의 갑작스런 죽음에 슬프고 놀라겠지만, 그러나 아내는 흔들리지 않고 아이들을 잘 기르고 집안을 편안히 단속할 사람이다. 어린 자식들 다섯도 크게 걱정하지 않는다. 아비가 스스로 목숨을 끊은 그 뜻을 알게 된다면 후에라도 헛된 짓을 하거나 잘

못되지는 않을 것이다.

나라 잃은 백성이 이천만인데 아비 없는 자식이 어디 한둘이랴.

나이 마흔다섯.

길지 않은 인생이지만 그 여정은 길고 길었다.

가진 것에 비해 왕실의 사랑은 너무 지나쳤고 출세는 너무 빨랐다.

무엇을 더 바라랴.

자결의 시간

이천만 동포에게 남기는 글과 독일, 영국, 미국, 청국, 불란서 공관에 하나씩. 모두 여섯 장의 유서 쓰기를 마치고 시간을 보니 벌써 시간은 30일 새벽으로 접어들었다.

사위는 조용하다.

나라는 이미 결딴이 났다. 한두 번 절망한 것이 아니다.

그 분하고 원통한 마음도 오늘이 끝이다.

내가 흘린 피가 조선 인민의 가슴에 붉게 물들어 분발하고 또 분발하기를 바랄 뿐.

결행을 하려고 정한 시간은 새벽 6시.

어젯밤 사동을 시켜 방에 들여놓은 세숫물로 얼굴과 손발을 깨끗이 닦았다. 소금 합에서 소금을 꺼내 정성껏 양치질을 마쳤다. 그리고 어제 산 칼을 꺼내 천천히 면도를 했다. 죽으면 그만일

육신이지만 남에게 추한 모습을 보이기 싫었다. 예민하게 살갗에 닿는 칼날의 감촉을 확인하고는 깨끗이 닦아 다시 수건으로 물기를 없앴다.

6시 15분 전.

건넌방에서 자고 있는 청지기 황남수를 불러 세숫물 대야와 양치 그릇을 내가게 하였다.

"본가에 가서 아무도 모르게 최석인을 데려오너라. 안식구들이 놀라 깨게 해서는 아니 된다." 가만히 대문을 밀치고 나가는 남수의 발소리가 들린다. 이제 오롯이 혼자가 되었다.

남은 시간은 단 15분.

모든 준비는 끝났다.

제대로 행하지 못해 추한 모습으로 살아남을까 봐 걱정이었다. 한 번에 끝내야 한다.

불빛을 받은 칼날이 서늘하도록 푸른빛을 반사했다.

밀려오는 두려움을 떨치기 위해 영환이 깊은 숨을 고르며 정신을 가다듬었다.

모든 준비를 끝내고 영환은 자리에서 일어섰다.

"전하, 부디 옥체 보존하시어 나라가 광명을 되찾는 것을 보시옵소서. 먼저 가는 신의 불충을 용서하시옵소서."

경운궁이 있는 쪽을 향해 사 배를 올렸다. 임금께 드리는 마지막 인사였다.

방바닥에 사지를 펴고 편안히 누웠다. 팽팽한 긴장감으로 온몸이 얼어붙는 듯하다.

오른손으로 칼을 잡고 왼손으로 오른쪽 귀 밑의 살을 쇄골 쪽으로 팽팽하게 당겼다. 있는 힘을 다해 목의 오른쪽 인대에 깊숙이 칼을 꽂고 목젖 쪽으로 당겼다.

목에서 피가 분수처럼 솟구치는 것을 보며 눈을 감았다.

피 묻은 칼이 손에서 미끄러져 방바닥으로 떨어졌다.

겨우 칼을 다시 집어 들었다. 다시 왼쪽 목을 힘껏 찔렀다.

묵직한 고통이 아득하게 엄습했다.

목젖 양쪽에서 뿜어져 나오는 피를 지켜보았다. 마지막 힘을 다해 칼을 빼내어 손에서 놓았다. 죽어가는 자신의 모습을 생생히 보았다.

"되었다."

따뜻한 피가 저고리 섶을 타고 스며들고 있었다. 몸에서 서서히 힘이 빠지는 것이 느껴졌다. 심장이 어서 멎기를 바라며 눈을 감았다. 힘없이 펄떡이는 심장이 느껴졌다. 더 이상 숨이 차지 않았다.

"나는 이제 가는구나."

전동 본가는 회목동과 길 하나 건너다.

분부한 대로 본가에 간 황남수가 최석인을 데리고 돌아왔다. 대감이 계신 방문 밖에 서서 밭은기침을 하여 자신이 돌아왔음을 알린다.

"대감마님, 최가 대령했습니다."

안에서는 아무 소리가 없다. 다시 한 번 자신이 왔음을 나직이 고한다. 그러나 이상한 일이다. 몇 번을 다시 불러도 방 안은 잠잠할 뿐이다.

"이상하네. 잠시 전 소세를 마치고 앉아계신 걸 뵙고 나왔는데……."

이른 아침 추위에 어깨를 웅크리고 서 있는 최석인을 돌아보며 황남수가 중얼거린다. 대감의 침소 앞에서 이어지는 말소리에 막 잠을 깬 이 집 주인 이완식이 별채로 나왔다.

"대감마님~ 대감마님~."

남수의 설명을 들은 이완식이 다시 아뢰었으나 역시 대답은 없다. 그새 다시 잠이 드셨을 리 없다. 댓돌에 벗어 놓은 대감의 흑혜[1]도 그대로다. 갑자기 불길한 생각이 든 완식이 급히 방문을

1 상류층 남성이 신던 검은 가죽신

밀어 열었다.

방 안은 쥐 죽은 듯 조용한데 문틈으로 보이는 것은 쭉 뻗은 대감의 버선발뿐이다. 방바닥은 온통 피가 흥건하다. 대감의 누운 몸 역시 알아볼 수 없을 지경으로 피투성이다.

"아니, 대감마니임!"

외마디 소리를 지르며 완식이 주저앉았다. 군불을 많이 때 더운 방 안은 피비린내가 가득했다. 대감의 얼굴이며 저고리가 온통 붉은 피로 물들었다. 찢어진 목에서는 아직 따듯한 피가 흐르고 있다. 그러나 대감은 벌써 숨이 끊어진 것 같았다.

"나, 나, 남수야, 어서 가서 의원 부르고, 석인이는 대감 댁으로 가서 알리고 다시 이리로 오너라. 마님께는 아직 아뢰지 말고."

청천벽력이다. 엊저녁만 해도 '내일 일찍 입궐할 터이니 새로 사온 면도칼을 숫돌에 갈고 아침에 소세할 물을 방에 가져다 놓으라'고 하신 분이다.

"자객이란 말인가?"

그러나 툇마루건 방 안이건 침입의 흔적 같은 건 없었다. 또한 대감의 옆에는 피 묻은 양도 하나가 떨어져 있었다.

완식은 종로서로 하인을 보냈다. 집안사람들에게는 대감 계시던 방에 아무도 들어가지 말라고 단단히 일렀다. 종로서 형사를 기다리는 동안, 완식은 떨리는 몸을 겨우 가누며 방문 앞을 지켰다.

"이 무슨 일인가?"

그날 새벽

영환의 부인 박수영은 그날 새벽, 까치 떼의 울음소리에 잠을 깼다.

늘 듣던 까치의 울음이 아니라 마치 맹수에게 물려 죽는 듯 날카로운 외침이었다. 한두 마리가 아니라 수십이 떼를 지어 내는 울음소리처럼 요란하고 끔찍했다.

잠을 자던 아이가 놀랐는지 깨어 운다.

박씨는 우는 아이에게 젖을 물리고 건넌방에서 아이들을 데리고 자던 유모를 불렀다.

"유모!"

"네에, 마님."

"저 소리 좀 들어보게. 저게 웬 소린가? 까치 소리가 아주 끔찍하네. 좀 나가보고 오게."

잠이 덜 깬 유모도 까치의 우짖는 소리가 섬뜩하긴 마찬가지였다. 마당으로 나갔던 유모가 잠시 후 몸을 움츠리고 들어오며 진저리를 친다.

"아이구 마님! 아유 세상에 끔찍해라."

"무슨 일인가? 말 좀 해보게."

"무슨 연유인지 까치 여러 마리가 피를 흘리며 홰나무 아래 떨어져 죽어 있네요. 뿐만 아니라 어디선지 까치가 자꾸 날아와 홰나무에 제 머리를 찧고 죽어 떨어집니다. 이런 일은 여태껏 듣도 보도 못했는데요. ……대체 무슨 일일까요? 무슨 불길한 징조 아닐까요?"

까치가 떼를 지어서 날아와 죽다니! 이 무슨 변괴인가?

"이보게, 어서 이리 와서 도련님을 받고 젖을 물리게. 내가 좀 나가볼 터이니."

박씨가 대청으로 나와 마당을 내려다보았다. 벌써 집안의 아랫사람들 여남은이 옹기종기 서서 홰나무를 올려다보며 수군대고 있다.

홰나무 아래 피를 흘리며 죽어 떨어진 까치 무더기가 박씨의 눈에도 들어왔다. 온몸에 소름이 돋았다. 홰나무에 제 머리를 찧으며 비명을 질러대는 까치들. 죽을 때까지 비명을 지르며 제 머리를 나뭇가지에 찧다가 죽으며 바닥으로 툭, 툭, 떨어져 내린다.

박씨가 마당일 하는 배 서방을 급히 불렀다.

"배 서방, 저 까치들을 어서 좀 쫓아보게. 끔찍해서 눈 뜨고 볼 수가 없네. 대감님이 돌아오실 때가 되었으니 죽은 까치들도 어서 치우고."

박씨는 엄습하는 불길한 예감에 몸을 떨었다.

'대감은 별일 없으시겠지. 나라가 어수선하니 별일이 다 있구나. 또 무슨 안 좋은 일이 일어날 전조인가?'

며칠 전 부엌에서는 족제비 수십 마리가 아궁이 밖으로 떼를 지어 나와 마당을 돌아다니던 일이 있었다. 그러더니 오늘은 까치라.

그러던 차에 갑자기 대문이 열리며 사람들이 웅성대는 소리가 들렸다. 대감께서 사람들을 데리고 돌아오시나 싶어 박씨는 얼른 안방으로 들어갔다. 옷이라도 갈아입고 자고 난 머리도 빗을 요량이었다. 그런데 잠시 후, 뜻밖에 시어머님의 음성이 마당에서 들려왔다.

"방에 있느냐?"

이 새벽에 무슨 일이신지 모를 일이다. 아들 영환이 큰아버지 민태호에게로 양자를 간 이후, 어머님은 아드님 집에서 살지 않으셨다. 법도로 보면 아드님이 아들이 아니라 큰댁 조카였기 때문이다.

박씨가 급히 매무시를 단정히 하고 마루로 나가 시어머니 서씨를 맞았다.

"어머님, 날씨도 찬데 어찌 이 새벽에 행차하십니까?"

그런데 시어머니 안색이 말이 아니다.

"자, 들어가자. 아이들은 아직 일어나지 않았느냐?"

"예."

박씨는 아랫목에 시어머니가 앉기를 기다려 절을 올렸다.

서씨는 마주 앉은 며느리의 안색을 살폈다. 아직 아무것도 모르는 눈치다.

서씨가 며느리를 바라보며 천천히 입을 떼었다.

"오늘 새벽에 서편 하늘에서 큰 별이 떨어지는 것을 봤다. 한번 대장부로 태어나 나랏일을 하다 목숨을 나라에 바침은 광영이지 않느냐."

"어머니, 갑자기 그것이 무슨…… 말씀이신지요."

"네 남편은 사사로이는 내 아들이요 네게는 남편이나 나라님께는 둘도 없는 신하다. 신하이기만 한가? 전하가 유일하게 믿고 의지하는 외가 종제며 의지처지. 나라의 형국이 꺼지는 촛불 같으니 그 목숨을 바쳐 불씨를 살리면 만고의 충신이 되는 것이고, 그를 모른 척하고 제 한 몸 부지하다 죽으면 이름 없는 필부가 되는 게다."

"……."

"난데없이 왜 이 말을 하는고 하니…… 대감이 오늘 새벽에 자진[1]하셨다. 너나 나나 허투루 울어서는 안 된다. 그러나 만백성이 울 것이로다."

박씨는 자기 귀를 의심했다.

대감이 자진을 하다니 대관절 어느 대감이 자진을 했다는 말인가?

시어머니의 얼굴을 새삼 바라본다. 돌같이 굳은 얼굴에 눈만이 광채를 발하고 있다. 그 눈길을 마주 보기가 두려웠다. 고개를 숙이고 자기 버선 발끝만 내려다보던 박수영이 겨우 입을 열었다.

"지금 대감은 어디 계십니까? 어제 이 겸인[2]의 집에서 회합을 하고 늦으면 그곳에서 유숙하신다고 했습니다."

"대감의 시신을 최석인이 조금 전에 집으로 모시고 왔다. 지금 큰사랑에 모셨다. 곧 사람들이 몰려올 것이니 아이들 깨워서 아침 먹이고 옷 입혀라."

시어머니 말씀 때문인지 눈물도 나지 않았다. 다만 온몸이 떨

1 스스로 목숨을 끊음
2 집사 이완식

렸다. 시신이라니! 남편이 이 새벽에 시신이 되어 돌아왔다니! 도대체 무슨 말씀인가?

"어머님, 대감이 어쩌다, 아니, 어디서 자진을 한 것인가요?"

박씨가 터져 나오는 울음을 겨우 삼켰다.

"나도 오면서 급히 들은 이야기이니 제대로 알지 못한다. 회목동 이완식의 집에서 그랬단다."

곁방에서 이 이야기를 다 들은 유모가 벌벌 떨며 곤히 자고 있는 큰아이 둘을 깨워 옷을 입혔다. 장남이래야 이제 일곱 살, 그 아래로 딸 용식이 다섯 살, 또 그 아래 딸 주롱이 세 살, 둘째 아들 장식이 두 살, 그리고 막내 광식이는 올 6월에 태어났으니 백일을 넘긴 지 얼마 되지 않는다.

아이들을 보니 참았던 눈물이 걷잡을 수 없이 쏟아진다.

'이 아이들을 어찌할꼬? 아버지 얼굴도 기억하지 못할 이 다섯 마리 새 새끼 같은 것들을 어찌 나 혼자 키운단 말인가?'

박씨가 소리 없는 울음을 참으며 큰아이 둘을 데리고 안방으로 돌아왔다.

"할머님께 문안 여쭈어야지?"

"네. 할머니 문후 드립니다. 기체후 무양하십니까?"

만이 범식이 제법 의젓하게 또렷한 음성으로 인사를 여쭙고 서씨에게 절을 드렸다. 둘째 용식이도 그대로 따라 할머니께 절을 올린다.

"그래, 할미는 잘 지내고 있어요. 우리 집 종손도 그간 잘 놀고 공부도 많이 했는가?"

"예, 그런데 용식이는 행랑에 나가 놀기만 해요. 그리고 뭐든 제가 하는 대로 따라 하기만 해요. 용식이는 흉내쟁이예요."

무안해진 용식이 얼른 제 어미 뒤로 숨는다. 서씨가 깊은 숨을 내뱉으며 어린 손자, 손녀를 바라본다.

"그래 우리 종손, 오늘 할미가 하는 말을 잘 새겨들어야 한다."

"예, 할머니."

"네 아버지이신 민영환 대감은 어떤 분이냐?"

"전하와 가까우시고, 큰 말을 타고 긴 칼을 차고 다니셔요. 또 나랏일을 많이 하시고, 또 저희 형제들을 아주 애지중지하시고, 그리고 또……."

"그렇지, 나랏일을 많이 하지. 전하께도 충신이고. 그런데 그런 네 부친이 나라를 위해 스스로 돌아가신 게야. 오늘 새벽에."

"할머님, 스스로 돌아가신 게 무어예요?"

맏이 범식이 아직 잠이 덜 깬 눈을 껌벅인다.

할머니와 손자의 대화를 지켜보던 박씨는 기가 막혔다.

'저 양반이 정말 대감을 낳으신 생모인 것은 맞나? 어찌 저렇게 돌덩이 같을 수가 있나?'

"그래 범식아, 할미가 옛날이야기 하나 해주마. 내가 네 아버지를 배 속에 가질 때 꿈을 꾸었구나. 꿈에 집채만 한 큰 호랑이 한 마리가 내게로 펄쩍 뛰어 달려드는 게야. 그래 내가 호랑이를 덥석 끌어안는데 갑자기 큰 벼락이 호랑이 등을 내려쳤지. 호랑이가 어떻게 됐겠니?"

"……."

"그래 내가, 그때 짐작했단다. 내 아들이 장차 대단한 인물이 되리라고."

"……."

"오늘 새벽에 네 부친이 돌아가셨다. 네 부친이 나라를 살리려고 그리 하신 게야. 그리 알도록 해라."

"할머니……."

"네 부친의 장례에는 네가 상주이니라. 앞으로 많은 손님이 네게 절을 할 것이다. 종손답게 의젓해야 한다."

두 아이가 차례로 울음을 터뜨렸다. 할머니의 이야기를 제대로 이해했는지는 알 수 없는 일이다. 서씨가 손자를 당신 앞에 앉히고는 등을 다독이며 그제야 눈물을 보였다.

넋이 나간 박씨가 비녀를 빼고 머리를 풀었다. 구름같이 검은 머리가 털썩, 어깨로 떨어진다. 터져 나오는 오열을 참을 수가 없었다.

소식을 들은 원동[3] 동서가 급히 아들을 데리고 달려왔다. 시어머니 앞에 주저앉으며 울음을 터트린다.

"아이고 어머님, 이것이 무슨 변괴입니까? 세상에 자진을 하시다니……."

"왜 이리 소란이냐? 변변치 못하게."

서씨가 냉정한 눈으로 두 며느리를 바라보며 나무란다.

"변고가 아니다. 대감이 다 계산이 있어서 어려운 일을 한 것이니라. 나는 사랑으로 나가 볼 테니 두 사람은 소란 떨지 말고 잠시 기다려라."

3 지금의 원서동

핏물 든 유서

영환은 피로 물든 자신의 시신을 내려다본다.

몸부림 한 번 치지 않고 깨끗이 절명하여 똑바로 누운 몸.

여간 다행이 아니다. 제대로 했구나!

더러 손목을 끊어 자살한 사람들 이야기를 들은 적이 있다. 대부분이 제대로 칼을 쓰지 못하여 몇 번이고 팔목을 그어 상처를 남긴다는 것이다. 그러나 자신은 깨끗하게 한 번에 끝냈다.

영환은 자신의 시신 주변에 모인 사람들을 내려다본다. 이완식이 피범벅이 된 코에 솜털을 가져다 대보더니 뒤에 떨고 서 있는 황남수와 최석인을 부른다.

"이보게들, 안 되겠네. 운명을 하신 것이 분명하니 의원이 와도 소용없겠어. 어서 댁으로 모셔야겠네. 안에 들어가서 깨끗한 솜하고 무명천을 가져오게."

완식이 죽은 대감의 상체 밑으로 손을 넣어 끌어당기듯 했다. 시체가 앉은 자세가 되도록 하고는 뒤에서 가슴으로 시신을 안았다. 그러자 피가 흘러나오는 것이 확실하게 줄었다. 그런 다음 남수가 가져온 솜으로 벌어진 상처를 덮고 무명천으로 시신의 목을 단단히 감았다.

"자, 최 서방. 대감을 업어서 집으로 모시자. 어서 이리 와서 등을 돌리고 앉아 봐."

남수와 함께 영환의 시신을 일으켜 덜덜 떠는 최석인의 등에 업히고 홑이불로 덮었다.

새벽 6시 반.

11월 30일 새벽이 밝았지만 아직도 사방은 어둡고 길은 텅 비어 있었다.

세 사람은 급히 걸음을 옮겨 길 건너에 있는 민영환의 집 대문을 밀치고 들어섰다. 마당을 쓸던 하인이 놀라 소리친다.

"뉘신가? 아니 누구를 업고 오는 게여?"

"어서 대감님을 큰사랑으로 모시게. 그리고 김 서방을 부르게."

이완식이 놀라 뛰어나온 청지기 김시진에게 일렀다.

"변고야 변고! 대감께서 새벽에 혼자 계신 틈을 타 자결을 하셨네. 어서 원동 작은 대감 댁과 교동 대방마님, 그리고 대소가에 알리게. 외부에 알리는 문제는 집안 어른들께서 알아서 하시도록 해야 할 것 같네. 그리고 죽동 민영익 대감 댁에도 사람을 보내게. 대감은 안 계시지만 거기도 알려야지."

통인과 식객들이 이 놀라운 소식을 가지고 이 집 저 집으로 부리나케 달려 나갔다. 어떻게 소문을 들었는지 대문 밖에는 벌써부터 사람들이 모여들어 웅성대기 시작했다.

안마당 홰나무에 머리를 쩧던 까치들은 언제 없어졌는지 마당이 조용하다. 대감의 죽음을 알게 된 사랑의 식객들과 집안의 하인들이 모두 나와 둘러서서 삼삼오오 서로를 감싸고 소리 죽여 통곡한다.

영환은 자신의 시신을 따라 집으로 돌아왔다.

놀란 가복들이 어쩔 줄을 몰라 허둥대는데 아내와 아이들은 아직 나의 죽음을 알지 못하는 듯하다. 마지막으로 아내의 얼굴을 한번 보고 싶었으나, 안채는 아무 소리 없이 조용하다. 익숙한 얼굴들이 모두 놀라 허둥지둥 사랑으로 모여들고 있다. 굳은 얼굴의 조병세와 홍만식이 열린 대문으로 들어가는 것이 보인다. 소식을 듣고 달려오신 어머님이 가마에서 급히 내리시는 모습도 보인다. 어머님은 자신의 시신이 있는 사랑채가 아니라 곧바로 안채로 가셨다.

"어머님, 이렇게 죽은 저를 용서하십시오. 어머님은 제가 죽은 뜻을 잘 아실 것입니다."

처참하게 척살당한 아버지를 본 어머니가, 다시 또 피범벅을 하고 죽은 아들 모습을 보시게 되었다. 참으로 가슴이 찢어지듯 아팠다. 자식으로 차마 못할 짓이었다.

소식은 삽시간에 전해졌다.

대소가 사람들이며 대감을 따르던 사람들이 급히 모여들었다.

집안의 종제들과 당질들도 당도하였다.

차마 눈뜨고 볼 수 없는 영환의 몸에서 피를 닦아내고 입고 있던 옷을 벗기기 시작했다. 아직 출혈이 멈추지 않았는지 목에 감은 천이 피에 젖어 붉게 물들었다. 입고 있던 마고자를 벗기고 옥색 비단조끼를 벗기는데 조끼 주머니에 무언가 들어 있다. 꺼내보니 영환의 명함이다.

핏물 번진 명함은 모두 여섯 장으로 앞뒤에는 빽빽하게 쓴 글이 가득하다. 그가 남긴 유서들이다. 이천만 동포에게 남긴 것이 한 장, 미국, 영국, 불란서, 독일 그리고 청국의 공사에게 남기는 유서가 각기 한 장씩이다.

조병세 대감이 일어서서 시신에게 두 번 절하고는 영환의 유서를 소리 내어 읽기 시작했다.

아아! 나라의 치욕과 백성의 욕됨이 이 지경에 이르렀으니

우리 민족은 장차 생존경쟁 속에서 모두 진멸당하게 될 것이다.

대체로 살아남고자 하는 자는 반드시 죽고

죽기를 기약하는 자는 살 수 있는 것이니,

여러분은 어찌 헤아리지 못하겠는가!

영환은 다만 한 번 죽음으로써

우러러 임금의 은혜에 보답하고 이천만 동포에게 사죄하노라.

영환은 죽어도 죽지 않고 여러분을 구천지하에서 기필코 도울

것이니 바라건대 우리 동포 형제들은 천만번 분발하고 힘써서

뜻과 기개를 굳건히 하여 학문에 힘쓰며 마음으로 단결하고

힘을 합쳐서 우리의 자유와 독립을 회복한다면 죽은 자도

마땅히 어두운 지하에서 기뻐 웃을 것이다.

아아! 조금도 실망하지 말라.

우리 대한제국 이천만 동포에게 결고訣告하노라.

읽는 도중 터져 나오는 울음을 참느라 몇 번을 쉬었는지 모른다.

이어서 다른 사람이 각국 공관에게 보내는 유서를 받아 읽었다.

영환이 나라 위하기를 잘못하여

나라의 형세와 백성이 이 지경에 이르렀으니

한 번 죽음으로써 황은을 갚고 우리 이천만 동포에게

사죄하노니

죽은 자는 그만이나 우리 이천만 동포는 생존경쟁에서

진멸하리니,

귀 공사는 어찌 일본의 행위를 알지 못하는가?

귀 공사 각하는 바라건대 천하의 공론을 소중히 여겨 귀 정부와

인민에게 알려 그로써 우리 인민의 자유와 독립을 돕는다면

죽은 자도 마땅히 어두운 저승에서 기쁘게 웃고 고맙게 여길

것입니다.

아아! 각하는 바라건대 우리 대한을 가벼이 보지 말고

우리 인민의 혈심血心을 잘못 알지 마십시오.

방 안에 모인 사람들 모두 옷깃을 여미고 시신 앞에 무릎을 꿇
었다. 이러한 충신을 이렇게 보내다니! 원통하고 분하고 애석해
서 터져 나오는 짐승 같은 울음이 음산한 겨울 하늘로 흩어졌다.

그 모습을 지켜보던 영환이 마침내 집을 나섰다.

갈 때가 된 것이다.

마흔다섯 해 인생에 어찌 그리 일이 많았는지, 살아남은 모두에게 죄송하고 미안한 마음이었다.

이제 이승을 떠날 시간이었다.

고종 황제

영환의 죽음은 경운궁의 고종에게도 날벼락이 내리친 것 같은 충격이었다.

흐르는 눈물을 감출 수가 없었다.

"왜 죽는단 말인가? 살아서 나를 지키는 것이 나라를 지키는 것 아닌가?"

홀로 벌판에 내몰린 심정이었다.

"나를 버리고 죽다니! 참으로 무서운 사람이다. 어찌 제 손으로 제 목을 찌른단 말인가?"

영환은 가장 가까이서 자신을 보필한 신하이자 외가 사촌동생이었다. 사심이 없고 마음이 트인 사람이었다. 궁내의 사정을 누구보다 잘 알면서도 이 눈치 저 눈치를 보지 않고 바른 말을 잘 하는, 때로는 귀찮고 짜증스러운 사람이었다. 그러나 그는 고마운 사람이었다.

아라사 공관에서 지내던 시절, 온 나라의 유생들과 대신들이 아우성을 쳤다.

"일본 놈들이 무서워 임금이 남의 나라 담장 안으로 피신을 가앉아 있는 것은 나라 체면과 위신을 땅에 떨어트리는 일"이라 했다. "하루속히 환궁을 하시라"고 성화였다. 그러나 궁을 지키던 조선 수비대를 모두 해산시키고는 칼을 찬 일인 군사 오백 명을 풀어 궁궐과 사대문 안을 지키고 있는 판이었다. 그런 경운궁으로 어찌 돌아간단 말인가?

이런 상황에서 영환이 절대적인 역할을 했다.

그가 데려온 러시아 교관들이 부지런히 조선군 정예병을 훈련시켰던 것이다. 경운궁으로 환궁을 하던 날, 러시아 공관부터 대안문까지 말쑥한 군인 복장에 총을 받들어 멘 늠름한 조선 군인들의 호위를 받으며 궁으로 돌아올 때의 그 뿌듯함은 말로 다 할 수 없었다. 영환이 아니었더라면 그렇게 빨리 환궁할 수 없었을 것이다.

십여 년 전의 일이다. 서북과 남도에서 민란이 일어나자 영환은 시세사조時勢四條와 비어십책備禦十策을 내놓으며 나라의 병통을 고쳐야 한다고 직언을 했다.

민란이 그치지 않고 일어나는 것은 백성들이 불충한 마음을 먹어서가 아니라 탐관오리들의 악행을 견디지 못해 그런 것이라고 했다. 그런 탐관오리를 만드는 것은 조정의 책임이라고. 결국 민란은 조정의 잘못에서 비롯된 것이라고 작심하고 비판했다.

"말이 조정이지 그건 바로 임금인 내게로 화살을 돌리는 것이 아닌가? 그래, 경이 하자는 대로 하면 국력을 다시 회복할 수 있다는 말인가?"

고종은 냉소적으로 물었지만 영환의 대답은 거침이 없었다.

"그대로만 하시면 과연 그리 될 수 있사옵니다. 만일 그렇지 못하면 소신의 목을 베소서."

그렇게 곧고 강직하던 신하다. 고종은 눈물을 훔치며 길게 탄식한다.

"이제 와 돌이켜보니 영환의 말이 일일이 다 맞는 말이었구나. 영환은 결국 제 목을 베어서 내게 바친 것이로다."

왕은 지난 십 년간 모든 것을 잃었다.

자신의 동지였던 왕비도, 목숨을 걸고 나라를 지키고자 했던 신하도, 그리고 결국 국권도 잃었다. 나아가 자신의 왕좌를 잃는 것 또한 시간문제임을 그는 잘 알고 있었다. 그렇지 않아도 친일파들은 벌써부터 '양위' 이야기를 공공연히 흘리고 다녔다.

고종은 그날 저녁 조서를 내려 영환의 혼을 위로했다.

"이 중신은 타고난 바탕이 온후하고 지기가 단정하며 충심을
오래 이어가며 조정에 유익하게 한 것이 실로 많고 현저한
공로가 많았다.
짐이 항상 좌우에서 의지하던 신하다.
이 어려운 때를 당하여 분하고 원통하여 드디어 자결했으니
충성된 혼과 의로운 넋이 가히 해와 달을 꿰뚫을 것이니 짐의
마음이 슬프기가 어찌 끝이 있으랴."
······

-민충정공 유고 중에서

밤이 깊어도 고종은 잠을 이룰 수 없었다.
민영환이 써 바친 소차[1] 가운데서 천일책千一策을 다시 펼쳐보
았다. '천일책'이란 우자천려필유일득愚者千慮必有一得에서 나온
말이다. 아무리 어리석은 사람도 천 번을 생각하면 반드시 하나
는 얻는다는 말이니, 영환이 자신을 낮추어 어리석은 사람이라
칭하고 그래도 천 번을 숙고해서 얻은 생각이니 꼭 들어보라고
말하는 것이다.

1 임금에게 올리는 상소

……외람되이 감히 남들이 말하지 않는 것을 말하여 여러 대 군자에게 묻노니 혹시 반딧불을 주워서 해와 달의 밝음을 더하고 표주박의 물로 하수[2]와 바다의 물을 더하려는 것이나 아닐는지 모르겠으나 삼가 시세時勢 4조목과 비어備禦[3] 10조목을 아래에 쓰는 바입니다.

이와 같은 발문으로 시작되는 천일책은 책으로 묶을 만큼 길고 긴 소차였다. 아마도 동학란이 일기 시작한 전후에 쓴 것이 분명하다.

시세4조는 러시아와 청국, 일본을 경계하고 조선은 스스로 강해져야 한다는 내용이다. 어찌 그때부터 러시아를 경계하라고 했는지 모를 일이다.

길고 긴 비어備禦는 이러했다.

첫 번째는 인재를 쓰라는 것이다.

인재를 쓰는 데 귀하고 천한 것으로 나누지 말라.

우리나라에서는 재주가 있고 없는 것을 묻지 않고 오직 문벌을 숭상한다.

2 황하
3 미리 준비하여 막음

그 두 번째는 기강을 떨치라는 것이다.

문치로 오백 년을 지나면서 상賞 주는 것을 믿을 수 없고 벌 주는 것을 제대로 하지 않아, 말직에 있는 자는 조정의 호령을 문방구로 보아 두려워하지 않고 상관이 된 자는 아래의 천한 사람이 죄를 범하는 것을 으레 있는 일로 보아 죄를 묻지 않으니 뇌물이 행해지는 곳에서는 죽은 자도 살아나고 뇌물이 행해지지 않으면 산 자도 죽는 것이 현실이다.

이 폐단을 없애지 않으면 재물을 탐내는 것이 풍습이 되고 염치가 모두 없어질 것이니 어떻게 기강이 떨쳐지겠는가?

그 세 번째는 군대의 제도를 닦으라는 것이다.

대체로 문文은 나라에 있어 혈기와 같고 무武는 몸뚱이와 같은데 하나만 있고 다른 것이 없으면 둘이 다 없는 것과 같다. 군사에 대한 대우를 말하자면 우리나라처럼 박한 곳이 없다. 다른 나라에서는 한 달의 월급이 수백 꿰미에 이르니 다투어 병사가 되어 임금의 일에 목숨을 바친다. 나라의 재력이 부족하니 늙고 병든 군사를 빼고 젊고 힘 있는 군사를 뽑아 급료를 높이는 것이 낫다. 군대는 상비병과 후비병을 두어, 오 년이 지나면 상비병을 후비병으로 돌리면 일이 간략해지고 군사가 많아지고 비용도 적게 든다.

우리나라는 삼면이 바다니 수군을 반드시 길러야 한다. 바다를 끼고 있는 각 읍에서 수군을 뽑아 뗏목으로 장사하는 자와 물고기와 소금으로 생업을 삼는 자는 반드시 수군에 이름을 올리게 하고 일 년에 한 번씩 시험을 보아 합격한 자는 삼 년의 세금을 면제해준다. 지금 모든 나라는 수전을 숭상하니 수군의 설치가 이보다 더 편한 것이 어디에 있겠는가?

그 네 번째는 저축을 넓히는 일이다.

〈예기〉에 말하기를 "나라에 구 년의 저축이 없으면 부족하고 육 년의 저축이 없으면 급하다 하며 삼 년의 저축이 없으면 나라가 아니다"라고 했다. 그렇다면 우리나라는 나라가 아닌 지가 이미 오래다.

대체로 저축을 넓히는 일은 곡식의 생산에 있고 곡식의 생산을 늘리는 일은 폐단을 없애는 데에 있다. 반드시 부역을 줄이고 농민에게 농지를 나누어 주어 농민으로 하여금 농사에 전념하게 한 뒤라야 모든 일이 이루어질 것이다,

그 다섯 번째는 병기를 갖추고 수선하는 일이다.

총과 기계가 날카롭지 못하면 그 군사를 적에게 내주는 셈이다.

우리가 가진 양총은 고장이 잦고 수리가 어려워 서양에서는

이미 쓰지 않는 총이다. 우리는 외국에서 사 올 때 총 한 자루에

탄환이 오백 개뿐이었으니 그 저축이 없어 탄환이 다 없어진

후에는 손을 묶고 죽음을 기다릴 수밖에 없는 한탄스러운

지경이다.

이제라도 옛 병기를 손보고 쓰는 법을 가르쳐야 한다.

또한 요해처[4]에는 대포를 들여와 설치하고 삼면이 바다인

우리나라는 병선이 화급하다.

그 여섯 번째는 요해처를 지키는 일이다.

우리나라는 군사의 숫자가 적고 땅이 험하니 요해처를 정해

지키는 것이 유익하다.

도성의 수비를 말하면 마땅히 북쪽의 북악, 남쪽의 목멱,

동쪽의 부아負兒, 서쪽의 안현에 미리 돈대를 쌓고 대포를

설치해야 한다. 북한산을 중요한 자리라고 하지만 북한산의

땅은 형상이 가마솥을 쳐다보는 것과 같고 조그만 들도 없고

물도 넉넉지 않아 결코 오래도록 군사를 주둔시킬 곳이 아니다.

4 적이 노리기 쉬운 곳

그 일곱 번째는 백성의 고통을 돌보는 것이다.

민정의 어려움이 지금보다 어려운 때가 없었거늘 구제하는 방법을 어찌 조금이라도 늦출 수가 있겠는가?

법이 행해지지 않고 뇌물이 버젓이 행해져서 죄 없이 죽거나 상하는 자가 이미 많다. 마땅히 좋은 인재를 가려 법을 맡을 관원을 삼아 나라 안에 원통한 옥사를 하는 백성이 하나라도 없게 할 일이다. 혼인에 재물을 논하는 것은 오랑캐의 길이다. 백성들의 풍속이 점점 박해져 뇌물을 써서 혼인을 이루기 때문에 가난한 집의 남자는 나이가 반백이 되어도 홀아비를 면치 못하고 부잣집 사나이는 몸이 비록 사서인士庶人이라도 여러 첩을 거느리니 마땅히 엄한 법을 세워서 가난한 백성들이 뇌물 주는 풍토와 사서인이 첩을 거느리는 일을 일절 금지해야 한다.

또한 우리나라는 전제田制가 고르지 못하여 전주는 곡식을 봄에 작인[5]에게 꾸어주었다가 가을에 돌려받는데 이자가 도리어 본전보다 많으니 아아! 우리 농부들은 가을걷이 후 수저가 비게 되니 이것이 어찌 왕정이란 말인가? 마땅히 엄한 법을 세워 꾸어주고 받을 때에 다만 10에 3으로 이자를 정하고 이보다 더 받는 자는 벌금을 무겁게 해야 옳다.

5 농사짓는 사람

그 여덟 번째는 재물의 용도다.

세법도 또한 고르지 못해서 한갓 간사하고 교활한 자가 자기 몸을 살찌울 뿐 아니라 국가의 비용에 도움을 주지 못한다. 인삼, 금, 비단, 수달은 오직 우리나라에서만 나는 재물인데 이를 오로지 산골의 수령에게만 맡겨서 새어나가는 것이 많다. 마땅히 청렴하고 공정한 세무관을 뽑아 본래 정한 세금의 액수 외에 달리 범하는 일이 없게 하면 이는 백성을 편하게 하면서도 나라를 이롭게 하는 방법이다.

또한 검소한 것을 숭상하고 사치를 금하며 농사를 권하고 뽕나무에 힘쓰게 하는 것이 정치의 시작이요 노는 백성을 엄하게 벌하여 거친 땅을 개간해야 할 것이다.

그 아홉 번째는 학교를 일으키는 일이다.

서양의 학규는 귀하고 천한 사람을 가리지 않아 7, 8세가 되면 누구나 마을의 서당에 들어가고 시골 서당으로부터 군郡의 학원에 들어가고 군의 학원으로부터 사학원에 들어가고 사학원으로부터 대학에 들어가 경학經學, 법학, 철학, 의학을 공부한다. 모든 인재로 하여금 각각 그 장점에 따라 무슨 학문을 하든 반드시 실효를 구하니 진실로 지극히 좋은 법이다. 우리는 나라 안에 연무공원[6]과 육영공원[7]이 있으나 인재를 온 나라 안에서 뽑지 않고 도성 안에서만 뽑았으니 또한 실지의 효험은 없고 나라의 비용만 손실될까 두렵다.

그 열 번째는 이웃 나라와 사귈 것이다.
우리나라는 동쪽의 편협한 땅으로서 청국, 아라사, 일본 사이에 끼여 있으니 사귀는 도리를 하지 않을 수 있는가? 덕을 밝히고 가르침을 숭상하여 이웃 나라로 하여금 마음으로 기뻐하도록 교화하는 것이 첫째요, 정령[8]이 명백하고 막고 지키는 것이 경계가 엄해서 저 이웃 나라로 하여금 감히 업신여기는 마음이 생기지 못하게 하는 것이 둘째요, 엄하게 조약을 세워 신의를 지켜서 서로 화평하고 틈이 생기지 않게 하는 것이 셋째요, 모든 사신을 보냄에 있어 말을 잘하고 사리에 통달한 자를 뽑아서 나라의 체면을 소중히 하게 해야 할 것이다. 그러나 사신이 화락하지 않는 것은 역관[9]이 공을 끼고 사私를 행하는 데서 생기는 것이니 역관을 충실하고 근후한 사람을 뽑을 것이 넷째요, 모든 통상을 할 때에는 한 입으로 두 값을 말하지 말고 마음에 속이는 꾀를 끊어서 모든

6 무예를 단련하던 교육기관
7 양반의 자제를 뽑아 외국인 교사가 수학, 지리, 역사, 정치, 경제학을 교수하던 학원
8 웃전의 명령
9 통역하는 관리

142

물화를 반드시 값을 치른 뒤에 주고받을 일이다. 외국에 빚을 진 자가 있으면 많고 적은 것을 따질 것 없이 한결같이 법으로 처리할 것이다.

-민충정공 유고 중에서

읽기를 마친 고종 황제가 눈을 감았다.

깊은 회환이 밀물처럼 밀려온다.

자리에 누웠으나 잠이 오지 않는다.

"나는 과연 어떤 왕이었나?"

몸을 뒤척이며 지난날을 돌이켜본다.

선왕 철종이 뒤이을 아들이 없이 일찍 세상을 떠나자 열세 살에 왕이 되어 궁으로 들어왔다.

조 대비마마를 둘러싼 풍양 조씨들과 안동 김씨들이 왕권을 쥐락펴락하던 시절, 낭인의 세월을 보내며 '상갓집 개'라 불리던 아버지 대원군은 야인이던 시절 남들의 조롱과 멸시를 웃음으로 참아내며 인고의 시절을 보냈다. 그러나 아들이 왕좌에 앉은 이후로 그는 완전히 다른 사람이 되었다. 야인 시절의 비굴함은 온데간데없는 냉혹한 권력의 화신이 되어 안동 김씨 권세를 꺾어 정치권에서 밀어냈고 당신의 세력을 넓혀갔다.

권력의 단맛을 한껏 즐기던 아버지는 왕인 아들이 스무 살이 넘어도 왕권을 넘겨주려 하지 않았다. 지내놓고 보면 잘한 일도 있지만 참으로 많은 잘못을 저지른 아버지였다.

세상이 어떻게 돌아가는지를 전혀 모르던 분이다. 외국의 화포에 솜저고리와 화살로 대응한 분이다. 그러니 영리하고 권력욕이 강했던 아내 민 왕후와 어찌 적이 되지 않을 수 있었겠는가.

밤이 깊어 갈수록 고종의 회상도 깊어만 갔다.

왕권을 아들에게 넘기고서도 잃어버린 권력을 향한 아버지의 술수와 음모는 끊임없이 왕실과 나라에 사건을 만들었다.

임오군란도 아버지가 뒤에서 군란의 주동자들을 부추겼기 때문에 군인들이 대원위 대감의 힘을 믿고 월담을 하여 궁궐까지 난입을 했던 것이다. 이 군란에 아내는 궁녀로 변장하고 궁을 빠져나가 충청도로 도망을 갔다.

"그렇건만 내가 다시 아버지를 궁으로 모셔다 놓았으니! 다 내가 물러빠진 탓이다. 내가 좀 더 지혜와 용기가 있는 군왕이었더라면 왕비를 그토록 남의 나라 무뢰배의 손에 참살당하도록 하지 않았을 것이다! 또한 가장 아끼던 신하 민영환이 자진하도록 만들지도 않았을 것이다! ……게다가 내 후사는 또 어떤가? 내 뒤를 이을 세자 역시 몸도 시원치 않고 자식을 생산할 능력도 없으니. 나는 죽어서 종묘에 들 자격도 없고 선조를 뵐 면목도 없다. 모든 것이 내 잘못이다."

밤은 깊어 가는데 잠이 오지 않았다.

참으로 견디기 힘든 밤이었다.

아내 명성황후가 죽고, 고종은 더더욱 민영환을 의지하게 되었다.

재물에도 별 탐심이 없는 사람이었다. 관직을 주기만 하면 '제수를 취소해달라'는 상소를 줄기차게 올려 오히려 피곤할 지경으로 자리에도 욕심이 없었다. 말하기를 그다지 즐기지도 않으면서도, 뭔가 잘못된 것을 보면 누구 앞에서나 입바른 소리를 서슴지 않는 그였다.

그런 그의 성품을 두고 죽은 민 왕후도 그에 대한 불만을 여러 번 입에 올렸다.

"계정은 저 성깔 때문에 한번 큰일을 당할 것입니다. 한번 혼을 내려다가도 언제 그랬느냐는 듯 호탕하게 웃는 것을 보면 밉던 마음이 가라앉고……. 제 친정 식구라고 손이 안으로 굽어 그런지 모르겠으니, 상감께서 좀 따끔하게 나무라십시오."

"곧은 소리 한다고 나무랄 수는 없지요. 다 틀린 말은 아니니…… 허허허."

그런데 한번은 민 왕후의 심기를 크게 건드렸다. 전라도에서 농민들이 들고일어나 한성을 향해 떼를 져 달려오던 무렵이다. 그 숫자가 점점 불어나 관군이 많이 상하고 나라가 거의 난리지경에 이르렀다. 동학의 난. 그에 대해 걱정하던 왕후 앞에서 영환이 심기를 다시 건드렸다.

"삼남에서 지난 삼 년 동안 가뭄이 심해 곡물의 산출이 예년의 삼분지 일도 안 된다고 합니다. 그런데 지방 관청에서는 온갖 이름으로 세금을 만들어 거둬들이니 농사를 지어도 백성들은 초근목피로 연명을 하다가, 겨울 지나 보리가 생산될 때까지는 흙으로 허기를 달래는 이들도 있다고 합니다. 그런데 궁에서는 금강산 봉우리마다 무명 한 필에 쌀 한 가마씩을 올려서 굿을 한다고 하니, 이를 들은 백성들이 조정을 원망하지 않겠습니까? 그걸 이용해서 동학이니 뭐니 하면서 굶주린 백성을 선동하는 불충한 무리들이 있으니 저런 변이 나는 것이옵니다. 곤전마마, 진령군을 궁에서 내보내시고 무속을 멀리하시옵소서."

'진령군'이란 왕비가 임오군란을 피해 충청도 장호원 민응식의 집에 숨어 지낼 때 만난 무당이다. 왕비가 노심초사 궁으로 돌아갈 날만을 눈 빠지게 기다리며 초조해 할 때, 그 무당이 왕비의 환궁 일을 정확히 알아맞힌 것이다.

이후 궁으로 돌아온 왕비가 그 무녀를 잊지 못하고 궁으로 불러들였다. '진령군'이란 호까지 내려주고 궁 안에 굿당을 지어주었다. 그녀의 위세가 정승이 부럽지 않다고 했다.

　"그래, 동학도들이 조정을 향해 반역을 하는 것이 내 탓이다 이말인가?"

　명성황후가 발끈하고, 영환이 고개를 조아렸다.

　"그런 말씀이 아니옵고."

　"계정은 들으라. 아직 자식을 두지 않은 그대가 어찌 어미 된 내 마음을 안다고 무속이니 뭐니 그런 말을 하는가? 세자가 몸이 부실하니 금강산 아니라 백두산이라도 영험하기만 하다면 내 쌀 아니라 더한 것이라도 갖다 바치겠네. 세자가 장차 이 나라의 기둥인데, 그 기둥이 잘 되기를 축원하는 것이 뭐 그리 아깝다는 겐가?"

　"마마, 배가 등가죽에 붙을 지경으로 눈앞에서 자식을 굶겨 죽이는 백성들을 생각하시옵소서. 부모자식간의 정이야 상민인들 양반과 다르겠습니까? 그 진령군이 지금 마마의 밝은 눈을 흐리게 하고 있는 것이 신의 눈에는 보입니다."

　왕비의 얼굴이 굳어지고 오목한 눈이 더 깊어지고 말았다. 그런 왕비를 흘끔 본 고종이 영환을 달랬다.

　"계정은 그만 하라. 다 알아들었다. 노곤하여 쉬고 싶으니 그만

일어서라."

그럼에도 왕비는 진령군을 궁에서 내보내지 않았다.

이에 영환은 또 왕비를 괴롭혔다. 이번에는 진령군이 관직까지 판다는 것이다. 사람들이 돈을 싸들고 진령군을 만나기 위해 줄을 대고 있는 것이 사실이라고 했다. 그러니 진령군을 추궁하여 매관매직의 죄가 드러나면 벌을 내려야 한다고 여러 차례 간언했다. 왕비로서는 마음이 편치 않을 뿐이었다. 그렇지 않아도 임오군란 때 죽을 뻔했던 왕비로서는 점점 커지는 동학군이 두려워 더욱 그 무당에게 의지하게 되었다.

이러나저러나, 민 왕후가 죽은 후로 영환은 고종이 가장 가까이 마음을 주는 사람이었다. 언제고 부르기만 하면 들어와서 밤늦도록 앉아 이런저런 이야기를 하며 자신의 적적함을 달래주는 사람이었다. 신하이기 전에 집안사람으로, 무엇이든 속을 털어놓고 하소연하면 "폐하, 너무 심려 마시옵소서. 소신이 알아보고 처리하겠사옵니다" 말 한마디로 안심을 시키던 사람이었다.

그러던 사람이 한마디 말도 없이 제 목에 칼을 꽂다니.

생각할수록 야속하고 또한 두려웠다.

사사건건 일본의 요구를 밀어내던 버팀목이 사라졌으니, 이제 일본이 더욱 강하게 조여 올 터였다. 이제 누구를 믿고 이 난국을 의논이라도 한단 말인가?

고종이 깊고 깊은 한숨을 내쉬었다.

"어진 임금이라야 좋은 신하를 거느린다 했는데. 아아, 나는 참으로 못난 왕이로구나."

고종은 민영환의 호상과 장례를 궁내부에서 주관하게 했다. 아울러 관곽 한 벌과 옻칠, 비단 10필, 포목 각 5동과 돈 1,000원, 백미 30석, 흰 포목 1동을 내려 그의 장례를 치르도록 했다.

그가 죽은 지 사흘 후인 12월 3일에는 "나라를 생각하여 집을 버렸으니 '충'이며 정직한 것으로 사람을 감복시켰으니 '정'이라. 그의 시호를 충정忠正이라 하라" 하고 지어서 내려보냈다.

요령 소리 요란하고

민영환이 스스로 목을 찔러 자결했다는 소식은 삽시간에 온 나라 안으로 퍼졌다.

사람들이 전국 방방곡곡에서 구름같이 모여들었다. 글 읽는 선비들은 물론 지방의 유생들, 각처 절의 승려들, 어린 학생들이 며칠씩 걸어서 전동으로 모여들었다. 도저히 영환의 본가만으로는 조문객들을 다 맞을 수 없었다. 할 수 없이 길 건너편에 있는 평산 군수 윤씨의 집에 따로 조문소를 마련했는데, 나중에는 그 집도 모자라 다시 무교동 백낙진의 집에도 조문소를 차렸다.

전국의 어린 학생들과 기생들까지 상하를 가릴 것 없이 사람들이 찾아와 통곡하고 애통해 했다. 부인조회소婦人弔會所를 따로 설치해서 여인들도 마음 놓고 곡을 하고 술잔을 바치도록 하니 많은 양반가의 여인들도 조문소를 찾았다. 월정당 이씨와 일순당 정씨, 두 부인은 영환의 죽음을 슬퍼하는 제문을 지어 바쳤다. 만고에 없던 일이었다.

발인은 12월 23일이었다.

고인이 생전에 살던 전동 본가를 떠나 용인군 구산에 마련한 유택을 향해 떠나는 날.

날씨는 청명하고 온화했다. 발인에 앞서 조정의 백관이 차례로 관 앞에 나가 곡을 하여 작별을 고했다. 각국의 공사와 영사들도 관의 끈을 잡고 앞에서 인도하였다. 하늘에는 흰 차일을 치고 땅에는 흰 광목을 깔아, 그의 관은 혼백을 모시는 길을 걸어 타고 갈 상여로 향했다.

영환이 세운 흥화사립학교 학생들은 상판의 양면에 화려하고 아름다운 꽃을 그리고 그 바탕에 '명전청사名傳靑史 충관백일忠貫白日'이라 써 상여의 앞뒤에 높이 달았다. 지극히 화려하게 꾸며진 상여였다.

각 영의 군악대가 장엄하고 애달픈 장송곡을 연주하는 가운데 군 사관과 군졸들이 질서 있게 총을 메고 상여의 양옆을 호위했다. 더불어 기병대가 상여의 앞에서 나아가니 그 행렬이 장엄하기 그지없었다. 1,000장 넘게 들어온 만장 가운데 200여 장만 뽑아 각 학교에서 나온 학생들이 그것으로 만장 기를 세우고 각

영의 군졸들이 등을 들고 차례로 배열하여 뒤를 따랐다. 거리의 백성들 또한 등롱을 들고 상여를 호위하여 나아갔다.

사방의 조회소마다 상두노래를 지어 부르며 따르니 육영의 사명기司命旗는 북풍에 나부끼고 수많은 만장은 서쪽에 처량한데 거리의 백성들이 통곡하는 소리는 마치 자식이 부모를 잃은 것 같았다. 상여꾼들이 걸음걸음을 내디디며 부르는 해로가[1]는 겨울 하늘로 치솟다 땅으로 떨어져 퍼지니, 더욱 듣는 사람의 마음을 애달프게 하였다.

충신일세, 충신일세. 민충정공 충신일세
돌아갈 줄 뉘 알았나 사천년에 처음일세
살고 싶고 죽기 싫기 사람마다 상정인데
부귀공명 다 누리고 부모처자 있건마는
종묘사직 보존코자 제 멱 찔러 피흘리니
천지가 아득하고, 초목금수 슬퍼하네
어찌하나 어찌하나 대한국은 어찌하나
삼천리 강토 흔들리니 이천만 우리 동포 어찌하나
바다같이 모인 조객 진정으로 통곡하니
친분 있어 그러한가 인정 있어 그러한가

1 상두가. 부추 위의 이슬처럼 덧없다는 뜻

정충의리正忠義理 사모하여

천양지심[2] 일어날세

잊지 마세 잊지 마세 공의 유서 잊지 마세

유서사연 들어보니 피눈물이 절로 나네

살기를 도모하면 필경으로 살 수 없고

죽기를 기약하면 분명히 산다 하네

천백곱절 분발하여 학문을 더욱 힘써

자유독립 회복하면 구천에 돌아가도

기어이 도와주고 기뻐서 웃겠노라

글자마다 진실하고 말마다 격절하다

슬프다 우리 인생 나그네 같은 이 세상에

병이 들어 죽더라도 원통하다 말들 하고

부모처자 생이별도 차마 못할 인정인데

생목숨을 끊을 적에 어찌 차마 할 일인가

못 하겠네 못 하겠네 귀중하신 그 처지에

무엇을 위하여 그러한가. 우리 대한 위함이요

우리 동포 위함일세. 어와 세상 사람들아

그 정경을 생각하면 밤에 어찌 잠이 오고

일시반시 잊겠는가. 죽는 충신 장하다고

2 하늘과 땅의 마음

입으로만 칭찬 말고 그 유서 본을 받아

학문을 힘쓰고 사람마다 형제같이 사랑하여

실지상 밟아가서 인민자유 보존하고

대한독립 회복하면 대한충신 본정이요

사모하는 의리로세.

비나이다 비나이다 형제들께 비나이다

무정세월 여류한데 일시가 천금이라

깊이 든 잠 어서 깨어 공의 유서 잊지 마세

일초시간 놀지 말고 실효 있게 힘써보세

묻노니 전국 동포 죽고자 헤아리니,

산 사람이 누구이며 죽은 사람 몇몇인가

천지간에 오래가는 충정공 한 분이요

살았어도 죽은 자는 의리 없는 간신이라

―민충정공 유고 중에서

　　요령 소리 요란하고 해로가는 구슬픈데 전동 골목 어귀에는 사람들이 그야말로 인산인해를 이루어 상여가 움직이지를 못했다. 할 수 없이 다른 길로 돌아 종로로 나아가니 또한 장관이었다. 동네마다 따로 등을 만들어 들었는데, 구리개銅峴[3]에서는 베로 만든 두

3 현 을지로 입구의 옛 이름

건을 쓴 사람 사십 명이 등을 만들어 들고 상여를 따랐다.

거리에는 일본 순사와 헌병들이 만일의 사태에 대비하여 거리의 양편에서 사람들을 감시하였다. 슬픔과 분을 참지 못한 젊은이 하나가 돌을 주워서 일본 순사를 향해 던지니 그 광경을 본 조문객들이 너도나도 순사들에게 돌을 던지기 시작해, 급기야 종거리는 날아다니는 돌멩이로 아수라장이 되었다.

투석전은 헌병들이 공포탄을 쏘고 기마대가 채찍을 휘둘러 사람들을 쫓고서야 멈췄다.

다시 움직인 상여가 서빙고를 지나 한강으로 나아갔다. 한강에는 벌써 왕명으로 선창⁴을 모아 배다리를 만들고 강 건너기를 마치 땅 건너듯 편리하게 준비해 놓았다.

날이 저물자 상여는 밤을 새워 걸어가서 이튿날에는 경기부 풍덕천에 이르렀다.

상여가 지나는 각 마을마다 제전과 제문을 올리고 날이 저물면 각 집마다 등롱과 횃불을 내어걸어 상여 지나는 길을 지켰다. 마침내 장지에 이르자 조문객들이 산 위까지 상여를 호위하여 올라갔다.

하관을 마친 것은 12월 25일 새벽 2시였다.

서울을 떠난 지 이틀이 지난 시간이었다.

4 배를 댈 수 있게 만든 다리

영환의 자결 다음 날인 1905년 12월 1일, 대한매일신보는 민공을 통곡한다는 긴 추도문을 실었다.

〈민 공을 통곡한다〉
시종무관 민영환 씨는 황실의 아주 가까운 신하로서 공정하고
충직하다는 아름다운 인망이 본래 있었고 구미 여러 나라를
유람한 식견을 가지고 시대의 급한 임무에 통달하였다. 조정과
민간의 여론이 모두 공의 진퇴로서 국가의 안위를 점쳐왔다.
그런데 신조약 사건에 대하여 크고 작은 벼슬아치들이 대궐
앞에 엎드려 상소를 올려 대세를 만회코자 했으나 간사한
조무래기들의 압력으로 인하여 구속되어 징역의 판결을
받으니 이때에 국가의 일이 다시 어찌할 도리가 없어서 하늘에
뻗친 외로운 충성을 가히 나타낼 곳이 없어 이에 칼을 들어
자결하여 충의에 죽었으니 공에게 있어서는 가히 유감이 없다
하겠으나 아아!
대한의 나라 운세여! 공이 만일 회의의 자리에 있었다면
신조약이라는 것이 어찌 여기에 이르렀겠는가! 아아!
슬프도다.

죽은 자와 산 자

국장으로 치러진 그의 장례는 장엄하였다.

흰옷을 입은 사람들의 물결이 토해내는 비탄과 슬픔의 곡성은 더욱 처연했다.

그의 죽음을 애도하는 물결은 서울에서부터 장지 용인까지 스무 날 동안 인산인해를 이루어 통곡 소리가 그치지 않았다. 상여 지나가는 길목마다 흰옷을 입은 백성들의 물결은 상여 위에서 바람에 나부끼는 흰 차일과 짝을 이뤄, 마치 하늘과 땅에서 흰 강물이 흐르는 듯하였다.

동네마다 제상을 차려 노제를 지내고, 상여에 가까이라도 가보려고 발버둥을 치는 백성들 때문에 상여꾼들은 걸음을 옮기기 힘들었다.

고종 황제도 처소 밖 섬돌까지 나와 그의 마지막 길을 지켜보왔다.

차마 믿을 수 없는 죽음이고 보낼 수 없는 신하다. 불과 보름 전만 해도 그렇게 불같이 을사오적의 목을 베라고 소리치던 그가 아닌가?

민영환의 자결 소식이 전해지며, 전국에서 여러 사람이 따라 순국했다.

"내가 지금 죽지 않으면 죽어서 민 공 얼굴을 어찌 보겠나?"

전 좌의정 조병세는 그런 말을 남기고는 아편 덩어리를 삼키고 죽었다. 전 참판 홍만식, 학부 주사 이상철, 평양의 군인 김봉학도 그를 따라 죽었다.

전국 곳곳에서 올라온 유생들 가운데 거리에서 통곡하다 지쳐 쓰러진 자가 수십 명이었다. 그의 장례가 끝나고도 사람들이 물밀 듯 집으로 몰려왔다. 본가 사랑에 마련된 영환의 궤연 앞은 줄을 선 사람들로 내내 붐볐다. 어떤 이는 "충정공의 영전에 향 한 번 사르기 위해 경상도 울진에서 보름을 걸어 왔다"며 행랑에 몸 져눕기도 했다.

스무 날이 넘는 긴 장례가 끝났어도 식구들로서는 끝난 것이 아니었다.

그 넓은 집 안 어디에도 잠시 몸을 부릴 곳이 없고 눈을 부칠 짬

조차 없었다. 게다가 아침저녁 상식에 곡을 하니 목은 갈라지고 다리는 감각을 잃어 일어나다 자빠지기 일쑤였다. 그 강건하던 대방마님 서씨도 지쳤고 미망인 박수영이나 일곱 살짜리 맏이 범식은 상주喪主라고 그야말로 살을 꼬집어가며 그 시간을 보내느라 막상 슬픈지 어쩐지도 느껴지지 않을 지경이었다.

장례가 끝나고도 잠시 죽은 남편을 그리워할 틈조차 없는 몇 달이 그렇게 지났다.

개성집

해도 바뀌고 계절도 겨울에서 봄으로, 봄에서 다시 여름으로 접어들었다.

주인 없는 집 안 뜰에도 나뭇잎이 우거지고 꽃향기가 그윽했다.

코흘리개 아이들이 하루가 다르게 부쩍부쩍 자라는 것은 살아 있는 자의 특권이니 나무랄 수 없는 노릇이건만 남편 잃은 박씨 부인에게는 그것조차 힘들었다.

아직 철없는 아이들은 제 부친에게 무슨 일이 일어났는지 아랑곳하지 않고 집 안팎으로 뛰어다니느라고 소란스럽다. 큰사랑에 마련한 궤연에 아침저녁으로 상식을 올리고 제를 올릴 때는 분위기에 눌려 잠시 조용하다가도 잠시를 못 참고 서로 밀고 넘어지고 싸움질이다.

그도 그럴 것이 맏이가 이제 겨우 여덟 살에다 그 아래로 연년

생으로 아이가 넷이다. 어찌 그것들을 나무라랴. 하마터면 유복자가 될 뻔한 막내 광식이도 이제 돌이 다 되었다. 아이들이 자라는 것이 무서웠다.

"내가 혼자 이 아이들을 어찌 감당한단 말인가? 바깥어버이가 있어야 만물의 이치며 세상 돌아가는 것을 가르칠 텐데."

거기까지 생각이 미치면 가슴에 돌덩이가 얹힌 듯 마음이 무거웠다.

그날도 정원에 붉게 핀 작약을 하염없이 바라보고 있는데 배 서방이 들어와 어렵게 아뢴다.

"저어 마님, 저…… 개성집이 마님을 뵙겠다고 왔는뎁쇼."

박씨의 눈이 커졌다. 개성집이라면, 남편의 첩실이었던?

"교동의 그 개성집이란 말인가?"

"……예."

배 서방이 허리를 펴지 못하고 대답한다.

"어서 이리로 들이게. 집에 온 손님이니……."

말은 그렇게 하면서도 가슴은 두 방망이질을 친다.

자리를 잡고 앉은 박씨가 교전비 양주댁을 내보내 개성집을 맞아들이게 했다.

양주댁을 따라 개성집이 조심스레 대청으로 올랐다.

왼편으로 넓게 나 있는 안방의 문이 십 리는 되는 듯 멀리 보였다. 안방 문 앞까지 간 개성집이 잠시 멈칫한다. 그녀를 위해 양주댁이 방문을 살그머니 열어주었다. 겨우 방에 들어서자, 윗목에서 아랫목 보료 위에 앉아 있는 마님까지가 까마득하다.

처음 대감의 후처로 갓 시집온 박수영을 대면하던, 그 순간이 엊그제 일처럼 뇌리를 스친다. 열일곱 살 어린아이에게 그래도 대감의 정실이라고 댓돌 아래 돗자리를 깔고 절을 올려야 했다. 그날 그녀는 입술을 깨물었다. 어떻게 하든 내가 먼저 대감의 아들을 낳겠다고. 그러나 그 꿈은 저기 앉은 저 박씨가 아들을 낳으며 물거품이 되었다.

개성집이 공손히 박씨에게 큰절을 올렸다. 그리고 어렵게 입을 열었다.

"마님, 이제야 문안 여쭙습니다."

나이는 박씨보다 열 살이나 위지만 보통 키에 몸매도 호리호리하니 곱고, 얼굴은 아직 미색이다. 절을 받는 박씨가 한때 대감을 모셨던 이 여인을 찬찬히 바라본다.

'대감을 호릴 만한 인물이구나.'

이 여인을 처음 본 것이 언제던가. 이 댁으로 시집을 오고 나서 얼마 지나지 않아서였다. 시어머님 서씨가 개성집을 데려다가 박씨에게 인사를 드리게 했다. 열일곱 살의 정경부인 박씨는 자기보다 열 살이나 위이고 남편을 모신 지 십 년이나 넘는 첩 개성집이 어려웠다. 더구나 시어머니 서씨가 손수 들여앉힌 첩이다.

그날, 박씨에게 시어머니가 말씀하셨다.

"나이는 너보다 많지만 개성집은 네 소실이니, 너는 절을 앉아서 받아도 된다."

개성집은 감히 대청에도 오르지 못하고 마당에서 박씨에게 절을 했다. 아니꼽고 분했다. 지체가 다르다고 아직 솜털이 가시지도 않은 저 어린애한테 절을 해야 하다니. 한편, 시집오기 전부터 첩이 있다는 소문을 들어 알고는 있었지만 열일곱 살 새댁은 그런저런 것들을 살필 겨를이 없었다. 자기 자신보다 시댁의 법도와 풍속을 더 속속들이 아는 여인, 첫날밤에도 남편을 보내주지 않은 그 여인이 그저 두려웠다. 차마 첩의 얼굴을 똑바로 바라보지도 못하였다.

더욱 괴로운 것은 첫날밤을 혼자 보낸 자신을 저 개성집이 얼마나 우습게 볼까 하는, 여인으로서의 수치심이었다.

혼인날 밤. 기다려도 기다려도 신랑은 결국 그녀에게 오지 않았다. 날이 밝아 닭이 홰를 치는 소릴 듣고서야 수영은 자기 손으로 버선을 벗고 녹의홍상을 벗었다. 서럽고 분한 마음은 어디로 갔는지, 첩과 시댁 식구들에 대한 두려움으로 지낸 시절이었다.

개성집의 인사를 받던 날, 평생을 저 여인의 그늘에서 살아야 할지 모른다는 두려움에 가볍게 모은 두 손이 바르르 떨렸다. 감히 그녀를 똑바로 내려다보지도 못하고 손가락에 낀 가락지만 만지작거렸다. 어렵고 두려워 빨리 그 자리를 벗어날 수 있기만 바라던 그날이 어제 같았다.

상념에서 벗어난 박씨 부인 수영이 겨우 입을 열었다.

"이렇게 찾아와주니 고맙소. 그간 지내기는 어렵지 않으셨소?"

"아닙니다. 덕택으로 별고 없이 지냈습니다. 대방마님께서 저를 제 집으로 돌려보낼 때 먹고살 만큼 해주셔서, 덕분에 편히 지내고 있습니다."

개성집은 그날 마님께서 내리신 말씀은 옮기지 않았다.

'네게 이 논을 주는 것은 다시 다른 남자 만날 생각일랑 하지 말라는 뜻이다. 감히 대감을 모시던 네가 다른 사내를 만나서는 안 되는 것쯤은 너도 알렸다. 대감이나 나를 원망 마라. 네가 회임하길 십 년을 기다렸다. 십 년이면 적지 않은 세월임을 너도 알겠지. 다 네 운명이고 팔자거니 생각하라.'

자기를 쏘아보던 그 어른의 형형한 눈빛을 생각하면 지금도 가슴이 오그라드는 듯하다.

며느리 박씨가 아이 둘을 낳은 뒤, 시어머니가 개성에 있던 전답을 주며 개성집을 내보냈다는 이야기는 박씨도 들어 알고 있었다.

"다행이오. 나도 가끔 개성집 생각을 했다오. 대감 돌아가신 것을 따로 알리지 않았으나 소문으로 들어 알겠거니 했소. 그래도 그때 알렸어야 하지 않았나 여러 번 생각했다오. 대감을 오래 모신 사람이니 당연히 초상에 올 터인데."

"누가 혹시라도 저를 알아볼까 두려워 문상은 못했지만, 상중에 댁 근처를 몇 번 와서 먼발치에서나마 대감의 명복을 빌었습지요."

"……그랬구먼."

　박씨가 고개를 끄덕였다. 십 년을 넘게 대감과 부부로 살아온 사람이다. 냉정할 때는 매섭게 냉정하지만 섬세하고 따뜻한 남편이었으니, 저이도 그분과 함께 보낸 시절의 추억이 많으리라.

　잠시 후 박씨는 큰 유모를 불렀다.

"사랑에 나가 큰 도련님을 잠시 오라 하게."

　유모가 주저하며 의미 있는 눈길을 보냈다. 그러나 박씨는 재촉하듯 엄한 눈으로 유모를 마주 보았다.

'내가 낳은 자식이지만, 자신의 불공으로 점지된 아들이라 생

각할 터인데 어찌 보고 싶지 않겠나.'

마지못해 사랑으로 나간 유모가 범식을 데리고 들어왔다.

손님이 있는 것을 안 범식이 조심스레 방으로 들어선다.

아이를 보자 개성집이 황망히 일어선다.

"도련님……."

"범식이는 개성댁께 인사 여쭈어라."

"아이고 아닙니다, 마님. 제가 어찌 도련님 절을……."

절을 하는 아이를 향해 개성집이 맞절을 한다.

"도련님, 이렇게 장성하신 도련님을 보니 아버님을 뵌 듯합니다."

범식의 손을 잡고 어쩔 줄을 모르는 것이다.

잠시 두 사람을 바라보던 박씨가 말했다.

"아직 공부가 안 끝났으면 잠시만 앉았다 가거라."

개성집은 범식에게서 눈을 뗄 수 없었다. 아이는 아버지보다는 어머니를 닮아 눈이 부리부리하고 키도 나이에 비해 크다. 그래도 이맛전이며 얼굴의 윤곽은 갸름한 아버지 모습을 고스란히 빼닮았다.

"도련님, 올해 몇 살이시지요?"

"여덟 살입니다."

"도련님, 앞으로 아버님 못지않게 훌륭한 분이 되세요. 아버님이 구천지하에서도 기뻐하실 것입니다."

범식을 사랑으로 보내고 두 여인만 남았다.

방을 나가는 범식의 뒷모습을 바라보는 개성집의 눈에 눈물이 비치는 것을 박씨는 놓치지 않았다.

'내가 혼인을 하고 삼 년이 지나도록 남편 구경을 못하며 힘들었듯, 저 개성집도 씨받이로 들어와 아이를 못 낳았으니 그 자리가 바늘방석이었을 테지. 그 긴 세월에 얼마나 하루하루가 힘들었을꼬.'

다담상을 들이라 이른 박씨가 마침내 개성집에게 묻는다. 그동안 그렇게도 궁금했던 것이 있었다.

"다 지나간 일이지만, 아직도 내게는 그날 일이 수수께끼 같소. 그날이라는 것이…… 혼인을 하고 삼 년 만에 처음으로 대감께서 나를 찾아오신 그날 저녁 말이오."

개성집이 미소를 지으며 고개를 끄덕였다. 그러고는 한참 만에 입을 열었다.

"마님, 다 지나간 일이지만 제가 방자하고 교만해서 그리된 일입니다. 다 제가 제 복을 깨트리는 팔자였던 거지요."

"그 무슨 소리요. 그날 무슨 일이 있었기에 대감께서 늦은 밤 내게로 오신 것이오?"

다과상을 가운데 놓은 두 사람이 오래전 그날 밤의 일을 각기 떠올린다.

박씨에게는 평생 잊지 못할 행복한 날이었지만 개성집에게는 평생 씻지 못할 실수를 저지른 악몽 같은 날이었다.

"마님께서도 들어 아실지 모르겠지만 마침 제가 성불사에서 백일기도를 마치는 날이었습니다. 스님이 말하시길 그날은 천자만손天子萬孫이 생생生하는 아주 길한 날이니 반드시 대감을 모시도록 하라고 하더군요. 저도 그 며칠 전 태몽을 꾸었는데, 큰 잉어를 제가 가슴에 안는 꿈이었습니다. 아들이 틀림없다 생각하고 참으로 정성을 다해 불공을 드렸습지요. 그래 그날 절에서 돌아와서 대감 드실 저녁도 정성껏 마련하고, 술을 즐기시니 술상도 따로 마련해 놓고 대감을 기다렸어요. 그러나 술시[1]가 다 되도록 대감이 안 오시더군요. 아침에 대감께서 출타하실 때, 그날이 기도가 끝나는 날이니 일찍 퇴청하시라고 신신부탁을 했는데 말이지요. 그러니 부아도 나고, 의심도 들었습니다. 혹시 전동 본댁으로 가신 게 아닌가 하는 의심 말이지요."

차마 말하기가 거북한지, 개성집은 차 한 모금으로 목을 축였다.

"그래 안절부절못하고 있는데 마침 대감이 들어오셨어요. 반

---

1 저녁 7~9시 사이

가우면서도 혹시나 하는 마음에 제가 대감께 좀 투정을 했죠. 그렇다고 대감께서 그렇게 쉽게 돌아서실 줄이야 누가 알았겠습니까? 제가 몇 마디 하자마자 그 길로 '나는 전동으로 간다' 한마디하시고는 발길을 돌리신 겁니다. 갈아입으시려던 의복도 그대로던져 놓으시고. 그래도 저는, 며칠 전부터 그날은 꼭 교동에서 주무셔야 한다고 말씀을 드렸으니 다시 돌아오실 것으로 믿고 자정이 넘도록 앉아 기다렸지 뭡니까?"

"…… 일이 그렇게 되었구면."

박씨가 가만히 고개를 끄덕인다.

"그게 대감과 마지막이었습니다. 십 년을 데리고 살던 사람을 어찌 그렇게 매정하게 내치시는지, 참 대쪽 같은 분인 걸 그때 알았습니다."

"얼마나 섭섭하고 서러웠겠소. 가끔 늦게 돌아오시기도 하고 여기로 오셔도 사랑에서 혼자 주무시는 분이 그날은 어쩐 일이신가 했네만……. 내 그런 일이 있는 줄은 몰랐지……."

"제가 무슨 낯으로 마님께 이런 이야기를 말씀드리는지. 마님, 제가 마님께 죄를 많이 졌습니다."

"아니오. 다 인연이 그렇게 되도록 마련되어 있었을 뿐, 누가 닥쳐올 일을 알았겠소?"

"……."

"우리가 한 어른을 함께 모셨으니 그것도 인연이 아니겠소. 죄는 무슨 죄요, 법도가 그래서 그렇게 된 걸."

"말씀을 그리 해주시니 제 마음이 한결 가볍습니다. 이제 속세에서 제가 지은 죄를 마님이 풀어주신 것 같아 몸도 마음도 날 것같이 가벼워집니다."

말을 하는 개성집 얼굴이 한결 편안해 보였다.

"오랜 생각 끝에 절로 들어가기로 했습니다. 그래서 가기 전에 이렇게 걸음을 했습니다. 마님을 뵙고 용서도 받고, 도련님도 한 번 보고 싶어서요. 개성에서 제가 다니던 관음사로 갑니다."

나이도 들고 혈육도 없으니 부처님께 의탁하려는 것이구나. 잘 생각했구나. 박씨 부인이 고개를 끄덕였다.

"잘 생각했소. 세속의 질긴 허물은 다 벗고 아미타불께 의탁해 맑고 깨끗한 세상으로 들어간다니, 그거 참 좋은 일이오."

"고마우신 말씀입니다."

"후에라도 혹시 그쪽에 갈 일이 생기면 관음사에 꼭 한 번 찾아가겠소."

"마님, 감사합니다. 그리고…… 이거 받으시지요."

개성집이 작은 보따리를 박씨 앞으로 밀어놓는다.

"대감님 손때가 묻은 물건이라 마님께 돌려드리려고 가져왔습니다."

"이것이 무엇인데……?"

보따리를 풀어보니 작은 자개함 하나, 아무 칠이 없는 수수한 나무 상자 하나가 나온다.

"대감이 쓰시던 물건 가운데 교동 마님께 보내지 않았던 것들입니다. 대감의 손때가 묻은 것이라 제가 가지고 싶어 개성으로 가지고 갔으나…… 이제 마님께 돌려드립니다. 열어보셔요."

자개함을 열어보았다. 손바닥 반만 한 벼루와 먹, 연적 하나, 크고 작은 대통으로 만든 붓 집 여럿이 가지런히 들어 있다. 안에는 각 물건들이 서로 부딪히지 않도록 얇은 나뭇조각으로 칸막이를 해놓았다. 나무 상자 안에는 평소 대감이 쓰시던 세면도구가 가지런히 들어 있다. 앙증맞고 예쁜 사기 양치 소금함, 물그릇, 면도칼과 소뿔 빗이 역시 가지런히 들어 있다. 상자의 뚜껑 안쪽으로는 거울을 붙여놓았다. 어디든 가지고 다니기 편하게 만든 물건들이다.

상자 뚜껑을 덮으며 박씨가 물었다.

"개성댁, 이 물건들마저 놓고 가면 너무 섭섭지 않겠소? 아무리 이승의 인연을 끊는다 해도……."

"아닙니다. 이다음에 도련님께 드리면 좋을 듯합니다. 이로써 저는 속세에서 할 일을 다 한 것이 됩니다."

"고맙소. 내 범식에게 줄 것이오."

"감사합니다, 마님."

"아이들이 하루가 다르게 자라니, 혹 아이가 궁금하면 한 번씩 들러요."

박씨가 물건들을 다시 보자기에 싸서 한편으로 밀어놓는다.

개성집을 보내놓고 박씨는 마음이 허전했다.

"이 무슨 인연인가. 내가 낳은 자식을 자기 자식으로 여기는 것은……."

한때는 첫날밤을 혼자 지내도록 수모를 겪게 만든 사람이다. 그렇게 연연했던 이 세상을 등지고 나이 사십에 절로 들어간다니…….

지는 해를 바라보며 지난날을 돌이켜본다.

그토록 무섭던 시어머님, 한산 이씨 판서의 딸로 자기보다 일찍 민씨 댁 며느리가 되었다고 어리고 숫된 자신을 발아래로 보던 손아래 동서, 그 두 사람의 마음을 사는 데 능했던 개성집…….

억울한 일도 많았다. 혼례를 치르던 날부터 남편으로부터 소박을 맞았으니 그들이 박씨를 우습게 보는 것도 당연했다.

요즈음은 시어머님 서씨도 아들을 먼저 보내고 기승이 많이 줄었다. 게다가 오늘 왔던 개성집은 모든 걸 다 버리고 절로 들어간다고 한다.

참으로 산다는 것은 무엇인가.

여자의 팔자란 이렇게도 허무한 것인가.

푸른 대가 스스로 솟으니

그날도 박씨 부인은 찾아온 친정 동생과 함께 시간을 보내고 있었다.

수영보다 두 살이 아래인 동생은 광산 김씨네로 시집을 갔는데 남편의 어리석음으로 해서 늘 속을 썩이고 산다. 김 서방은 어제도 친구를 따라 종로 필방에 들렀다가 사고를 쳤다. 이름난 붓을 대봉에 중봉에 여럿 사고 그 비싼 단계연 벼루까지 사느라고 또 친구에게 돈을 꿨다는 것이다.

"그 친구야 돈 걱정 없는 집 서방님인 데다 워낙 문방구를 좋아하는 사람이니 그렇다 쳐도, 당장 뒤주에 쌀이 떨어진 집안 백수가 남 하는 대로 문방구를 또 샀다니 내가 아주 속이 타서 죽겠지 뭐예요. 책이나 보고 글씨나 쓰면서 그런다면 내가 말을 안 하겠어요."

"참 딱하구나. 어디 능참봉이라도 해야지, 그렇게 백두白頭[1]로 사는 지가 벌써 얼마냐."

"그러니 내가 죽겠다는 거지요. 혼인하고 지금까지 돈 한 푼 벌어본 적이 없는 사람이 앞으로라고 무슨 수가 있겠어요?"

"김 서방이 아직 철이 덜 나서 그렇지 사람은 착하지 않으냐? 네가 나무라지 말고 조곤조곤 자주 타일러라."

"그리고 보면 우리 시할머님, 시어머님이 참 대단한 분들이에요. 할머니께서는 일찍이 과수댁이 되었지만 밤잠도 안 주무시고 부지런히 길쌈을 하고 삯바느질해서 오백 석지기 땅을 마련했다니까."

"나도 그 얘기는 들어 안다. 참 대단한 분이다. 여자 힘으로 재산을 그렇게 만드셨다니…… 그런데 어째 그 자손들이 그걸 모르고."

"그래 그 할머님이 그 재산을 바치고 아드님 군수 자리를 사드렸다는 건데, 아니 그럼 뭐해요. 공부도 짧고 귀찮은 걸 싫어하시는 우리 시아버님 성품에 송사가 생겨도 '이리 뭉그적 저리 뭉그적', 약삭빠른 이방이라는 자가 뒷구멍으로 돈을 받고 송사를 제멋대로 처리하다가 결국 그 군수 자리도 못 지켜 파직이 되셨으니."

"시할머님 고생하신 것만 바람에 티끌이 된 격이구나. 쯧쯧."

1 벼슬이 없는 사람

속이 상한 동생이 또 신세 한탄을 한다.

"게다가 남편이라는 사람은 잡기를 좋아해서 집안일을 온통 내게만 맡겨놓고는 투전판이니 기생집이니 밖으로만 도니……."

"참 문제로다. 불러다가 한번 따끔하게 나무랄 어른도 한 분 안 계시고……."

"김 서방이 갓난쟁이 때, 한겨울에도 방에 불 때기가 아까운 우리 시어머니가 아이를 당신 배 위에 올려놓고 재웠다지요. 그런 아들이 저 지경이니. 아이 참, 우리 아버지는 왜 날 그 못난이한테 시집보내셨는지."

"아버님 탓하지 마라. 그것도 다 네 업으로 알아야지 어쩌겠니. 김 서방이 그런 재목인 줄 아셨더라면 아버님이 널 그리로 보내셨을까."

귀에 못이 박이도록 들어온 동생의 푸념이 이어지고 있는데, 맏이 범식이 헐레벌떡 안방으로 뛰어들어왔다.

"어머니! 어머니! 아이 숨차."

아이는 숨이 몹시 찬 듯 제 가슴을 주먹으로 친다.

"웬 소란이냐."

"저기요 어머니, 큰사랑방에 대나무가 났어요. 좀 가보세요. 배 서방이 그러는데 그거 대나무가 맞대요!"

"대나무라? 아버님 쓰시던 큰사랑방에? 도대체 무슨 소리냐?"

"내가 용식이랑 주룡이랑 셋이서 숨바꼭질을 하다가 그 방에 숨으려고 했는데, 문틈으로 파, 파란 나무가 있는 게 보였어요. 이상하다 싶은 마음에 배 서방을 불러서는, 함께 방에 들어가서 똑똑히 본 거예요. 배 서방도 대, 대나무가 맞는 것 같다며 얼른 어머니를 모셔오라 했어요."

아이는 흥분해서 허둥대며 말까지 더듬는다. 그러나 여전히 믿을 수 없는 이야기였다. 옆에서 조카의 이야기를 함께 듣던 동생이 박씨를 채근한다.

"형님, 어서 나가봅시다. 세상에나 방 안에 대나무라니!"

박씨 부인이 동생과 함께 큰사랑으로 갔다. 집에서 일하는 사람들이 이미 여럿 둘러서서 목을 빼고는 대나무가 있다는 협실을 들여다보며 웅성거리고 있다. 통인동 아씨와 함께 사랑으로 나온 마님을 보자 얼른 고개를 숙이며 길을 낸다.

남편이 쓰던 사랑채의 서실 안쪽에 딸린 협실.

아닌 게 아니라 햇빛을 보지 못하여 갓 돋은 풀처럼 연한 녹색의 잎이 달린 대나무가 보인다. 활짝 열린 방문을 타고 들어오는 바람에 가느다란 가지를 흔들고 서 있는 것은 틀림없는 대나무다. 마루 위에 바른 장판을 뚫고 솟아난 푸른 대.

박씨 부인과 통인동댁이 놀라 입을 벌린 채 대나무를 자세히 살핀다.

모두 네 순이 솟았다.

제일 큰 순은 키가 석 자가 넘을 듯 쭉 뻗었고 네 개의 가지를 달고 있다. 그다음 것은 두 자쯤 되어 보이는데 세 가지가 돋아 있었다. 셋째 순은 두 가지에 키가 한 자가 넘어 보이고 가장 작은 넷째 순은 한 자가 안 돼 보인다. 해를 못 보고 자란 대는 줄기가 가늘고 이파리 역시 연하고 부드러웠다.

서실 안쪽의 작은 협실은 대감이 옷 방으로 쓰던 곳이다.

지난해 대감이 자결하셨을 때 피투성이가 된 대감의 시신을 모셔와, 피 묻은 옷을 벗겨 의자에 걸쳐 두었던 방이다. 그 뒤로 주인 잃은 큰사랑은 아무도 쓰는 사람이 없어 늘 문을 닫아두었다.

계절은 어느덧 7월이니 그때로부터 반년이 지났다.

그동안 그 대나무가 방 안에서 저절로 생기고 자랐다는 이야기다.

박씨 부인은 마른침을 삼키며 배 서방을 불렀다.

"이보게, 배 서방. 이 방 문 단단히 잠그고, 이제 아무도 내 허락 없이 이걸 보여서는 안 되네."

"예, 마님."

"그리고 어서 이 겸인[2]을 급히 내게로 오라고 전하게. 가는 길에 누굴 만나더라도 이 이야기를 입 밖에 내서는 안 되네."

"명심합죠. 그럼 다녀오겠습니다."

몸이 떨렸다. 애써 정신을 가다듬었다.

'이 대나무는 돌아가신 대감의 혼이 현신한 것이 틀림없다. 여기에 대나무가 솟아나게 하여 당신의 맺힌 한을 다시 말하려는 것이다.'

곧 이완식이 당도했다. 배 서방으로부터 이야기를 전해 들으며 오는 길에는 그럴 리가 있나 생각하던 그였지만, 자기 눈으로 직접 대나무를 보고 나서는 온몸에서 피가 식는 듯했다.

이럴 수가 있는가? 선죽교의 정몽주 핏자국 이야기는 들어 알지만 마루 틈에서, 더구나 집 안에서 대나무가 났다니.

정경부인 박씨가 편지 한 통을 들고 안채에서 나왔다.

"이 겸인, 이 편지를 그 신문사에 가져가 거기 제일 윗사람에게 전하시오. 대감님 함자를 대면 통할 것이오."

"대한매일 말씀이군요."

충정공이 자결한 뒤, 제일 먼저 기사를 내고 추도사까지 썼던 신문사다. 거기라면 믿을 수 있을 것 같았다.

"일본인들이 알면 저 대나무를 그냥 두지 않을 테니, 일절 아무

2 이완식

에게도 알리면 안 돼요. 그러고는 교동으로 가서 대방마님을 모시고 와요."

"예, 마님. 염려마시고, 문은 모두 꼭 잠그게 하고 계십시오."

이완식이 급히 떠난 뒤, 박씨 부인은 사랑으로 통하는 일정문에 빗장을 질렀다. 방문들도 잘 잠겼는지 확인하고는 다시 배 서방을 불렀다.

"배 서방, 지금부터 아무도 밖으로 나가지 못하게 하게. 모르는 사람을 집에 들여서도 안 되네. 대문도 빗장을 단단히 지르고 뒷마당 쪽문까지 다 잠그게. 누가 오든지 내 허락 없이는 집에 들여서는 안 되네. 알겠는가?"

"예, 그런데 언제까지…… 그럽니까?"

"……일단 신문사에서 사람이 와서 사진을 찍어가고 할 때까지는 그렇게 하게."

"알겠습니다 마님."

늘 말수가 적던 주인마님이 저렇게 단호하게 두 번 세 번 강조하며 지시를 내리는 것도 의외다. 배 서방이 분주히 집 안팎을 돌아다니며 문단속을 한다.

안방으로 돌아온 박씨가 동생과 의논을 한다. 이럴 때 시동생 민영찬이라도 서울에 있으면 좋으련만, 불란서 공사로 간 그는 아직도 임지에 체류 중이다.

"언니, 하인 중에서 누가 장난으로, 아니면 다른 마음을 먹고 어디서 저 대나무를 구해다 심어 놓은 건 아닐까요?"

동생이 언니를 바라보았다.

"……하도 이상한 일이라 알 수 없다만, 누가 감히 대감의 사랑방에다 장난을 하겠니. 대감의 피 묻은 옷을 보관하던 그곳이 아니더냐."

"요즈음이야 돈만 주면 무슨 짓이든 하는 세상 아니에요?"

"그도 그렇다만, 이번은 가능한 일이 아니지 싶구나."

"어째서요?"

"거기다 무엇을 심으려면 그 방의 장판을 찢고 그 아래 있는 마룻장을 뜯어내야 하는데, 아까 살펴보니 장판이 말짱하지 않더냐? 그건 가능한 일이 아니지."

"하긴 그렇군요. 아휴, 참말로 기적 중에 기적이네. 돌아가신 충정공께서 하도 나라 꼴이 안타까우니 무슨 말씀이 하고 싶어서 현신하신 것 아닐까요?"

"나도 그 생각이다."

생각에 잠겼던 박씨가 동생을 돌려보내고 건넌방의 유모를 부른다.

"유모, 아이들을 밖에 나가지 않도록 해요. 범식이는 이리로 보내고."

아이를 앞에 앉히고 보니 아직도 흥분해 있는 기색이다. 박씨가 아이의 손을 잡으며 부드럽게 말했다.

"범식아, 저 사랑의 대나무를 똑똑히 기억해야 한다. 네 선친이 어떻게 돌아가셨는지는 알고 있지?"

"네…… 그래도 저는…… 무서워요. 어떻게 사람이 대나무가 되어요?"

"아버님이 대나무가 된 것은 아니고 아버님의 혼령이 대나무가 된 것이다. 사람이 죽을 때 간절히 원하는 것이 있으면 혼백이 저렇게 나타날 수 있단다. 가서 소세하고 옷 갈아입고 오너라. 사람들이 몰려오기 전에 사랑으로 가보자."

아이를 제 방으로 보내 놓은 박씨도 옷을 갈아입고 몸종을 부른다.

"범식이 데리고 사랑으로 나가려니 배 서방 불러서 사랑방 깨끗이 소제하고 향과 초를 준비해 놓도록 하게."

대나무 뒤로 병풍을 치고 앞에다 작은 소반을 놓았다.

초에 불을 붙이고 향을 피웠다.

제사랄 것도 없고, 그저 현신한 혼령에게 '당신의 뜻을 알았다'

고 고해야 할 것 같았다. 전에 없던 일이니 어째야 좋을지 모르지만 이렇게라도 남편의 혼을 위로하고 싶었다.

술잔을 올린 아들을 옆에 앉히고 그 손을 가만히 잡았다.

아이의 손이 따뜻하다. 흥분도 두려움도 조금은 진정이 된 듯하다.

이완식을 따라온 기자들이 어김없이 대나무를 보았고, 다음 날[3], 대한매일신보에는 민영환의 집 사랑에 난 대나무 기사와 사진이 이렇게 실렸다.

　　녹죽자생綠竹子生

　　어제 민충정공 집안사람이 본사에 와서 그 집에 푸른 대나무가

　　저절로 났다는 사실을 보고했다. 이는 대개 충정공이 살아

　　있을 때 항상 옷장을 넣어두던 온돌 밑에서 푸른 대나무가

　　갑자기 나서 우뚝 서 있는 것이었다.

　　옛날 정 포은이 목숨을 잃은 땅에 대나무가 저절로 난

　　까닭에 그 다리를 선죽교라고 이름 했더니 이제 민충정공의

　　집안에 푸른 대나무가 또 났으니 이는 대개 두 공의

　　정충대절貞忠大節이 백대에 한 법인 까닭에 이 대나무가 난

3 광무 10년(1906, 민영환이 자결한 다음 해) 7월 5일

것도 역시 같은 종류라.

아아! 기이한 일이로다.

대나무 이야기가 대한매일과 황성신문에 나자 입소문은 바람처럼 퍼져나가, 그날부터 대나무를 보려는 사람들이 어른, 아이 할 것 없이 구름처럼 전동으로 몰려들었다. 사람들은 누가 시킨 듯이 그것을 '혈죽'이라 불렀다. 민영환의 집 사랑채는 말할 것도 없고 전동 골목에 발 디딜 틈이 없었다.

대나무가 솟은 방 앞 댓돌에 머리를 찧으며 소리쳐 우는 사람도 있었다.

"아이고 아이고, 얼마나 한이 맺히셨으면 이렇게 보이십니까? 원통한 마음이 오죽했으면 죽어서도 이승을 떠나지 못하고 대나무가 되어서 가슴에 품은 한을 이렇게……."

행랑 사람들은 몰려드는 구경꾼들 때문에 땀을 뺐다.

그런데 아침나절이 채 지나기도 전, 종로경찰서에서 칼을 찬 순사 둘을 데리고 모자에 금테를 두른 일인日人 우두머리가 나타났다.

우두머리가 무어라고 순사들에게 명령하자 그들이 호루라기를 불며 조선말로 소리쳤다. 날카로운 호루라기 소리에 사람들이 놀라 모두 멈칫한다.

"다들 돌아가시오. 어서! 명령을 따르지 않으면 경찰서로 연행하겠소. 셋을 셀 때까지 가지 않는 사람은 경찰의 명령 불복종죄로 다 끌려갈 것이오."

"하나아! 두울! 세엣!"

순사 한 명이 옆구리에 찼던 긴 칼을 뽑아들었다. 사람들이 슬금슬금 뒤로 물러선다. 다른 순사 하나가 앞줄에 서서 똑바로 노려보던 늙은이의 멱살을 잡아 길에다 그대로 패대기를 친다.

사람들이 몰려들어 늙은이를 일으키며 그 순사에게 대들었다.

한 중년 사내가 쩌렁쩌렁한 목소리로 소리쳤다.

"가네가와! 김순동이! 자네가 순사라고 감히 아비뻘이나 되는 어른을 이 지경으로 만들어? 엉? 그래 우리를 다 죽여라! 어디 죽여 봐!"

가네가와라고 불린 순사가 인상을 쓰며 독이 올라 소리쳤다.

"요시, 조용히 못하겠어?"

그러고는 소리치는 중년 사내를 향해 재차 달려들었다. 이때 일인 우두머리가 뭐라고 날카롭게 소리를 쳐 그를 제지시켰다. 그제야 가네가와, 김순동이 멈칫 물러섰다. 째진 눈으로 둘러선 사람들을 노려보며 연신 분하다는 듯 씨근덕거린다.

순사들의 호루라기 소리가 재차 이어지고, 어디선가 집채만 한 말을 탄 기마대가 둘러선 사람들 사이로 밀고 들어온다. 아이들이 놀라 울고 겁먹은 사람들이 그제야 슬슬 자리를 피하며 흩어진다.

우두머리가 데리고 온 순사 둘을 앞세우고 영환의 집으로 들어섰다.

겁에 질려 서 있는 배 서방에게 그가 말했다.

"대나무가 있다는 곳이 어디인가?"

신발도 벗지 않고 협실에 들어선 우두머리가 대나무를 유심히 살펴보았다.

파랗게 뻗은 댓잎과 가느다란 줄기를 만져보고는, 몸을 숙여 밑동 쪽을 면밀히 관찰했다. 밑동 쪽에서도 가느다란 줄기가 머리카락처럼 솟아나고 있었다. 그러나 장판은 어디에고 뜯었다 다시 붙인 흔적이 없었다.

우두머리가 고개를 갸웃거렸다.

'귀신이 곡을 할 노릇이군. 서울에서는 대나무가 자라지 않는다고 들었는데 어찌된 일인가? 게다가 이 장판은 바른 지 오래된 것이 분명한데, 어떻게 마루 밑에서 대나무가 생기고 이 여린 줄기가 장판을 뚫고 나왔단 말인가. 아무래도 이 집 주인을 만나야

할 일이다.'

안채로 안내된 우두머리가 대청 아래에서 민영환의 부인을 기다렸다.

잠시 후 흰 모시 치마저고리를 입은 젊은 여주인이 대청으로 나와 내려진 발 뒤에 자리를 잡고 앉았다.

우두머리가 조선인 순사를 통해 심문을 시작했다

"당신이 죽은 민영환 씨의 부인이오?"

"그렇소."

"이름이 무엇이오?"

"밀박[4] 수영이라 하오."

"부인, 저 대나무가 어떻게 해서 저곳에 있게 되었는지 사실대로 말하지 않으면 당신이 아무리 정경부인이라도 무사하지 못할 것이오. 저 대나무를 언제, 왜 하필 저 방에다 심었소?"

"저 대는 심은 것이 아니오."

"심은 것이 아니면 저것이 자생한 것이라는 소문을 믿으라는 것이오?"

"나도 어제야 저 대를 보고 놀라울 뿐이오."

"누구를 시켜 저 대를 심었소?"

"심지 않았소이다."

4 밀양 박씨의 준말

"지금 부인이 저 대나무로써 민심을 혼란케 하고 우리 일본에 대항해서 싸움을 거는 것인 줄 모르시오?"

"나는 아무 힘이 없는 여인이오. 내가 어찌 감히 그런 생각을 했겠소?"

"그럼 우리가 일본에서 전문가를 불러 저 대를 조사하고, 그리하여 심은 것으로 밝혀진다면 그때는 어쩌겠소?"

"다시 말하지만 저 대나무를 심은 사람은 아무도 없소. 당신들도 보았지 않소. 대나무를 어디서 가져다 심었다면 저 오래된 장판이 어찌 저렇게 말짱하겠소?"

반박할 말이 없다. 우두머리인 종로서 경부가 짜증스러운 눈길로 대나무가 있는 큰사랑 쪽을 한번 힐끔 건너다보았다.

"저절로 자랐건 어디서 가져다 심었건, 진실이 밝혀질 때까지 절대 저 대나무를 건드리지 마시오. 또한 저 문을 종로서의 이름으로 봉하겠으니 장차 더는 구경꾼들을 끌어들이지 마시오."

말을 마친 세 사람은 사랑으로 통하는 일우문을 봉하고 돌아갔다.

박씨 부인은 경부건 순사건 무섭지 않았다.

"해보고 싶은 대로 해봐라. 저 대나무를 다른 곳에서 가져와 심었다고 우긴다면, 너희 놈들이 천벌을 받을 것이니."

대나무 이야기가 입에서 입으로 퍼지면서 사람들은 시를 짓고
'혈죽의 노래'를 지어 불렀다.

협실에 솟은 대는 충정공 혈죽이라.

비와 이슬 떨쳐버리고 방안의 푸른 뜻은

지금의 우국충정을 진작하네.

충정의 굳은 뜻은 절개. 피를 맺어 대가 돋아

누상에 홀로 솟아 만민을 경동시키니

인생이 비어 잡초가 우거져도 독야청청하네.

충정공의 곧은 절개는 포은 선생보다 위로다.

석교에 솟은 대도 선죽이라 유전流傳커든

하물며 방안의 대는 일러 무삼하리.

-사동寺洞의 대구여사大邱女史
대한매일신보 광무 10년 7월 21일 자

제 민충정공 당죽題閔忠正公堂竹

어찌해서 이 대가 방의 마루에 솟았는가?

하늘과 땅과 비와 이슬의 은혜를 빌리지 않네.

마디마디 떨기를 이루어 모두가 열렬한 기운이요,

가지마다 잎마다 모두 영특한 기운일세.

돌이켜보니 지난겨울 대궐 앞에서 부르짖었네.

이제부터 만고의 붓이 되오.

나이 여든에 살기를 탐한 것이 도리어 추하고 부끄러운데,

지는 해에 통곡하며 충성 문을 지나네

-팔십옹 윤영구 八十翁 尹永求
대한매일신보 광무 10 년 8 월 18일 자

통감부로서는 저 골치 아픈 대나무를 빨리 뽑아 없애고 싶을 따름이었다. 그러나 함부로 손을 쓰기도 어려웠다. 구경꾼들이 워낙 많이 밀려오는 데다 외국 공사들까지 찾아와서는 눈물을 흘리고 예를 바치니, 자칫 잘못했다가는 민심이 크게 동요할 터였다.

온 나라가 혈죽으로 시끄럽던 어느 날, 마침 종로서 형사 한 사람이 식물학자라는 일인 한 사람과 더불어 다시 민영환의 고택을 찾았다.

대나무의 형태며 잎을 샅샅이 살핀 그들은 결국 장판과 그 밑의 마룻장을 뜯어냈다. 박씨가 놀라 따졌다.

"여보시오. 지금 뭐하는 겝니까?"

"부인은 좀 비켜주시오. 뿌리가 퍼진 모양을 봐야겠으니."

한참 동안 흙을 긁어내가며 뿌리를 살피고 사진을 찍어대던 그들이 둘러선 사람들을 비집고 사랑에서 나왔다. 파내어진 대나무는 그대로 마루방에 버려진 채였다.

형사가 박씨 부인에게 말했다.

"저 대나무를 가지고 신문에 더 소문내거나 구경꾼들을 집으로 끌어들여 유언비어를 퍼뜨리지 않도록 하시오. 더 이상 소요가 있을 때는 부인을 처벌할 수밖에 없다는 것을 잊지 마시오."

형사는 대나무에 대해서는 이렇다 저렇다 말 한마디 없이 엉뚱한 협박만 하고 돌아갔다.

파서 내팽개쳐진 대나무를 보며 박씨 부인이 노한 음성으로 말했다.

"대가 상하지 않도록 흙을 털어내고 깨끗한 백지에 싸가지고 안으로 들라."

"망측한 종자들 같으니라고. 어디서 함부로……."

그러나 한편으로는 다행이었다. 저들이 딴 말 없이 곱게 물러났다는 것은, 바로 대나무가 스스로 생겨난 것임을 시인한다는 의미였으니 말이다.

박씨 부인은 마치 남편의 시신을 다루듯 버려진 대나무를 조심스레 거두었다. 여린 잎을 세어보기도 하고 마디를 쓰다듬어보기도 했다. 잎은 모두 48장. 4개의 곧게 자란 가지 외에 아직 자라지 못한 잔가지가 많이 붙어 있었다.

"그렇게 한을 품고 가셨으니⋯⋯. 이렇게 현신을 하시는구나."

남편의 영혼이 깃든 그 물건을, 잎 하나라도 상할까 조심스레 백지에 펼쳐 놓고 무명천으로 덮었다. 그리고 바람이 잘 통하는 곳에서 말렸다.

시간이 가면서 푸르던 잎은 누렇게 변하고 가느다란 잔대는 말라 바스라지기도 했다. 하루가 다르게 시들고 빛을 잃어가는 대나무를 어떻게 간수해야 할지 몰라 걱정이었다. 뿌리 뽑힌 대를 이렇게 보관하고 있음을 알면, 저들이 찾아내어 없애버릴지도 모를 일이다.

이즈음 또 다른 걱정은 이제 여덟 살이 된 범식의 교육 문제다.

많은 좋은 제자를 길러냈다는 일중 선생님을 모셔다 집안 조카아이들과 함께 한문 공부를 시키고는 있다. 그러나 '아직 공부에 재미를 못 느끼는 것 같다'는 선생님 말씀이었다.

가끔 찾아와 세상 돌아가는 이야기며 서양 이야기를 들려주곤 하는 릴리아스 언더우드 부인이, 아이들을 학교에 보내지 않는 것에 대해 간곡히 이야기한 적이 있다. 학교에 꼭 보내야 한다고 했다.

"부인, 아이들이 일곱 살이 되면 학교에 가게 해야 합니다. 국문도 배우고 셈법도 배우고 역사와 지리, 과학도 배워야 합니다. 한문 말고도 세상에 배울 것은 참으로 많습니다."

일리가 있는 말이었다.

"친구도 사귀고 운동도 배우고, 단체생활이 참 중요합니다. 이렇게 집 안에 갇혀서만 자라면 사람이 앞으로 사회에 나갔을 때 어려움을 느끼게 되지요."

박씨도 전적으로 같은 생각이다. 요즘은 다른 반가에서도 아들들을 얼마 전 문을 연 재동소학교나 교동소학교에 보낸다지 않던가. 그러나 학교 이야기만 나오면 시어머님 서씨가 역정을 냈다.

"상것들과 섞여 나쁜 행실이나 배우면 어쩔 것이냐? 치부는 다 겸인들이 알아서 하고 마름이 알아서 하면 되지."

'이제 과거도 없어졌는데 경전 공부는 해서 뭐에다 쓴다고 저러시나……'

속으로만 답답한 박씨는 내놓고 말은 못 했다.

그렇지 않아도 위의 두 아이는 이즈음 행랑에 나가 노는 것을 지나치게 좋아했다.

행랑에 한 번 나가면 밤이 새는 것도 모르고 행랑아범들 무릎에서 놀았다. 아들은 또 그렇다 쳐도 여섯 살짜리 딸 용식이는 한술 더 떠서 연까지 날렸다. 밤에 행랑에서 만들어준 연을, 눈만 뜨면 장독대의 큰 간장 항아리 위에 올라가서 날리는 것으로 하루를 보낸다. 한번은 얼어 금이 간 간장 항아리 뚜껑이 깨져서 제 키보다 큰 간장독에 빠질 뻔한 일도 있었다. 그렇게 놀라고도 말을 듣지 않는다. 연날리기뿐 아니다. 계집아이가 자치기를 안 하나 제기차기를 안 하나, 행랑 아이들이 하는 놀이란 놀이는 다 좋아해서 어머니의 속을 태운다.

"저 아이들 다섯을 나 혼자 어찌 감당한단 말인가? 아비 없는 자식이라고 흔처나 제대로 나서겠나?"

범식이만은 남편이 일찍 혼처를 정해놓았다. 우봉 이씨 댁 아기로 범식이와 동갑이니 이제 여덟 살. 시어머님 서씨가 요즘 들어 종종 그 말씀이다.

"범식이가 열 살만 넘으면 혼인을 시켜야지. 서로 언약만 한 사이인데, 아비 없는 자식이라고 그 댁에서 딴 마음 먹기 전에 일을 서둘러야 한다."

"그래도 어머님, 열 살이면 아직 어리지 않나요? 그리 일찍 혼인을 해서 데려오면 아기가 얼마나 어머니가 그립겠습니까. 열

서너 살은 되어야 하지 않을까요?"

"그러니 혼인식만 올리고 친정으로 보냈다가, 열다섯 살에 관례나 치르고 나면 그때 데리고 오자꾸나. 나도 다 생각이 있으니 염려 마라."

"예……."

"용식이도 열 살만 넘으면 마땅한 혼처를 물색해야 할 텐데."

"알아봐야죠. 어머님께서 어디 마음에 두신 댁이라도 있으신가요?"

"글쎄다, 어디 혼처야 없겠느냐. 어느 집 딸인데! 아직은 그래도 여흥 민가라면 무시하지는 못한다."

시어머니와 며느리의 대화는 자연 집안 살림 이야기로 넘어간다.

"그러나 저러나 올해는 농사가 어떤지 알아보려고 가평에 사람을 보냈더니, 그거 참, 마름이란 것이 농사가 신통치 않아 올해는 소출 쌀이 작년의 반밖에 안 된다고 벌써부터 뻗댄다던데……. 주인이 없다고 마름까지 저리 나오는구나. 그 정가란 자가 워낙 욕심이 많고 간사한 데다 소작인들 기름을 짜서 제 배를 불리는 흉악한 사람이지. 이젠 아주 내놓고 추곡을 반밖에 못 보내겠다고 하니, 앞으로가 참 큰일이로다."

남편이 살아 있을 때만 해도 집안 종복들부터 겸인들, 통인들

에다 사랑에 진을 치고 앉아 삼시세끼를 먹고 지내는 식객들까지
오륙십 명이 넘는 식구였다. 부엌에서 일하는 사람만 해도 찬비[5]
에 심부름하던 계집종까지 십여 명이 넘었으니, 쌀만 하루에 서
너 말씩 들었다. 식객도 거의 없고 겸인이나 통인도 많이 준 지금
이지만, 그래도 스물이 가까운 식구다.

"게다가 좀 가물었요? 흉년으로 굶어 죽는 사람들이 부지기수
라니, 여주나 용인에서도 올해는 어찌 나올지 모르겠습니다."

"그렇다고 집안에 나서서 마름을 다룰 만한 사람이나 있어야
말이지. 주인이 나서서 가끔 땅도 둘러보고 소작인들도 더러 만
나 이야기도 들어봐야 마름이 장난질을 못하는데. 쯧, 우리야 누
가 그러지를 못하니……."

지금도 걱정이지만 앞으로가 더욱 걱정이었다. 서씨의 말끝
이 다시 범식의 장가 이야기로 돌아갔다.

"대주大主가 없으니 문전이 한가하고 사랑이 비었구나. 그게
인심이다. 어서 범식이가 성가成家해서 출사出仕를 해야 우리 집
안이 다시 선다."

"예, 어머님. 그런 날이 다시 오겠지요."

서씨가 무릎을 짚으며 몸을 일으켰다.

"난 해 떨어지기 전에 이만 들어가 보련다."

5 음식을 만들고 다루는 사람

"아이들도 보시고, 오늘은 여기서 주무시고 가시지요."

"아니다. 잠은 내 집에서 잔다. 나는 새도 해가 지면 제 집을 찾아간다는 말 모르느냐?"

그리운 사람

시어머니 서씨를 배웅하고 들어오는 박씨 부인이 뉘엿뉘엿 서산으로 지는 해를 바라보았다. 자기도 모르게 눈물이 고였다.

외롭고 서러웠다.

남편이 그립고 또한 야속했다.

너무나 큰 짐을 맡기고 그렇게 혼자 가버린 남편이 원망스럽고 또한 보고 싶었다.

"어쩌면 한마디 말씀이라도 해주시지 않고……."

집안에 대주가 있고 없고가 이렇게 달랐다.

생전의 영환은 나랏일에 늘 바쁘니, 집안 땅이라고 한 번 둘러보거나 사람을 만나 농사가 어떤지 물어보거나 한 적은 거의 없었다. 그랬어도 다들 알아서 추곡을 바리바리 실어오곤 했다. 추곡뿐인가. 소출한 곡식 말고도 곶감이다 밤이다 자기들 먹으려고 지은 농사도 좋다는 것은 다 가지고 와서 바쳤다.

남편의 그늘이 그렇게 컸다는 것을, 저세상으로 보낸 후에야 아프게 깨닫는 박씨였다.

이즈음 박씨는 혼자 대청에 나와 정원을 바라보는 시간이 많아졌다.

시간이 약이라더니 무슨 조화인가, 갈수록 떠나간 사람이 그리웠다.

한나절 찌는 듯이 덥더니 갑자기 빗방울이 떨어진다.

후드득 떨어지는 빗방울이 널따란 파초 잎을 시원하게 적시는 것을 바라보고 있으려니 더욱 지나간 시간이 그리웠다.

세차게 때리는 빗줄기에도 파초 잎은 꿋꿋이 서서, 지나가는 바람에 물방울을 털어낸다.

파초 잎에 비 떨어지는 풍경을 남편은 그렇게도 좋아했다.

그날, 전에 없이 일찍 귀가한 남편은 사랑에 들러 손님들을 만나는 대신 안으로 곧장 들어왔다. 그리고 다정히 말했다.

"요즘 아이들은 무탈하오? 며칠 못 봤더니 눈에 삼삼하구려. 아이들을 좀 데려와 봐요."

돌아가시기 바로 이틀 전의 일이다.

방에 들어온 범식과 용식이 아버지에게 절을 올렸다.

영환이 절을 하고 서 있는 아이들을 불러 당신 무릎에 앉혔다.

"그래, 범식이는 명심보감을 읽는다더니, 재미있느냐?"

"예, 아버지."

"읽은 것 중에서 네가 특히 좋아하는 것이 있느냐?"

잠시 망설이던 범식이 또렷한 음성으로 한 구절을 외운다.

"……네, 불한자가급승단不恨自家汲繩短하고 지한타가고정심只恨他家苦井深이라는 구절을 어제 읽었습니다."

"그거 좋은 말이구나. 무슨 뜻인지는 알겠느냐?"

"네, 자기 집 두레박줄이 짧은 것은 탓하지 않고, 다만 남의 집 우물이 깊은 것만 한탄한다는 말입니다."

"허, 하필 그 구절이라니 참 기특하다. 모든 것은 저 하기 나름이지 남의 탓이 아니라는 말이렷다. 그 말을 앞으로도 꼭 명심하도록 해라."

"예."

딸 용식은 똑똑하게 대답 잘 하는 제 오라비를 부러운 듯 바라보고 있다. 올해로 다섯 살, 연분홍 치마에 연두색 저고리를 입은 용식의 눈동자가 머루 알처럼 까맣다.

"그래, 용식이 아기씨는 요즘 뭘 하고 노는고?"

용식이 얼른 일어나더니 아버지께 다시 절을 올리고는 몸을 흔들며 종알대기 시작한다.

"저는 말 타는 것이 좋고 연 날리는 것도 재미있어요."

"말을 타다니? 말이 어디 있더냐?"

"배 서방이 제 말이에요. 배 서방 등판에 올라앉아서 이랴~ 끌끌~ 하면 배 서방이 히잉~ 하고 막 기어가요."

"용식아, 말은 그만 타고 이제 너도 오라비처럼 글을 읽으렴. 그럼 더 재미있을 게야. 주룡이가 곧 너를 따라올 테니 내년부터는 너도 글을 배워야 한다. 오라비가 지금 한 말이 듣기 좋지 않으냐?"

"예, 아버지."

"그리고 배 서방은 이제 너무 늙어서 마당을 쓰는 데도 기운이 부치는 사람이다. 그러니 이제 그 등을 타면 안 된다. 아비는 너희들을 밖에서도 다 볼 수 있다. 어떠냐, 나하고 약속을 할 테냐?"

"네, 아버지!"

위의 두 아이를 내보낸 남편이 유모에게 어린 것들을 데려오라 일렀다.

잠시 후 세 살 주룡이, 두 살 장식이, 이제 한창 배를 뒤집는 광식이를 두 유모가 데리고 들어온다.

작은딸 주롱이는 아버지가 낯설어 어미 품을 파고든다. 두 돌이 갓 지난 장식이도 유모 품을 빠져나와 박씨에게로 달려든다. 영환은 주롱이와 장식이를 데려다 당신의 양 무릎 위에 앉히고 머리를 쓰다듬어준다. 아이들의 보드랍고 토실한 볼을 만지며 소리 없이 탄식한다.

'이 생명들이 없다면 지금 내 인생이 얼마나 허무하게 느껴졌을꼬. 이 아이들은 장차 어떤 인물들이 될꼬. 나라가 일본 놈들 손에 넘어가면 이 아이들의 삶은 또 얼마나 고단할 것인고.'

아이들을 한 번씩 안아 올려 재롱을 보고는 재차 유모를 불러 아이들을 내보냈다. 그리고 아내를 바라보았다.

"고맙소. 저 아이들 다섯을 내리 해마다 낳았으니……. 내게는 당신이 조선에서 일을 제일 많이 한 일등공신이오."

"대감도 무슨 말씀이세요. 저 애들을 어디 저 혼자 낳았나요?"

밖이 아무리 어수선하고 머리 아픈 일이 아무리 많아도 이 안방은 늘 편안하고 불어나는 어린 생명들로 활기가 넘쳤다. 다섯 아이들 모두 무탈하고 잘 자라는 것이 무엇보다 다행이다.

영환이 일어났다.

"이만 사랑으로 나가서 내일 올릴 상소문을 써야겠소."

따라 일어서는 훤칠한 아내의 어깨를, 그가 당겨 품에 안는다. 좀처럼 없던 일이다.

목화송이처럼 건강하고 풍성한 여인이다. 교태를 보이지 않아도 젊고 튼실한 그 자체만으로도 빛을 발하는 여인이다.

"부인은 목화송이 같소. 뽀얀 목화 꽃 말이오."

"대감도 참……"

"부인이 건강해야 하오. 아이들 다섯을 기르자면 부인부터 건강하고 담대하고…… 그래야 하오."

수영이 미처 무어라 대꾸하기 전, 남편이 휙 돌아서더니 그대로 사랑으로 향했다.

그것이 남편과의 마지막이었다.

긴 회상에서 깨어난 수영이 다시금 마당을 내려다본다.

어느새 비가 그쳤다.

나지막한 화초담을 타고 주황색 능소화와 분홍 꽃 가장이로 가느다랗고 흰 술을 단 자귀나무며 이제 막 탐스러운 꽃봉오리가 맺히기 시작한 배롱나무, 회화나무, 마당 북쪽 구석에 서 있는 모과나무, 연못을 가운데 두고 심은 온갖 화초들이 비온 후의 그윽한 풀 향기를 뿜어낸다.

방으로 들어간 그녀가 문갑을 열고 남편의 편지를 넣어둔 서첩을 다시 꺼낸다.

　구라파 사행 길에 집에 보낸 서찰들이다.

　아라사 황제 대관식에 다녀오라는 어명을 받고 1896년 4월 1일 서울을 떠난 남편은 그해 10월 21일이 되어서야 집으로 돌아왔다. 여섯 달이 넘는 긴 외유였다. 한편 수영의 길었던 소박이 끝난 것은 그가 서울을 떠나기 얼마 전의 일이었다.

　혼인한 지 삼 년이 지나서야 소박이 풀리고 이제 막 진정한 남편과 아내로 살기 시작한 무렵, 남편은 언제 돌아올지 모를 먼 길을 떠났다.

　그 바쁘고 힘든 여행 중에, 집으로 일곱 통의 편지를 보낸 것이다.

　남편이 죽고 난 후, 잠이 오지 않는 밤이면 혼자 그 편지들을 읽으며 시간을 보냈다.

　국문을 제대로 배우지 못한 남편이지만 수영과 어머니에게는 늘 국문으로 편지를 썼다.

　…… 향항에 머무르고 있는 상서 영익 형님이 날 찾아와 상해 제일의 찻집으로 데려가 오랜만에 함께 차를 마시고 그간의 회포를 풀었소. 상해에서도 이름난 찻집이오.

장원張園이라고, 정원에는 갖가지 나무와 향기 나는 꽃이
가득하고 연못에는 큰 잉어가 황금빛 비늘을 번쩍이며 놀고
있소.

집을 떠난 지 엿새 만에 중국 상해에서 보낸 편지다.

연못이 내려다보이는 누각에 올라, 나는 그 난간에 몸을 기대고
정원을 바라보는 당신의 모습을 그려보았다오. 탐스러운 검은
머리 쪽에 키가 훤칠한 당신이 흰 옷을 입고 서 있는 모습을
상상해 보았소.
그 모습은 화려하게 치장을 하고 삼삼오오 모여 난간에 기대
담소하는 어떤 여인의 모습보다 아름다운 자태였소.
집을 떠난 지 며칠이 되지 않았는데 벌써 어서 집으로
돌아가고 싶소.

남편은 며칠 후 5월 9일에도 편지를 보내왔다. 미국 뉴욕에서
보낸 편지다.

어제는 이곳에 나와 있는 러시아 총영사 로베르스키 부인의

권유로 여기[1]에 있는 센트럴 파크라는 공원을 산책하였소. 나무들이 하늘을 가리고 기이한 꽃과 특이한 풀들이 들판에 널려 있었소. 연못이 언덕을 둘렀고 못 가운데에는 새와 짐승 모양의 분수가 있어 4~5길이 넘는 물을 뿜어낸다오. 옥기둥이 서 있는 듯 참으로 장관이오. 이 나라가 얼마나 부강한지를 보여주는 그 모습이 참으로 부러웠소.

서양에서는 남녀가 서로 팔짱을 끼고 대로를 걷고, 파티가 있는 저녁이면 여인들이 가슴을 반이나 드러낸 옷을 입고 다니는데, 당당히 외간 남자와 악수도 하고 이야기하기를 즐기니 통 서로 거리낌이 없다오. 안 보려 해도 자연히 눈길이 가는 광경이오.

우리 풍속으로 보면 천하기 짝이 없다 하겠으나 이 우주 안에 있는 나라마다 풍속이 다르니, 남녀가 그렇게 자유롭게 서로를 대하는 모습에 은근히 부러운 마음도 듭디다.

노국에 도착한 남편은 편지와 함께 노국 황제 대관식에 참석하기 전에 찍은 사진을 보내왔다. 대례복을 입고 사모관대를 쓰고 팔걸이에 기대서서 찍은 사진이다.

사진 한 귀퉁이에다 이런 시를 써 넣었다.

1 뉴욕

이모불과일야농伊貌不過一野農

이 얼굴 한 농부에 지나지 않는데

위경위장시하공爲卿爲將是何功

공경이 되고 장수가 된 것은 누구의 공이더냐

오첨명기가성추誤忝名器家聲墜

관직을 더럽혀 집안 명성 추락시키고

치용청조리백공致用淸朝理百工

감히 밝은 조정에서 백관을 다스릴 수 있겠는가

그녀는 읽던 편지를 다시 서첩에 넣었다.

러시아 사행을 다녀온 다음 해에도 남편은 다시 긴 사행 길을 떠났다. 영국 빅토리아 여황제 등극 60년을 축하하는 기념식이 었다. 러시아를 다녀온 후로 건강이 많이 나빠져 감기몸살과 배 탈을 달고 사는 양반이 또 먼 길이라니 안쓰러웠다.

"어쩨 이번에도 대감이 가시는 겝니까? 광영이긴 하나 건강도 아직 회복이 안 되셨는데……."

"일본 때문에 나라가 위태로운 지경이오. 영국만이 아니라 구 라파 다섯 나라를 방문하여 전하의 친서도 전하고 친분도 만들어 조선의 사정을 알리려는 계획이오. 세계는 이제 혼자서는 살수 없는 시대가 되었소. 서로 돕고 견제하고 동지와 적을 가르는 시대, 외교가 내치만큼 중요한 시대란 말이오. 하여 서양을 다녀본 내가 적임자라 하시니 어찌 못 간다 하겠소."

"어디서건 건강하셔야 합니다."

"그래 이번에는 원동 아우[2]를 수행원으로 데려갈 생각이오. 덕분에 마음도 몸도 조금은 편하지 않겠소."

남편이 떠나고 얼마 지나지 않아 많은 이야기가 돌았다. 어명을 어긴 남편이 구라파에서 미국으로 떠나버리고, 그로 인해 황제께서 크게 노하셨다는 소문은 기가 막혔다. 참으로 믿을 수 없는 이야기였다.

어떤 이가 전해준 이야기로는, 제물포 호텔에 묵으며 영국으로 가는 배를 기다리던 남편이 그곳에서 상투를 자르고 조선 옷을 양복으로 갈아입고 떠났다는 것이다. 그것이 영국 사람들의 비위를 건드려 더는 있지 못하고 미국으로 간 것이라고도 했다. 남편이 조선으로 돌아오기만 하면 귀양을 가게 될 것이라고도 했다. 믿을 수 없는 풍문들이 끊임없이 박씨를 불안하게 만들었다.

그리고 일 년 후 남편은 돌아왔지만 집으로는 오지 못했다.

소문처럼 귀양을 가게 된 것은 아니고, 암살당할 위험이 있다

2 민영찬

는 소문 때문에 아무도 모르는 곳으로 몸을 피한 것이었다. 얼마 후 궁에서는 아무 일도 없었던 듯 남편에게 다시 군부대신을 제수했으나 곧 파직이 되었는데 그로부터 얼마 후 다시 의정부 참정을 제수했다.

세상은 정신을 차릴 수 없이 엎치락뒤치락하며 하루도 마음을 놓을 수 없었다.

그리고 남편은 그간의 일에 대해서는 일절 말을 하려 들지 않았다.

만찬의 추억

그런가 하면 언제 다시 떠올려도 행복한 추억도 있다.

남편이 자결하기 바로 두 달 전, 집에서 치렀던 그 잔치를 수영은 잊을 수 없다.

추석 지나고 며칠 후인 1905년 9월 26일, 아주 특별한 잔치가 열렸다. 조선을 방문한 미국 대통령 루스벨트의 딸 엘리스와 그녀의 보호자로 함께 온 미국 해군 대장 그리고 엘리스의 약혼자를 집에 초대해 만찬을 가진 것이다. 우리 조정에서는 이준, 이상재, 이용익, 윤치호와 호머 헐버트 등이 참석했다.

대통령의 딸이니 우리의 공주처럼 귀한 신분이 아닌가?

남편은 그 만찬에 많은 공을 들였다.

"우리 조정이 미국 대통령에게 꼭 전할 말이 있어요. 태어나자마자 어머니를 잃은 엘리스를 그 아버지가 끔찍하게 사랑한다니 자연스럽게 부탁할 기회를 만들어 보려고 집으로 초대한 것이오. 그러니 조금이라도 부족한 것이 없어야 하오. 그 젊은 아가씨가 좀 파격적인 데가 있어서 말들이 많지만, 우리에게는 흔치 않은 기회요. 하는 데까지 해봐야지.”

바로 전날, 조정에서는 홍릉 그러니까 명성황후의 능으로 엘리스 일행을 초대하여 가든 파티를 열었다. 왕가 능에서 파티를 한다는 것이 전례에 없는 파격이었다. 시비가 많았지만 조선의 젊은 왕비가 당한 비극적 죽음을 통해 일본의 야만적 침략을 생생하게 알리자는 의도였다.

그런데 엘리스 일행은 예정 시간이 한참 지나서야 파티장에 모습을 보였고, 게다가 약혼자와 함께 말을 타고 흙먼지를 일으키며 나타났다. 긴 가죽장화에 승마복을 입고 채찍을 휘두르며 나타난 엘리스의 요란한 모습에 사람들은 아연실색했다.

참석한 조선 대신들을 더욱 경악하게 만든 것은 능에 놓인 말 형상 석물에 올라타 승마 흉내를 내며 장난치는 그녀의 태도였다. 다들 눈길을 돌리고 입맛을 다셨지만 누구 하나 나서서 나무라는 사람은 없었다.

영환 또한 화가 치밀어 죽을 지경이었으나 겨우 마음을 돌렸다.

“열여덟 살 어린아이다. 그 아이를 초대하기 전, 그곳이 어떤 능인지 내력을 미리 알리지 않은 우리 탓이다. 열여덟 살짜리 심중에 조선을 멸시하려는 악의야 있었겠는가?"

그 한편으로 서글픈 울분이 고개를 쳐드는 것 또한 어쩔 수 없었다.

"어린아이에 불과한 루스벨트의 딸에게까지 이런 부탁을 해야 한다니! 대저 이것이 나라 꼴인가? 그러나 어쩌랴. 해볼 수 있는 모든 것은 다 해볼 수밖에."

추석이 지난 지 얼마 안 되어 날씨도 알맞고 청명했다.

저녁 식사는 대청에서 하고, 차는 정원에서 마시도록 했다.

의자며 식탁이며 차를 끓일 다기까지 남편 영환이 다 정했다. 음식도 너무 여러 가지를 차리는 대신 보기 좋고 먹기 좋은 것으로 몇 가지만 할 것을 지시하고, 미국 측 손님들을 위해 수저 대신 은으로 된 삼지창[1]과 칼, 티스푼까지 공방에다 견본을 주고 맞추었다.

그만큼 영환은 자신의 집에서 하는 파티에 정성을 다했다.

대접할 식단을 꼼꼼히 챙긴 것은 물론, 같은 음식을 미리 만들어 직접 맛을 보기도 했다.

잣죽으로 시작해서 신선로, 섭산적, 전유어, 어만두, 마른 홍합

---

1 포크

과 전복초, 갖은 나물에 백김치를 식사로 내가고 식사 전에는 포도주와 두부 비슷한 치즈라는 서양 안주에 숭어 알 어란에, 육포와, 호두정과를 안주로 준비했다.

후식으로는 인삼차와 조란[2]과 율란[3]을 만들었다. 잣은 꼭지를 떼고 솔잎에 하나하나 꿰어 담았다.

수영 또한 파티 준비에 남편 영환만큼 열정을 다했다.

조선이 처음인 엘리스와 일행들에게 반가의 품위와 격조를 한껏 보여주고 싶었다.

'우리가 비록 지금은 일본의 침략을 받고 있지만, 우리는 중국이나 일본과 다른 우리 고유 문화가 있다. 조촐하면서 품위 있고 검박하면서 아름다운 우리 살림살이를 눈여겨보시라.'

그날 수영은 연한 회보라색 물항라 겹치마에 흰 항라 깨끼저고리를 입고 산호와 비취와 진주로 장식한 삼색노리개를 달았다. 머리에는 푸른 옥비녀를 꽂았다. 큰아이 범식은 금박을 박은 검은색 전복을 입혔으며 볼에 살이 올라 한창 예쁜 다섯 살짜리 용식은 분홍치마 연두저고리와 연두색 당의를 입히고 머리는 금박 물린 붉은 댕기에 아얌을 씌웠다.

두 아이들을 앞세우고 정원으로 나가 손님들 한 분 한 분께 인사를 드렸다. 꽃 같던 두 아이들의 모습이 지금도 눈에 선연하다.

2 대추를 쪄서 씨를 발라내고, 꿀과 계피를 넣고 으깨서 곱게 다진 잣에 굴려 대추 모양으로 빚고 양 끝에 잣을 박은 음식
3 햇밤을 삶아 꿀과 계피를 넣고 찧어서 메추리 알만 하게 빚은 음식

그리고 흐뭇하게 웃으며 자신과 아이들을 바라보던 남편의 눈길. 박씨의 인생에서 잊지 못할 행복하고 자랑스럽던 순간들이었다.

두 아이와 박씨의 인사를 받은 엘리스는 박씨의 손을 잡아 흔들며 호들갑을 떨었다.

"참 아름다워요! 놀랍도록 아름다운 의상입니다. 아들과 딸이 입은 옷의 이름이 뭔가요?"

그러면서 수영의 노리개를 손으로 건드려 그녀를 당황하게 했지만, 짐짓 웃으며 슬기롭게 그 순간을 넘겼다.

"감사합니다. 엘리스 당신의 드레스와 모자가 더 아름답군요."

남편이 정원에서의 담소를 끝내고 손님들을 대청으로 안내했다.

미국에서 온 손님들이 신발을 신은 채 마루로 올라섰다. 그러자 호머 헐버트 씨가 보란 듯이 점잖게 구두를 벗고 마루로 올라섰고, 기다리고 있던 하인이 그의 구두를 가지런히 댓돌에 돌려놓았다. 그날 저녁, 미국 손님들과 조선 대신들은 '집 안에서 신을 신지 않는 조선의 풍습'에 대해 웃고 이야기하며 서먹하던 분위기에서 자연스레 벗어났다.

언제 떠올려도 행복한 추억이다.

남편이 자결하기 꼭 두 달 전의 일이었다.

그날 저녁의 파티를 윤치호는 후일 이렇게 이야기했다.

　루스벨트 대통령의 딸이 아시아 순방 길에 한국에도 들를
계획이 있다는 이야기에 민영환이 그 기회를 적극 활용하자고
했다.
　루스벨트가 그 딸 때문에 골치가 아프면서도 그 딸을 극진히
사랑한다는 소문에 민영환은 더욱 몸이 달았다. 우리가
그녀를 만나서 일본의 조선 보호 책략이 얼마나 부당한 것인지
설득하고, 아버지인 루스벨트와 우리 조정 사이에 다리 역할을
좀 해달라고 설득을 해볼 심산이었다.
　미국과 일본이 필리핀과 조선을 놓고 모종의 비밀 협상을
했다는 소문을 들은 나는 큰 기대를 하지 않았다. 그러나
아직 젊고 정치적으로 오염이 되지 않은 사람이니 한번 해볼
만하다고 판단했다. 이왕 찾아온 기회이니 나쁠 것은 없었다.
민영환의 집 만찬은 성공적이었다. 비록 우리의 목적은 이루지
못했지만.
　그는 모든 준비를 철저히 했다. 유럽을 돌며 상류문화를 접한
그의 안목이 탁월한 것은 둘째 치고, 처음 대하는 그의 젊은
부인 역시 대단히 인상적이었다.

키가 거의 민영환만큼이나 크고 눈이 시원하게 큰 그 부인은
반가 여주인의 품위와 위엄이 몸에 밴 여인이었다. 그 부인이
지휘해서 만들었을 음식이며 술안주 역시 모두가 정갈하고
입에 당겼다. 특히 부인의 노리개와 두 아이들의 의복이
엘리스의 눈길을 사로잡은 것을 알 수 있었다.

민영환은 엘리스를 향해 열심히 일본의 조선 침탈 기도를
설명했고 그것이 얼마나 부당한 일인가를 역설했다.

민영환의 영어는 유창했다. 지난번 사행을 중단하고 미국으로
가서 일 년을 체류한 덕분이다. 비록 우리의 이야기에 큰
관심을 가진 사람이 실상 엘리스가 아니라 그녀의 약혼자 커빈
씨이기는 했지만.

어쨌든 엘리스는 흔쾌히 우리의 요청을 들어주겠다고
약속했고 우리는 그녀의 다음 기착지인 상해로 고종의 밀서를
보내겠다고 했다. 밀서는 아마도 그 자리에 참석했던 이준이
가지고 갈 것이라고도 은밀히 알려주었다.

그러나 내가 염려했던 대로 조선의 밀서는 아무 힘을 발하지
못했다.

엘리스가 아시아 순방여행을 시작하기 전인 7월, 미국과
일본의 비밀협약[4]이 이미 성립되었음이 곧 밝혀지며 그날

4 가쓰라-테프트 밀약

만찬에 갔었던 모든 인사들을 실망시켰다.

장안에 가득한 일본 군인과 경찰이 이런 우리의 움직임에 아무 제동을 걸지 않았던 이유가 거기 있었던 것을 나중에야 알았다.

이미 미국이 일본의 편에 서 있었기 때문이었다.

-일부 윤치호 일기 중에서

제2부

죽은 자를 밟는 자

검은 손길

며칠간 추적추적 내리던 비도 그치고 더위도 그만하였다. 오늘은 절에나 가볼까 하는 생각에 동생 김집[1]을 오라 해서 기다리는 참이었다.

겸인 김시진이 밖에서 고한다.

"마님, 처음 보는 손님이 와서 마님을 뵙자고 하는데요."

"처음 보는 손님이?"

"한 사람은 일본인이고 다른 한 사람은 조선인인데 통역이라고 합니다. 일인은 이름이 이견철태랑里見鐵太郎이라고 합니다. 어쩔까요?"

"무슨 일이라 합디까? 혹시 경찰서에서 나온 사람들 아니오?"

"글쎄요. 형사들 같지는 않고, 어디서 어떻게 왔느냐고 물어도 마님을 직접 뵈어야 말씀드리겠다는군요."

---

1 시댁이 김씨인 부인

"무슨 일인지도 모르고 어찌 외간 사람을 안으로 들이겠소. 내 말을 전하고 김 서방이 작은사랑으로 데리고 가 먼저 이야기를 들어보시오."

대문과 중문 사이에는 담장이 있고 중문과 안마당 사이에도 또 야트막한 담장이 있다. 찾아온 사람들의 모습은 보이지 않아도 중문에서 김시진과 두 객이 주고받는 말이 담 너머로 들린다.

김시진이 답답하다는 듯 손들에게 짜증스럽게 하는 말이 들린다.

"정 내게 말을 못하겠으면 그냥 돌아가시오. 나는 이 댁 대감이 계실 적부터 집안 살림을 맡아 하는 겸인이오. 마님께서 생면부지의 사람들을, 더구나 왜인을 안으로 들이실 것 같소?"

두런거리는 소리가 잠시 더 이어지더니, 세 사람이 움직이는 기척이 들린다. 안채에 있는 작은사랑으로 들어가는 모양이다. 무슨 일인지 궁금했다. 이야기를 끝마친 김 서방이 어서 오기를 기다리고 있는데 마침 절에 가기로 한 동생이 당도했다.

"비 그치고 나니 후덥지근하네."

"왔구나."

"잠시 땀이나 식히고 갑시다."

"그러렴."

"그런데 들어오면서 보니, 사랑으로 웬 손님들이 들어가는 것 같던데. 무슨 일이 있어요?"

"글쎄, 생면부지의 사람들이 날 보자고 찾아왔다더라. 김 서방더러 대신 만나보라고 했지. 어떤 일인이 꼭 날 보자고 한다는데 통 무슨 일인지 감이 잡히지 않는구나."

이야기를 들은 동생이 얼른 넘겨짚는다.

"저 사람들 혹시, 이 집이나 아현에 있는 대감의 별장[2]이 탐나서 그걸 팔라고 온 것 아닐까요?"

"그걸 사려고 하면 왜 내게로 오겠니? 교동 어머님께로 가야지. 내가 뭘 안다고."

"참, 형도 딱해요."

동생이 고개를 외로 꼬고 하는 말이다.

"대감이 돌아가셨으니 당연히 모든 것은 장자, 범식이 것인데 왜 시어머님께 미루는 거요? 형이 당연히 알아서 처분할 것은 처분하고 지킬 것은 지켜야지."

"이 사람아, 저들이 뭣 땜에 왔는지도 모르는데 무얼 그렇게 앞질러 나가나? 어디 이야기나 들어보고 말을 하든지."

손님들이 돌아갔는지 겸인 김씨가 방 밖에서 기침을 한다.

"마님."

"들어오게."

2 현 프랑스 대사관 자리에 있던 별장

안방에 통인동 아씨가 와 있는 것을 본 김씨가 잠시 주저하는 낯빛이다.

　"그 손님들이 무얼 잘못 알고 왔던 듯합니다. 그래 제가 잘 말을 했더니 그냥 돌아갔습니다."

　아무래도 김시진이 말을 돌리는 것만 같다.

　"싱거운 인사들 다 보겠네. 뭘 잘못 알았다는 게야."

　"그러게…… 말입지요."

　"나는 통인동 아씨하고 절에 다녀오겠네. 인력거를 좀 준비시키게."

　절에 가는 동안에도 박씨 부인의 동생 김 서방댁은 한 말 또 하고 또 하며 언니를 다그친다.

　"한번 그렇게 시작하면 앞으로도 모든 것을 대방마님께서 주무르실 게 아녜요? 처음이 어렵더라도, 형이 마음 단단히 먹고 시치미 딱 떼고 일을 처리해야 해요. 아이들을 위해서라도. 무슨 말씀인지 아시겠어요?"

　틀린 말은 아니다. 사실 이 댁 재산 중 큰 것은 모두 남편의 양부이신 태자泰字 호자鎬字가 물려주신 것이다. 남편의 생모이신 시어머님은 그 재산에 대해 이래라 저래라 할 권한이 없는 것이다.

　그러나 그분이 어떤 분인가!

그 호랑마님을 어찌 감당하나 생각만 해도 박씨는 더럭 겁이
났다.

절에서 점심 공양을 마치고 부지런히 집에 돌아왔건만 어느덧
저녁이 다 되었다.

박씨가 마당으로 들어서자 겸인 김씨가 기다렸다는 듯 달려온다.

"이제 오십니까? 제가 좀 여쭐 말씀이 있어서 마님을 기둘렸습
니다."

"잠시 후 안으로 들게. 아까 그 일 때문인가?"

"예, 아까는 통인동 아씨가 계셔서 제대로 말씀을 드리지 못했
습니다."

땀이 밴 모시 적삼을 벗어 건 박씨가 유모를 불렀다. 아이들을
데려오게 해 잠시 얼굴을 보고는 돌려보냈다. 그리고 지체 없이
김 서방을 찾았다.

윗목 끄트머리에 앉은 김 서방이 잔뜩 긴장한 얼굴로 입을 열
었다.

"이야기가 중대합니다. 다름이 아니라 경기부 부평군 부내면
산곡리에 가지고 계시던 농장 이야기입니다."

"목양사牧養社 말인가?"

"예, 대감께서 조선에 없는 귀한 서양 종자들을 심어 놓으시는

등 애착을 많이 가지셨던 농장입지요. 대감께서 연전에 구라파를 다니실 때, 땅 파는 기계며 밭 가는 기계며 길기가 애들 키만 한 가위며 참 쓸모 있는 농기구들을 많이 들여오셨어요. 저도 대감님을 모시고 여러 번 가봐서 잘 압니다."

"그건 나도 잘 아네. 그래서 뭐가 어찌 되었단 말인가."

"아까 왔던 일본인이 그 농장에 눈독을 들이는 모양입니다. 마님께서 그 농장을 자기한테 팔기만 하면 앞으로도 지금처럼 잘 가꾸고 지키겠다고 하는 겁니다. 값은 팔천 원을 쳐 드리겠으니 꼭 말씀드려달라고 신신부탁을 하고 갔습니다."

"목양사라. 대감께서 다른 전장은 안 둘러보셔도 거기는 참 공을 많이 들이신 땅이거늘."

"그렇고말고요. 그러나 대감 돌아가신 후에는 아무도 관심을 갖지 않아서 있던 일꾼들도 많이 떠나고, 지금은 농장이 많이 손상이 된 모양입니다. 그 근동에 집 없는 사람들이 거기다 움막도 짓고 채소도 가꿔 먹고 과일도 몰래 따가고 한답니다. 워낙 넓은 곳이니 울타리를 할 수도 없고, 자연히 그리된 모양입니다."

"……흠, 그래, 그 땅을 사겠다?"

박씨 부인이 잠시 뜸을 들이다 물었다.

"그래, 그 사람들이 다시 오겠다고 하던가?"

"예, 일간 다시 찾아올 테니 마님을 꼭 뵙게 해달라고 간곡히 당부하더군요."

"알았네."

"마님, 제 생각이지만 농장을 저렇게 두었다가는 거기다 누가 몰래 묘라도 쓰지 않을까 걱정입니다. 묘는 한 번 쓰고 나면 아무리 땅 임자라도 함부로 그걸 파버릴 수가 없으니 문제입지요. 그러나 지금 누가 그 농장을 관리하겠습니까? 길이가 구 리요 너비가 십 리라 부평군의 절반이나 된다니, 조선에서는 선뜻 사겠다고 나설 사람도 없을 것입니다."

"그래, 알겠네."

"그리고 오늘 온 그 사람들이, 매매가 끝날 때까지 이 이야기는 일절 누구에게도 말씀해서는 안 된다고 거듭 사정을 하더군요."

"이 이야기를 아는 사람은 나하고 김 집사 두 사람뿐일세. 이제 나가 보게."

그리고 며칠 후다.

점심나절이 지났을까, 겸인 김씨가 박씨의 방 앞에 찾아와 아뢰었다.

오신묵이라는 자가 마님 뵙기를 청한다는 것이다.

"오신묵이 누구요?"

"마님은 그자를 잘 모르실 겝니다. 지금은 발길을 끊은 지가 오래됐지만, 전에는 자주 드나들며 대감님 일을 보던 겸인 중 한 사람입니다."

"무슨 일로 나를 보자는 것인지 물어보았소?"

"그게…… 매우 중요한 일이라 꼭 마님을 뵙고 말을 해야 한다고 하는뎁쇼."

"그러면 대청으로 들이시오."

김 겸인의 안내로 오신묵이 대청에 들어섰다. 기름을 반지르르하게 바른 단발머리에 꼭 끼는 양복을 입은 중년의 남자다. 사내가 공손히 인사를 한 후 자리를 잡고 앉았다.

"마님, 그간 평안하셨습니까? 전에는 저도 대감님 덕을 많이 봤건만, 사는 게 바쁘다 보니 통 찾아뵙지 못했습니다. 송구합니다."

어딘지 간사하고 교활한 인상이었다.

"그래, 무슨 일로 날 보자고 하셨소?"

"사안이 중대한지라……. 마님께서 혹시 소문을 들으셨나 해서 왔습니다. 부평 목양사 일입니다만."

목양사. 또 목양사 이야기다.

"근자에는 거기에 대해 통 아무 말을 못 들었는데. 왜, 무슨 일이 있소?"

"바로 며칠 전 들은 이야기인데, 왕실에서 그 목양사를 내놓으라고 할 것이라는 이야기입니다."

"그게 무슨 소리요? 목양사는 대대로 우리 집안 땅인데, 왕실에서 그걸 상납하라고 할 리가 있나."

"저도 소문을 전해 듣고는 놀라운 한편 필히 말씀을 드려야 할 것 같아 이렇게 왔습니다. 자세한 내막은 잘 모르겠지만, 곧 그 땅을 상납하라는 하명이 있을 거라는 내용이었습니다."

"잘못된 소문이겠지요. 그런데 어디서 그런 소문을 들으셨소?"

"송병준 대감께서 하신 말씀이니 헛소문은 아닐 것 같습니다."

송병준이라면 대궐 드나들기를 제집 드나들 듯 한다는 사람이다. 아주 근거 없는 이야기는 아닐 터였다. 그렇다면 목양사를 상납하게 되는 것인가? 나라에서 내놓으라면 그럴 수밖에 없는 노릇 아닌가? 가슴이 철렁하는 이야기다.

교동 어머님께는 일단 송병준을 만나 더 확실한 이야기를 들어보고 말씀 드리는 것이 나을 듯했다. 그러잖아도 성급하신 어른이 화병이라도 나실까 걱정스러웠다.

"내가 수일 내로 송 대감을 한번 만나서 이야기를 들어보고 싶은데, 가서 그 말씀을 좀 전해주시오."

오신묵은 속으로 무릎을 쳤다. '그러면 그렇지! 일이 쉽게 풀릴 모양이구나!'

"예, 마님. 마침 송 대감이 어제 동경에서 돌아오셨습니다. 제가 마님 뜻을 전하고 수일 내로 한번 모시고 오겠습니다."

오신묵을 보내고 난 박씨 부인은 마음이 산란했다.

가만히 앉아 있을 수가 없어서 공연히 마루에서 방으로 방에서 또 마루로 서성였다.

'내탕고[3]가 비었다더니, 이제는 사인의 재산까지 상납하라는 것인가? 믿을 수 없는 이야기로다. 하나 언제는 믿을 수 있는 일만 있었던가. 내놓으라면 내놓아야지. 왕명을 거역할 수는 없는 일이니……'

'혹시 거짓 소문은 아닐까? 누군가 흑심을 품고 우리 집안을 흔들어보는 것일 수도 있지.'

세상인심이 흉흉하게 돌아가니 온갖 생각이 다 든다.

'아니다. 아무리 힘이 없는 왕실이라고는 하지만, 세상에 왕실의 이름을 팔아 거짓 이야기를 꾸며낼 사람이 어디 있겠는가. 감히 그것은 대역죄에 속하는 일이 아닌가.'

'그렇다면 이제 어쩌나. 이대로 앉아서 당해야 하나? 집안에 어디 사람이 있어야 뭘 알아보기라도 할 텐데. 원동 양반[4]은 아

3 왕실의 곳간
4 시동생 민영찬

직도 한성으로 들어오지 않았고. 믿을 만한 사람이 있어야 말이지…….'

오신묵이 다녀간 날 이후로 박씨 부인은 통 잠을 이루지 못했다. 잠시 눈을 붙여도 어수선한 꿈에 시달리다 깨어나기 일쑤였다.

그렇게 이틀이 지난 후, 오신묵이 송병준을 대동하고 전동으로 박씨를 찾아왔다.

처음 보는 송병준은 상상하던 것과는 딴판이었다. 다들 '친일파 송병준이 놈'이라 해서 생기기도 쥐새끼 같겠거니 했는데 웬걸, 인물이 훤했다. 행동거지에도 관록이 보였고 말솜씨도 격이 있었다. 나이는 돌아간 남편보다 서너 살이 위라고 들었는데, 어려서부터 고생하며 험한 일을 많이 했다더니, 체격도 당당했다.

"부인, 참혹한 일을 겪으시고 그간 얼마나 고통이 크셨습니까?"

겸인의 안내를 받아 안으로 들어온 그가 먼저 인사했다.

"정경부인 마님, 민 대감이 자결을 하셨다는 소식을 듣고 저 역시 며칠간 음식을 삼키지 못했습니다. 만사 제치고 조선으로 돌아와 대감님의 영전에 명복을 빌고 싶었지만 그러지 못한 것을 용서하십시오. 일본에서 하고 있는 일이 적지 않아 미처 찾아뵙지 못했습니다. 작고하신 민 대감이야말로 조선의 마지막 선비이자 선각자셨지요. 다시 한 번 깊은 조의를 표합니다, 마님."

박씨가 미처 무어라 말을 꺼내기도 전에 오신묵이 끼어들었다.

"송 대감께서 어제는 용인 충정공 묘소를 직접 다녀오셨습니다. 참배를 하시며 어찌 애통해 하시는지…… 제가 보기 민망할 지경이었습니다."

넉살 좋게 거짓말을 둘러대는 오신묵을 송병준이 힐끗 곁눈질한다.

'이놈 이거 쓸 만하구나. 그러나 믿어서는 안 될 놈이야. 입에 침도 안 바르고 거짓말을 하는구나.'

마침내 박씨가 입을 열었다.

"바쁘신 분을 이리 모신 것은…… 일전에 오씨가 목양사에 대한 소문을 전해주는데 그게 전례에 없던 일이라, 사실인지 아닌지 대감이라면 아실 듯해서 뵙자고 청하게 된 것입니다."

"심려가 많으실 줄 압니다. 그런데 그 땅이, 원래 돌아가신 명성황후께서 민태호 대감께 하사하신 것이라고 들었습니다. 민태호 대감이 돌아가시니 자연 민영환 대감께로 내려왔겠지요. 돌아가신 충정공께서 그 땅에서 농장을 경영하셨던 것인데. 아마 그런 연유로 다시 왕실에 상납하랍시는 게 아닐까 하는 제 추측입니다."

송병준의 언변은 막힘이 없었고 자연스러웠다.

"이즈음 나라의 재정이 어렵다는 것을 부인께서도 잘 아실 것입니다. 앞으로는 충정공 댁 전장뿐 아니라 다른 댁에도 그와 같은 하명이 있을 것이라 합니다. 조정의 대신과 군인들에게마저 녹봉을 제대로 주지 못하는 형편이 되니, 조정에서도 종례에 없던 일까지 생각하는 것 아닌가 싶습니다."

"조정이라면……. 그러면 폐하의 뜻입니까?"

"확실한 내막은 좀 더 알아봐야 할 것 같습니다. 실은 이리로 오기 전에 교동 마님도 찾아뵙고 말씀을 드렸습니다만."

"어머님께서 많이 놀라셨을 터인데."

"크게 놀라시더군요. 뜻밖의 일이니……. 제가 좀 더 알아보고 다시 찾아뵙겠습니다. 방법이 있을 테니 너무 심려는 마십시오."

송병준이 가보겠다고 몸을 일으키며 심상치 않게 혼잣말 하듯 말을 흘렸다.

"누구라도 나서서 그 땅을 매수해간다면 그게 제일 좋은 방편인데. 땅이 워낙 방대해놔서 쉽지는 않을 테고……."

대방마님 서씨와 박씨 부인을 만나고 온 송병준은 저절로 웃음이 났다.

"아녀자들이란 아둔해서……. 어디 세상 돌아가는 걸 알아야지? 저런 사람들이 그 큰 땅을 가지고 있어봐야 개발에 편자 아닌

가. 땅 관리하는 청지기 놈 말만 듣고 있으니 돈을 그냥 썩혀도 유분수지. 민영환이 죽기 전에 그 마누라한테 어디에 무슨 땅이 얼마나 있는지 다 알렸을 리도 없고. 그 집 땅들은 이제 무주공산이로다!"

민영환이 자결했다는 소식을 들었을 때도 혼자 웃었다.

"허허, 충신이 났구나! 제 손으로 명줄을 끊다니. 대관절 무엇을 위해서? 나라? 다 거덜이 난 나라가 귀한 목숨 바친다고 바로설 거라고 생각하면 오산이지, 오산!"

고뇌하는 민영환의 얼굴이 잠시 떠오르다 사라진다.

"그 백면서생이 어디서 그런 용기가 났는지 모르겠군. 가상하다고 해야 하나? 제 한 목숨 끊는다고 세상이 눈이나 깜짝할 줄 알아? 세상은 이미 조선을 버렸는데. 이제는 일본에 붙어서 보호든 합병이든 살길을 찾아야 할 것 아닌가. 조선은 죽었다 깨어나도 일본을 따라갈 수 없어. 제도며 기술이며 군대며, 일본 그늘에서 살 수밖에 없다고. 세상 돌아가는 걸 알아야지. 저 하나 죽는다고 나라가 다시 독립할 것이라고 생각했다면 큰 오산이고말고."

더 한심한 것은 그가 죽었다고 따라서 죽음을 택한 자들이다.

"따라 죽은 인사들은 또 뭔가? 시대가 어느 시대인데 제 손으로 순장을 하다니! 저런 자들이 조정에서 임금을 둘러싸고 있으니 나라가 이 꼴이지. 무슨 요순시대라고 제 목숨을 파리 목숨 날리 듯이……. 고관대작 가문에서 태어나 아쉬운 것 없이 산 인사들 이라 조금만 잘못 되면 어쩔 줄 모른 채 도망갈 생각이나 하고. 죽 음으로 두려움으로부터 도피하려는 게 아니고 무언가? 에이, 꽉 막힌 인간들! 공맹[5]만 찾다가 나라가 이 꼴이 되었건만 아직 그걸 벗어던지지 못하고 있다니."

이 생각 저 생각에 혼자 혀를 끌끌 차던 송병준이 아까부터 열 심히 다리를 주무르는 어린 첩 모지가 그제야 생각났다. 얼굴도 반반하고 아직 수청을 든 적이 없는 숫처녀라 해서 데려다 놓았 는데, 다리를 주무르라면 제법 가려운 곳에도 장난하듯 슬쩍슬 쩍 손을 대는 깜찍한 계집이다.

'망할 년, 요것이 나이는 어려도 사내를 제법 놀릴 줄 아는구나.'

"모지야, 다리만 주무르지 말고 이리 와봐라."

송병준이 계집을 와락 끌어당긴다.

잠시지만 기방에 있었다고 콧소리를 내며 자지러지는 어린 첩 년을 그가 와락 끌어당긴다.

'사람은 이 맛에 산다. 개똥밭에 굴러도 살아 있을 때가 좋다는 말이 바로 이런 것을 두고 하는 말 아닌가.'

5 공자와 맹자

돌려치기

송병준을 만나고 난 박씨는 목양사를 둘러싸고 요 며칠 사이에 있었던 일을 곰곰이 돌이켜본다.

느닷없이 땅을 팔라며 찾아왔던 일인.

곧 이은 오신묵의 방문.

그리고 송병준의 우려스러운 전언.

그들의 혀끝이 모두 목양사를 향하고 있다. 아무래도 시중에서 그 땅을 두고 무슨 이야기가 돌고 있기는 한 모양이었다. 그게 뭐건 반가운 이야기는 아닐 것이리라.

'그렇다면 어찌해야 하나. 작자가 있을 때 얼른 그 땅을 팔아야하나?'

김 집사 말처럼, 조선에서는 그 땅을 살 만한 사람이 없을 게 분명하다.

팔천 원이라니, 그게 적당한 값인지 아닌지도 모를 일이다. 그러나 그냥 앉아서 땅을 고스란히 상납하는 것보다야 낫지 않나.

목양사 그 땅을 서둘러 처분한다 해도, 왕실에서 상납하라는 하명이 계실 줄 까맣게 몰라서 그리한 것일 수 있으니 설마 무슨 벌이야 내리지는 않겠지.

이리저리 궁리에 바쁘던 박씨 부인이 마음을 단단히 먹고 김시진을 불러 말했다.

"다시 그 일인이 찾아오거든 내가 한번 만나나 보겠네. 오거든 바로 내게 알리게."

무엇보다 다섯 아이들을 생각했을 때, 그 땅을 그냥 앉아서 왕실에 빼앗길 수는 없었다.

시어머니가 무어라 하시든 그것은 몇 번 꾸중으로 끝날 일이다. 그러나 한 번 잃은 재산을 다시 찾기란 어려운 일이다. 아니 불가능한 일이다. '누구라도 나서서 그 땅을 사주면 그것이 최선'이라고 송병준도 말하지 않던가. 어머님께서는 필경 대대로 내려온 그 땅을 남에게 넘기려 하지 않을 것이다. '형이 알아서 팔 것은 팔고 지킬 것은 지키라'던 동생 김집의 말도 일리가 있다.

그래, 일단 작자가 있을 때 팔자. 그리고 시어머니께는 일을 처리한 후에 알리도록 하자.

마음을 그렇게 정해놓고 나니 그날 그렇게 일인을 돌려보낸 것이 아쉬웠다.

'그날, 그 일인을 그렇게 돌려보내는 게 아니었는데. 통역이라는 조선인이 어디 사는지나 알아둘 것을……'

충정공의 부인 박씨를 만난 송병준이 며칠 후 다시 충정공의 모친을 만나기 위해 부지런히 교동으로 향했다.

"이봐, 아까 내가 준 서류는 잘 가지고 왔겠지?"

"여부가 있습니까."

"쇠뿔도 단김에 빼랬다고, 공연히 말이 퍼지기 전에 일을 끝내야겠다."

"잘 생각하셨습니다. 그 댁 두 마님들이 여기저기 쑤시고 다니기 전에 쇠뿔을 빼야 합지요."

"자네는 가는 길에 푸줏간에 들러 오도록 해."

"난데없이 푸줏간은 왜요?"

"쇠갈비나 한 짝 교동 댁으로 가져오라 하게."

송병준은 주머니에서 지폐 몇 장을 꺼내 오신묵에게 내민다.

"아니, 노인 혼자 사는 집에 무슨 갈비를 한 짝씩이나 보냅니까?"

그러자 송병준이 답답하다는 듯 눈을 흘긴다.

"사람도 참, 지를 때는 제대로 질러야 하는 법이야."

요 며칠 목양사 일로 마음고생이 심했는지 서씨의 얼굴이 많이 상했다. 눈은 퀭하게 들어갔고 부쩍 늙어 보였다. 그런 서씨를 마주한 송병준이 짐짓 부드러운 음성으로 말문을 열었다.

"부평 땅 문제로 요즘 심려가 크신 점, 제가 잘 알고 있습니다. 너무 염려 마십시오. 세상에 전혀 불가능한 일이 있겠습니까. 더더욱 나라에서 하는 일이라는 것이 오히려 알지 못하는 허점이 꼭 있기 마련이지요. 제가 그간 제 일이 바빠서 마님을 자주 찾아뵙지 못해 혹시 섭섭한 마음이 있으실지 모르겠습니다만 마님께서 저를 믿어주신다면, 방법이 아주 없는 건 아닙니다."

서씨가 냉담한 눈길로 송병준을 건너다본다.

'자주 찾아뵙지를 못해? 내가 너를 못 본 지가 수년이다. 기생집 조방꾸니[1]던 널 데려다 사람 만들어서 훈련원 판관에, 사헌부 감찰까지 올라가도록 만들어준 게, 바로 우리 집안이었다.

그러던 자가 이제는 일본에 붙어서 거들먹거리는 꼴이라니…… 눈치 빠르고 혀에 기름을 바른 듯한 언변으로 이리 붙고 저리 붙는 저자를 믿어야 되나.'

한참을 뚫어지게 송병준을 바라보던 서씨가 입을 열었다.

[1] 기방의 심부름꾼

"상납을 피할 방법이 있다 하니, 어디 들어나 봅시다."

"예, 그럼 말씀드리겠습니다."

송병준이 다시 고개를 조아렸다.

"곰곰이 생각해봤는데, 상납을 하라고 하면 피할 길이 없습니다. 그러니 궁내부에서 일을 진행하기 전에 먼저 손을 쓰는 게 상책입니다. 그래서 생각한 것이, 제가 얼마 전에 만든 일진회一進會가 그 땅을 산 것처럼 해두는 것입니다. 지금 일진회라고 하면 감히 아무도 이래라 저래라 소리를 못하는 형편입죠. 그러니 왕실도 더는 어쩌지 못할 것입니다. 왕실뿐만 아니라 그 누구도 그 땅에 손을 댈 수 없으리다."

"일진회라……."

그럴듯한 제안이다. 굳었던 서씨의 마음이 흔들렸다.

"상납하라는 말씀이 내려오기 전에 일진회가 그 땅을 산 것으로 한다? 그러면 아무도 함부로 팔거나 손을 대지 못한다 이 말이오?"

"그렇습니다. 마님께서 목양사를 일진회에 판다는 가장[2] 매매계약서에 도장만 찍어주시면 됩니다. 제가 책임지고 잘 지키고 있다가 장손 범식이 십오 세 성년이 되면 돌려주겠습니다. 그때 가서 다시 일진회로부터 그 땅을 매수하시는 것처럼 재차 서류만 꾸미면 됩니다."

2 가짜

돌처럼 표정이 없는 서씨의 안색을 살핀 송병준이 얼른 말을 잇는다.

　"그간 베푸신 은공을 생각해서라도, 그 땅이 아무 탈 없이 잘 지켜지도록 제가 책임지고 노력하겠습니다. 아, 범식이 아직 어리니, 구라파에 계신 작은 대감이 귀국하면 그 이름으로 하시는 것도 나쁘지는 않겠습니다. 언제 궁에서 상납을 하라고 할지 알 수가 없으니 그게 문제이긴 하지만."

　"그건 그렇지가 않소. 원래 그 부평 목양사 땅은 돌아간 큰댁 대감께서 양아드님인 충정공에게 물려주신 것이니, 그것을 우리 작은 대감에게 돌린다는 것은 법도가 아니오."

　"그렇군요. 급한 마음에 거기까지는 생각을 못했습니다."

　말을 그렇게 하면서도 송병준은 속으로 웃었다. 큰댁으로 양자를 간 큰아들 영환보다 오로지 당신 아들인 영찬을 더 아끼는 서씨의 속을 한번 떠본 것이다.

　'내가 그걸 모를까? 곧 죽어도 사대부집 부인네라고 법도깨나 좋아하는군.'

　그러고도 송병준의 이런저런 이야기를 들으며 한참을 돌같이 말없이 앉아 있던 서씨가 마음이 정리되었는지 어렵게 입을 뗀다.

　"그렇다면, 송 대감 말처럼 해봅시다."

"잘 생각하셨습니다."

"하나 이건 어디까지나 가장으로 하는 계약이오. 나중에 다른 이야기를 하면 안 되오."

"여부가 있겠습니까. 아무 걱정 안 하셔도 됩니다. 정 못 미더우시면 제가 한 삼천 원을 드릴 터이니 맡아가지고 계시다가, 일진회가 땅을 돌려드리면 그때 제게 그 돈을 내주시면 어떻겠습니까?"

송가의 제안에 서씨는 알듯 말듯 고개를 저었다.

'남의 돈을 받아두면 그것도 빚이다.'

"됐소. 내가 송 대감을 믿고 하는 일이지 돈을 믿고 하는 일은 아니니."

일은 일사천리로 진행되고 있었다. 기뻐 손뼉이라도 치고 싶은 마음을 숨긴 송병준과 오신묵 두 사람은 가져온 서류를 서씨 앞에 내밀었다.

일본말과 한문을 섞어 쓴 서류는 간단했다. 끝에는 붉은 인장으로 '一進會之印章'이라는 도장이 찍혀 있다.

눈이 어두워 잘 보이지도 않고 읽어봐야 일본말이 섞여 있으니 알아보기도 힘들다.

오신묵이 짚어주는 곳에 서씨가 아들 영환의 도장을 찍었다.

서씨가 찍은 도장을 확인한 오가가 말한다.

"도장 쓰신 옆에다 수결로 마님 성함을 한 번 써주십시오."

서씨는 그가 내미는 이상하게 생긴 물건을 받아 서툴게 자신의 이름을 썼다.

일은 그렇게 끝났다.

서류를 가방에 넣고 두 사람이 일어났다.

"마님, 이제 한 걱정 놓으십시오. 혹시라도 궁에서 사람이 나와 이 땅에 관해 말하거든, 이제 그 사람을 저한테 보내시면 됩니다. 저도 당분간은 조선에 있을 것입니다. 하시라도 제가 도울 일이 생기면 즉각 사람을 보내십시오."

"……알았소."

"그러면 저는 또 일이 있어 이만 가보려 합니다. 더위에 모쪼록 강녕하십시오."

대청 끝에 서서 배웅하는 서씨에게 두 사람이 공손히 허리 굽혀 인사를 했다.

허리는 굽혔으나 가슴은 터질 것만 같았다.

인력거를 타고 느긋이 몸을 묻었다. 성취감에 뿌듯해진 송병준이 손을 들어 뺨을 어루만진다. 민영환의 땅을 손에 넣고 나니 민씨 문중에서 지내던 시절이 새삼 떠오른다.

민영환의 백부 민태호를 만난 것은 하늘이 돕지 않고서는 어림도 없는 일이었다. 태생부터 함경도 장진군의 말단 속리이던 송문수의 아들로 태어났다. 송문수가 본처와 사이에 자식이 없자 자식을 얻겠다고 건드린 계집 홍가가 낳은 서자가 바로 송병준이다. 그 아버지는 아직 핏덩이던 그를 생모로부터 떼어다 본처에게 주었는데, 소위 큰어머니인 본처의 구박이 어찌나 자심한지 견딜 수 없어 어린 송병준은 무작정 집을 나왔다.

"지방 말단직이라도 관리를 할 것이면 평양으로 가야 한다."

귀에 못이 박이게 듣던 아버지 말을 떠올리며 평양으로 무작정 걸었다. 거기 가면 하다못해 주막 심부름을 하더라도 배는 곯지 않을 것 같았다.

길에서 걸식을 하며 남의 집 처마 밑을 지붕 삼아 물어물어 평양까지 갔다. 그의 나이 여덟 살 때의 일이다. 평양 기방에서 심부름을 하며 들은 귀동냥으로, 그는 다시 한성으로 갈 것을 마음에 두었다. 이후 한성에서 온 객들에게는 각별히 입안의 혀처럼 살갑게 굴었다. 그렇게 해서 한성으로 갔고 한성에서도 북촌 고관들이 드나드는 수표동 기생집의 조방꾼이 되었다. 그러다가 만난 고관이 바로 민태호閔泰鎬다. 말귀를 빨리 알아듣고 눈치 빠르고 나이에 비해 몸집이 단단한 그를 민태호가 알아본 것이다. 그의 나이 열두 살 때였다. 하기야 자기 나이를 자기 스스로도 정확히 알지 못하니 그조차 확실치 않다.

이후로 송병준의 운은 그야말로 승승장구 뻗어나갔다. 민태호의 도움으로 무과에 합격하여 창덕궁의 수문장이 되었다. 그것을 시작으로 훈련원 판관을 지내고 나아가 사헌부 감찰도 지냈다. 순풍에 날개를 단 것이다. 나이 스물에, 송병준은 벌써 앞으로 조선에서 일본이 판을 칠 것을 예견했다. 그리하여 1876년 강화도 조약 때 일본 구로다 일행을 접견하는 조선 수행원으로 차출되었는데, 그는 그 길로 구로다 일행을 따라 일본으로 갔다. 그 후 일본에 남아서 꽤 알려진 자본가 오쿠라와 손을 잡았다. 그리고 조선으로 돌아와 부산에 상관을 차렸다. 그를 통해 일본과 무역을 하는 한편 고리대금업을 시작했다. 오쿠라는 일본 명치유신 때 총기를 팔아 떼돈을 번 사람으로 '죽음의 상인'이라 불린 군납업자였다.

돈을 좀 모을 무렵 임오군란이 일어났다. 반일 감정으로 흥분한 군중들이 상관에 불을 질렀고, 이미 친일파로 소문이 났던 그는 신변의 위협을 느끼고 일본으로 달아나 십 년을 지냈다. 그때 일본말을 제대로 배웠고 일본 군대의 실세들과도 친분을 쌓을 수 있었다. 생각할수록 참으로 못 말리는 운세다. 불구덩이에 빠져도 살아날 구멍이 있는 정도가 아니라 불구덩이에 빠지는 줄 알

왔더니 금덩어리가 널린 구덩이에 빠진 것이나 다름이 없는 인생이다.

여덟 살에 집을 뛰쳐나와 거리를 헤매던 그가 지금은 조선의 내무대신이다. 어전 출입을 자기 집 안방 드나들 듯이 한다. 그가 고개를 바짝 치켜들고 똑바로 바라보기만 하면 임금이란 사람도 오금이 저려 눈길을 돌린다.

"각하, 조선 사람들은 일본이라고 하면 제 부모를 죽인 원수쯤으로 생각합니다. 그러니 지금 같은 보호국으로는 안 됩니다. 서둘러 합방을 해야 할 것입니다."

지난번 이토 히로부미를 만났을 때 송병준이 한 말이다. 지금 추진하고 있는 대로 한일합방이 성사되기만 하면 일본에서 백작이나 자작 정도 작위를 받는 것은 당연한 수순일 것이다. 조선 통감부에서도 통감이야 일인이 하겠지만, 그다음 자리쯤은 송병준이 하기 나름일 것이다.

'이용직? 그도 내 상대는 되지 못한다. 이 나라에서 양반으로 태어나 조개 속의 게처럼 자란 인물들이란, 입만 살아서 떠들지 막상 일을 저지를 배포가 없다. 이제 조선에서 나 송병준을 당할 인사는 없다!'

"크음"

부풀어 오르는 가슴을 위엄 있는 기침 한 번으로 다스린다.

그는 다시 민영환을 떠올렸다.

그의 아버지 민겸호와 백부 민태호의 사랑을 드나들던 문객들이나 한 자리 바라고 그 집을 드나들던 한량들이나, 나이 열 살도 안 된 어린 영환한테 살랑살랑 아부하던 꼴이라니! 옥골선풍이 어떻고 영특한 눈매에 예사롭지 않은 문재가 어떻고 호연지기의 기상이 어떻고, 서로 더 나은 말이 없어 안달을 해대던 꼴들이라니.

영환이 큰아버지께 문안이라도 올라치면, 그가 벗어놓고 들어간 신발을 반듯하게 놓는 일조차 황송해 두 손을 공손히 모아가며 그가 벗어놓은 신발을 바로 놓던 자신이 아니던가.

사람의 팔자란 모를 일이다. 오늘 손에 넣은 목양사는 시작일 뿐이다.

죽은 충정공을 생각하면 마음에 찔리는 구석이 없는 건 아니다.

민씨 문중 사람치고, 그나마 깨끗하고 강직한 사람이 그였다. 돈을 싸들고 관직을 바라고 찾아오는 사람에게는 불호령을 내려 다시 보지 않았다. 사사로이 치부를 한 적이 없었다. 어떻게든 일본의 침탈을 면해보려고 동분서주 발 벗고 나선 인물이었다. 그러니 그의 장례에 참석했던 민영휘가 사람들에게 망신을 당하고 돌아섰다는 것 아닌가.

그러나 그 집안에는 안타깝게도 사람이 없다.

있는 것을 지킬 만한 인물이 아직 없다는 것이 바로 오늘날 민영환가의 운명이다. 집안이 일어나고 망하는 것도 다 운이다.

'자식이래야 아직 어린아이요, 집안에서 말발이나 서는 민영찬은 제 형만 한 식견이나 담력도 없는 데다 지금은 만리타국에 있으니. 그 집 재산은 그야말로 주인 없는 땅이다. 내가 안 먹어도 누군가 먹게 되어 있단 말이다! 헐값에 넘어가 먹히든지 속아 넘어가 먹히든지. 하늘이 점지한 나다. 이것도 다 천운이 아닌가!'

어찌할꼬!

다섯 살짜리 주룡이와 네 살짜리 장식이가 한꺼번에 홍역을 앓느라고 열이 불덩이처럼 오르며 보채고 있다. 박씨 부인은 애가 탄다. 막내 광식이는 유모를 딸려 교동 시어머니 댁으로 피접을 시켰다. 열흘이 넘도록 두 아이는 열이 내리지를 않는다.

겨우 잠이 든 아이들 곁에 앉은 박씨가 부채질을 해주고 있던 참이다.

청지기 김씨가 문 밖에서 아뢴다.

"마님, 며칠 전 다녀간 그…… 일인과 통역이 다시 마님을 뵙겠다고 와 있습니다."

어쩌나. 하필 이런 때에! 그간 아이들이 앓느라고 교동 시어머니께는 말씀을 비치지도 못했다. 그러니 이 일을 어쩐다? 그냥 돌려보내면 실없는 사람이 될 터인데.

생각 끝에 박씨가 말했다.

"내가 작은사랑으로 나갈 테니 그리로 모시게."

옷매무새를 바로 하고 안마당 왼편으로 붙은 작은사랑의 큰 방으로 들어섰다.

앉아 있던 두 손이 일어나 목례를 한다.

박씨가 먼저 말문을 열었다.

"아이 둘이 한꺼번에 홍역을 하는 바람에, 미처 경황이 없어 시 어른께 아직 말씀을 못 드렸소."

이견철태랑이 뭔가 서두르는 어조로 말했다.

"내일 조선을 떠나면 두어 달이나 있어야 다시 오게 됩니다. 나 는 팔천 원이면 충분히 후한 가격이라고 생각합니다. 그보다 더 부르는 사람은 만나기 힘들 겁니다."

"……."

"평지보다 구릉이 많고 골도 심해서 농사에는 적합지 않은 땅 이지요. 다른 용도로 쓰려면 그 나무들을 처치하는 데도 많은 돈 이 들 것이고. 마, 이번에 그냥 파시지요?"

이번에는 통역이라는 자가 나선다.

"결단을 내리십시오, 마님. 그렇게 큰 땅은 임자가 나설 때 처분 하시는 것이 좋습니다."

'두어 달이나 있어야 다시 온다니. 당장 내일이라도 궁내부에서 사람이 나와 땅을 상납하라고 하명하면 어쩔 것인가.'

그러나 역시 시어머니 서씨가 걸렸다. 당신께 의논도 없이 며느리 마음대로 그 큰 땅을 처분한 것을 아시면, 아무리 상황이 급박했다 해도 그냥 넘어갈 분이 아니다.

'아무렴. 그래도 가만히 앉아 뺏기는 것보다야 낫지. 돌아가신 대감의 장례비용으로 얻어 쓴 빚도 적지 않고. 게다가 이 사람들이 상납에 대한 소문을 듣기 전에 처리하는 것이 나을 게야. 수틀리면 값을 깎자고 할 수도 있으니……. 어머님도 잘 됐다고 생각하실지 모르지.'

그렇게 생각은 하면서도 머릿속에 다시 시어머니의 불길을 뿜는 눈매가 떠오르자, 입속이 타는 것 같은 심한 갈증이 느껴졌다.

'둘 중에 하나다. 땅을 잃거나 시어머니의 불같은 호령과 질책을 듣거나. 설마하니 이런 일로 나를 민씨 댁에서 내치시지야 않겠지, 다섯 아이들을 보아서라도. 할 수 없다. 한 번 죽지 두 번 죽지는 않는 것이니.'

마른 침을 삼킨 박씨가 그들은 바라보았다.

방 안에 팽팽한 긴장이 감돌았다.

"……좋소, 그 땅을 넘기겠소."

박씨의 말이 떨어지자 일인이 무릎을 꿇으며 머리를 바닥에 박았다.

"감사합니다, 부인."

통역이라는 자가 들고 온 가방을 열고 서류를 꺼냈다.

"잘 생각하셨습니다 마님. 솔직히 그 땅이 십삼만 평이라지만, 실제로 측량을 해보기 전에는 그것도 잘 모릅니다. 그러니 여러 모로 골치 썩이지 않고 잘 해결하신 것입니다."

그들이 내민 토지 매매 문서에, 박씨는 아들 범식의 도장을 찍었다. 그리고 시키는 대로 아들의 법적 대리인 난에다 자기 도장을 찍었다.

도장을 찍어 서류를 내밀자, 이번에는 저쪽에서 끈으로 묶은 돈뭉치를 꺼내 놓았다.

"어떻게 될지 몰라 돈을 준비해 왔습니다. 오는 길에 한성은행에서 찾았는데, 은행원이 두 번을 세어 묶은 다발이니 틀림없을 것입니다."

방바닥에 쌓인 돈다발을 내려다보고 있자니 박씨는 더럭 겁이 났다.

'내가 무슨 일을 벌인 것인가? 어머님 허락도 없이 너무 서두른 것은 아닌가? 지금이라도 이 사람들을 교동으로 보내야 하지 않

을까?'

뛰는 가슴을 진정하며 둘을 향해 말했다.

"이렇게 오셨는데 차라도 한 잔 하고 가시지요."

잠시라도 시간을 벌고 싶었던 것이다.

"양주댁, 인삼차하고 그 잣박산이 있으면 함께 내오게."

그러나 야속하게도, 볼일을 끝낸 두 사람이 지체 없이 몸을 일으켰다.

"고맙습니다만 내일 동경으로 가기 전에 처리할 일이 좀 있어서 이만 가봐야겠습니다. 부인, 호의는 고맙습니다."

박씨가 더 말을 할 사이도 없이 두 남자는 황망히 떠났다.

점심 생각도 들지 않았다. 냉수만 한 그릇을 마시고는 않는 두 아이들을 유모에게 맡기고 외출할 채비를 했다. 교동 시어머니께 한시라도 빨리 말씀을 드려야 할 것 같았다.

그녀는 돈 꾸러미를 보자기에 싸고 또 쌌다. 그것을 교전비 양주댁에게 들리고 사랑에서 일을 보는 청지기 김 서방을 뒤따라오게 하고 집을 나섰다.

김 서방이 근심스러운 얼굴이다.

"날씨가 아직 더운데 인력거를 대령할 것을 그랬습니다."

"아닐세. 걸어서 갈 만하네."

전동에서 교동이래야 남자들 걸음으로 치면 십 분 거리밖에
안 되기도 하지만, 대방마님 시어머니를 뵈러 가며 인력거를 탄
다는 것이 송구스러웠다.

점심을 자시고는 잠시 대청에서 눈을 붙이고 계시던 시어머니
가 놀라 일어난다.

"아니, 어쩐 일이냐. 아이들은 좀 어떠냐?"

"네, 아는 병인 데다 이제 열도 좀 내리고 낮잠을 자기에…… 그
틈에 왔습니다."

"여기 있는 아이는 잘 노니 걱정 마라. 지금 유모가 낮잠을 재우
는 모양이다."

"예에……."

"아니, 무슨 일이 있느냐? 얼굴이 어째 그러냐?"

"어머님, 긴히 말씀드릴 일이 있습니다. 방으로 들어가시지요."

"혹시 목양사 일이냐?"

"네, 어머님."

"왜? 궁에서 무슨 연락이라도 있는 게냐?"

서씨가 근심스러운 얼굴로 묻는다.

두 사람은 안방으로 들어갔다.

시어머니의 성깔대로 그녀의 안방은 아무 장식도 가구도 없

다. 덩그렇게 큰 방에는 보료 앞으로 연상이 하나, 뒷마당으로 통하는 미닫이 옆으로 작은 문갑이 한 쌍, 아랫간 벽에 붙여 놓은 삼층장이 전부다. 원래 이렇게 하고 사셨는지 아니면 임오군란 때 불에 다 타버리고 나서 방 안 기물을 새로 마련을 안 하신 것인지 알 길이 없다.

서씨는 며느리가 가지고 들어온 옥색 보자기에 싼 물건에 눈길을 준다.

"가지고 온 것이 무어냐?"

"어머님, 제가 하도 일이 급박하여 어머님께 미처 상의도 드리지 못하고 독단으로 일을 저질렀습니다."

일을 저질렀다는 며느리의 말에 서씨의 눈꼬리가 절로 올라간다.

"일을 저질렀다니?"

"목양사 땅을 처분했습니다."

"뭐야?"

"며칠 전부터 어느 일본 사람이 조선 사람을 앞세워 그 땅을 팔라고 자꾸 찾아오는데, 가만히 생각해보니 오신묵이 말대로 그냥 나라에 상납하는 것보다야 임자가 있을 때 파는 것이 낫겠다 싶어서, 오늘 아침 중에 그렇게 했습니다."

"이게 무슨 소린가. 그 땅을 네가 처분하다니? 이 집에는 위도 없고 아래도 없단 말이냐?"

분을 이기지 못한 서씨가 앉은 채 몸을 부르르 떨며 언성을 높였다.

"사겠다는 그 일본 사람이 내일 일본으로 돌아가면 두어 달 후에나 조선으로 나온다기에, 혹시 그 사이에 무슨 일이 생길까 보아 어머님께 미처 여쭤 볼 새도 없이 그렇게 했습니다."

말문이 막힌 서씨가 말을 잇지 못했다. 가슴이 울렁거려 견딜 수가 없다.

"자알 했다. 자알 했어! 그 땅은 내가 벌써 송병준이한테 넘겼어. 이제 이 일을 어쩔 셈이냐!"

"예? 어머님, 그게 무슨 말씀이신지⋯⋯."

"그자가 나를 찾아와서 하는 말이, 최근에 그 땅에 대한 소문이 많던데 당분간 일진회의 것으로 해두면 조선에서는 손을 댈 사람이 없을 테고, 나중에 범식이가 크면 다시 찾아가면 된다고 해서 그렇게 한 지가 한 이틀 됐나 보다. 너는 너대로 팔고 나는 나대로 그리 처리를 했으니 맙소사! 큰일 났구나! 이 일을 어떻게 해야 할 거나!"

박씨의 가슴이 철렁 내려앉았다. '하필 송병준이라니!'

떨리는 가슴을 가까스로 진정하며 박씨가 물었다.

"어머님, 그런데, 송병준 그 사람 믿어도 될까요? 돌아간 대감도 그 사람을 늘 간교하고 큰일을 저지를 사람이라고 했습니다."

"송병준이가 가지고 간 게 아니고 그가 회장인지 뭔지로 있는 일진회에 맡기기로 했다. 그리고 송가가 아무리 친일파라 해도 우리 민가에게는 함부로 하지 못한다. 어찌 감히⋯⋯. 그러니 더는 토를 달지 마라."

"그러면⋯⋯ 어머니, 오전에 땅을 사간 사람을 제가 다시 만나겠습니다. 만나서 계약을 물리자고 하겠습니다."

"이런 쯧. 너 언제 적에 태어난 사람이냐? 숙맥 같은 소릴 하고 있으니!"

"⋯⋯."

"시장에서 물건 하나를 사도 물리기가 힘든 법이거늘. 그 큰 땅을 거래해놓고 네 말 한마디에 손바닥 뒤집듯 해줄 것 같으냐? 참, 답답하기도 하지."

"⋯⋯."

"그리고 그 일인이 왜 그렇게 몸이 달아서 그 땅을 사겠다고 독촉을 한단 말이냐? 무슨 꿍꿍이가 있길래 그러는 거지."

앞에 놓인 돈 보따리를 보며 서씨가 묻는다.

"그래 이것이 땅을 판 돈이냐? 대체 얼마냐?"

"팔천 원입니다."

"돈은 일단 여기다 두고, 가서 그자를 이리 데려오너라. 어떤 작자가 그 땅을 그렇게 탐을 냈는지 한번 보자. 물릴 수 있으면 물려야지."

"그리하겠습니다, 어머니."

"어이구~ 그 땅이 팔천 원짜리인지 구천 원짜리인지 어찌 알고 팔았는지! 내 원 기가 막혀서……."

서씨는 아직도 분이 풀리지 않는지 며느리 쪽으로 눈길도 돌리지 않는다.

박씨가 간다는 인사도 하는 둥 마는 둥 허둥지둥 시어머니 댁을 나섰다. 열흘이나 못 만난 막내도 보지 못하고 나왔다. 집에 돌아오며 청지기 김씨에게 물으니 그 일인의 명함은 못 받았고, 통역이라는 조선인의 연락처만 가지고 있다고 했다.

"그 조선 사람을 좀 찾아서 데리고 오게. 대방마님께서 그 사람을 급히 만나자고 하시니, 데리고 가서 뵙도록 하게."

집에 돌아온 박씨는 자기가 꼭 무엇에 홀린 것만 같았다.

'내가 큰일을 저질렀구나. 좀 알아나 보고 결정할 것을. 하긴 알아보자고 해도 집안에 믿고 일을 시킬 만한 사람이 없으니.'

태산 같은 걱정과 불안이 박씨를 짓눌렀다.

'그러나 저러나 어머님은 어찌 그자의 말만 믿으시고 땅을 넘기셨단 말인가. 송병준이라면 을사조약이 있던 날, 임금님 앞에 칼을 차고 들어가서, 도장을 안 찍으면 왕위를 아드님께 양위하게 될 것이라고 임금을 위협했다는 인물 아닌가. 그런 친일파가 만든 일진회도 필시 친일 단체일 텐데, 남편의 재산을 그런 곳에 맡겼다니. 그 땅을 일인에게 넘기면서도 여간 꺼림칙하지 않았는데, 이건 돈도 한 푼 안 받고 그냥 넘기셨다니. 그럴 것이면 차라리 임금님께 상납을 하지 뭣 때문에 송병준 좋은 일을 시키셨단 말인가?'

넘을 수 없는 큰 암벽이 앞을 가로막고 선 느낌이었다.

어지럽고 손발에 힘이 쭉 빠져 몸을 가누기조차 힘들었다.

"아이고, 한잠 자고 나서 생각을 해보자. 지금은 혼이 나갔는지 아무 생각도 안 나는구나.

이왕 엎질러진 물인데, 이러다 내가 생병 나겠다."

박씨는 옷도 못 갈아입고 그대로 서늘한 방바닥에 몸을 누이고 잠시 눈을 붙였다.

얼마를 잤는지 양주댁이 그녀를 깨웠다.

저녁이 다 되어서였다.

"마님, 김 서방이 마님을 뵙겠다고 하는데요."

"으응, 잠시 기다리라고 하게, 내 나갈 테니."

대청으로 나가 보니 청지기 김시진이 댓돌 아래 서 있다. 골똘히 생각에 잠긴 듯 발끝만 내려다 보고 있다.

"그래, 그 사람을 만나 보았나?"

"예, 그게, 그 사람을 만나지는 못했습니다. 그 통역이라는 자 이름이 이용수라 하는데, 사무실을 찾아가 알아보니 거기 직원이 맞는다고 합니다. 협신상사라고 간판이 붙었더군요. 그런데 오늘 그 일인과 부산으로 갔답니다. 내일 일본으로 갔다가 한 열흘 있어야 온다니, 어쩌면 좋겠습니까?"

교동 마님의 나무람을 밖에서 다 엿들은 김 서방이었다. 근심 어린 얼굴로 박씨를 올려다본다.

"……내가 이 저녁에 교동을 다녀오기는 어렵네. 안됐지만 김 서방이 지금 곧장 교동으로 가서, 거기서 보고 들은 대로 대방마님께 말씀 올리게."

군말 없이 돌아서는 김 서방의 뒷모습을 박씨 부인이 바라본다.

어쩌랴.

땅을 판 돈도 다 드리고 왔고, 이제는 일이 어떻게 되는지 두고 볼 수밖에 없는 상황이다.

서 씨

　며느리를 보내고 난 서씨는, 돈 보따리를 솜옷에 싸고 또 싸서 삼층장 맨 위 칸에 깊이 넣고 잠근 뒤에야 한숨을 돌렸다. 땅을 매수했다는 일인이 혹시라도 계약을 취소해준다면 바로 돌려줘야 할 돈이다.

　아무리 생각해도 며느리 박씨가 한 일이 괘씸하기 짝이 없다.

　"지가 뭘 안다고 내게 의논도 없이 땅을 팔어? 시집온 지 십수 년이 넘으니 지가 아주 집안의 어른이라는 겐가? 개가 다 웃을 일이로다."

　그러면서도 마음 한 구석에서는 깊은 불안과 두려움이 고개를 쳐든다.

　"그런데 며느리 말마따나 그 송가를 믿어도 되는지 모르겠구나. 간교하고 음흉하기로 조명이 난 자 아닌가. 혹시라도 흑심을 품고 걱정해주는 척하면서 그 땅을 먹으려는 것은 아닌지……."

후욱 하고 한숨이 나온다.

"원동 대감이나 가까이 있어야 의논을 해볼 터인데 만리타국
이니…… 어째 이 댁에 이리도 사람이 귀하단 말이냐!"

그랬다. 남편의 형제가 모두 셋인데, 막상 아들을 둔 것은 셋째
인 당신의 남편 민겸호뿐이었다. 남편의 맏형 민태호泰鎬가 자손
이 없어 맏아들 영환이 태호 양반에게 양자로 들어갔고, 남편의
둘째 형 민승호는 명성황후 친정아버지의 제삿날 열 살짜리 아
들과 함께 폭사를 했으니 그 제사를 모실 사람이 없어 촌수가 먼
다른 민태호台鎬의 아들 민영익을 또 양자로 들였다. 그 민영익
은 갑신년에 있었던 난리 통에 죽다가 살아나, 지금은 중국에 도
망가 있는 형편이다.

그러니, 며느리 밀박은 생가로 치면 당신의 며느리이나 법도
로 치면 큰댁 태호 어른의 며느리고, 그 아들 범식이도 말하자면
그 댁의 손자가 되는 것이다. 며느리가 거기까지 생각하고는 자
신에게 한마디 의논도 없이 혼자 일을 저질렀을지 모른다는 것
에까지 생각이 미치자, 서씨는 그만 머리를 싸매고 누웠다.

"의뭉한 것! 숫된 듯해도 뚝심이 있는 물건이로다. 시집온 첫날
부터 소박을 맞았어도 눈물 한 번 안 보였을 때 내 알아봤다. 네가

만만치 않은 인물인 것을."

　생각할수록 며느리가 괘씸하기 짝이 없었다.

　"생떼 같은 내 아들을 덜컥 큰댁에 바치고는 그래도 내 배 아파 낳았다고 이제껏 내 아들 내 며느리라고 지극정성을 다 했는데, 다 소용없는 일을 했구나. 법도로 치면 나야말로 저 며느리가 무슨 일을 하든 감 놔라 배 놔라 할 처지가 아닌 것을!"

　돌아누우며 끄응 신세 한탄이 절로 난다.

　"내가 어서 죽어야지. 칠십이면 살 만큼 살고도 한참을 더 살았지. 온갖 험한 꼴을 다 보고……."

　나이 마흔여섯에 남편을 그렇게 끔찍하게 묻었던 일을 생각하면 지금도 가슴이 타는 듯하다. 당신보다 한 살이 아래이던 남편은 젊은 나이에 출사하여 거침없이 승승장구 벼슬길을 달렸다. 민가 성 가진 사람치고 반편이만 아니면 다 그렇게 출세들을 하던 때였다.

　그가 거동을 할 때면 호위하는 사람만 십수 명이요 바깥사랑에는 그 양반과 눈이라도 마주치려고 아침부터 봉물 보따리를 들고 찾아와 그를 기다리는 사람들로 넘쳐났고, 아홉 개 곳간은 그 사람들이 들고 오는 가지가지 귀물로 늘 넘쳐났다. 그 장부와 물품을 관리하는 치부 겸인만도 몇 사람이나 되었다.

청지기에 통인, 남녀 종복, 계집종들까지 합치면 부리는 사람만 칠팔십이 넘었다. 행랑을 붙여 짓고 또 달아 지어도 일가를 이룬 행랑 식구들로 늘 부족했다. 게다가 자손이 귀한 집에 아들을 둘이나 낳아 놓았으니 세상에 부러울 것이 없었다. 가뭄으로 삼남이 타 들어간다고 해도 혀나 한 번 끌끌 차면 그뿐. 나날이 들어오는 사향에, 비단에, 고운 모시에 온갖 진미의 먹을 것들, 그것들 들여다보는 재미에 세월 가는 줄 모르고 살았는데…….

남편은 군인들 손에 개처럼 얻어맞아 죽었다.

차마 그런 일이 닥칠 줄이야 누가 알았을까.

군란이 나기 며칠 전부터 쏟아진 비로 개울물이 넘칠 듯 불었다. 그 속에서 열흘이 넘어 겨우 찾아 건져낸 남편의 시신은 허옇게 물에 불어 차마 알아볼 수가 없는 지경이었다. 남편의 장례를 치르기도 전, 성난 백성과 군인들이 집으로 쳐들어와 닥치는 대로 부수고 불을 질렀다. 그 난리 통에 겨우 찾은 남편의 시신을 끌고 자하문 밖에 있는 고택으로 가, 곡소리 한 번 제대로 내지 못하고 도둑 장례를 치렀다.

남편의 나이 마흔다섯의 일이다. 그리고 다시 이십삼 년이 지나 큰아들 영환 역시 마흔다섯에 참혹한 죽음을 택했다.

가장 소중한 두 사람을 그렇게 일찍 불귀의 객으로 보냈다.

곳간 속에 가득하던 귀물들이 잿더미로 변했을 때, 서씨는 큰 깨달음을 얻었다. 이 세상에 눈에 보이는 것은 모두 다 찰나의 허상이구나. 귀한 것도 없고 천한 것도 없으며 좋을 것도 미울 것도 없구나. 세상 모든 미련을 버린 보살의 상태에 자신이 들었다고도 생각했다.

그럼에도, 아들이 남긴 재산을 한마디 의논도 없이 처분해버린 며느리는 도저히 용서가 되지 않는다.

"나의 이 마음은 무언가? 내가 나의 허상을 보았구나. 관세음보살."

이지러지는 달

박씨가 일인에게 땅을 판 지 꼭 이레가 되는 날, 일인과 함께 왔던 이용수라는 사람이 얼굴이 사색이 되어서 박씨를 찾아왔다.

작은사랑에서 박씨를 기다리던 그자가, 박씨를 보자마자, 인사도 없이 다짜고짜 방바닥에 서류를 내던졌다.

'이런 무례하고 방자한 인사가 있나!'

박씨가 자리를 잡고 앉았다.

"이 무슨 짓이오? 그러지 않아도 댁을 만나려고 그 사무실이라는 데까지 우리 집 겸인을 보냈었소만."

박씨의 말에 이용수가 분에 못 이겨 씩씩대며 물었다.

"도대체 무슨 일로 저를 찾으셨습니까?"

"지금 내 앞에서 그렇게 무례한 행동을 하는 이유부터 들어봅시다."

가슴이 떨려 음성조차 제대로 나오지 않았다. 그러나 '나는 조선의 정경부인'이라고 자신을 나무라며 마음을 다잡았다.

"우리가 매수한 목양사를 둘러보러 갔다가 송병준이 보낸 사람들과 맞닥뜨렸어요. 하는 말을 들어보니 그 땅은 벌써 민씨 댁에서 일진회에 매도를 한 상태라더군요. 이게 무슨 경우인지, 대체 이게 어떻게 된 일인지나 들어봅시다."

'들어봅시다?' 일개 일본인 뒷배나 봐주는 작자가 내 면전에 대고 '들어봅시다'는 무어며 방바닥에 서류를 내던지는 행동은 무엇인가?

박씨가 일어나 치마폭을 세차게 감쌌다.

"이씨, 당신하고는 더 말을 하고 싶지 않소. 우리 집 치부 겸인을 부를 터이니 그 사람하고 이야기하시오. 예서 잠시 기다리오."

바람을 일으키며 작은사랑을 나온 박씨가 치부 겸인이던 김종인을 데려오라 일렀다. 이런 큰일에는 김시진보다 한 수 위인 김종인이 나을 듯했다.

냉수로 목을 축이며 마음을 가라앉혔다.

그새 부랴부랴 달려온 김종인에게, 박씨가 자초지종을 이야기하지 않을 수 없었다. 일이 여기까지 온 이상 목양사 땅을 둘러싸고 벌어진 그간의 일을 감출 수가 없었다.

"지금 그 일인 밑에 있는 사람이 안사랑에 와 있으니 좀 만나줘요. 그리고 어머님 말씀대로 땅 매매 건을 다시 취소할 수 있는지부터 알아봐주세요. 어머님께서 직접 만나보시겠다고 하셨지만, 지금 저자의 태도로 봐서는 도저히 그럴 수가 없겠소. 어머님께 무슨 해악을 할지 모르니."

일이 어떻게 되었는지 감을 잡은 김종인은 고개만 끄덕이며 그 긴 이야기를 다 들었다. 그러고는 더 아무것도 묻지 않고 바로 이 아무개가 기다리는 작은사랑으로 나갔다.

'우리 집 치부 겸인'이라고 말은 했지만 사실 그것은 옳은 소리가 아니다. 남편이 죽고 나서 많은 하인들이 나갔는데, 김종인도 지금은 전동 댁 사람이 아닌 것이다. 그래도 남편이 그를 치부 겸인으로 데리고 올 때 마련해준 집에서 그가 아직 살고 있으며, 그런 연유로 답답하면 불러 이런저런 일을 시키고 있는 형편이었다.

김종인을 사랑으로 보낸 박씨는 간신히 벽에 기대 앉아 눈을 감았다. 이미 던져진 돌이었다. 어느 쪽으로 굴러가든 이제는 자신이 할 수 있는 일이 없을 터였다.

'앞으로 또 어떤 일이 생기려나. 이보다 더한 일도 얼마든지 벌어지겠지. 살림을 휘어잡기에는 이 집 살림이 너무 크다. 세상이 뒤죽박죽이 되니 위아래도 없어지고 자연히 사람들 인심도 사나

워져 걸핏하면 서로 메치고 싸우는 일이 다반사다. 관리들에게 뜯기는 아랫사람들은 윗사람 속이는 재미에 살고 소작인과 마름들은 지주를 속이는 재미에 산다니, 이런 세태 속에서 누굴 믿는단 말인가. 그렇다고 시가나 친정이나 믿고 의논할 만한 사람 하나 없고 아이들은 어리고. 나라도 정신을 차리고 단단해져야 할 터인데······.'

남편이 살아 있을 때는 궁에서 무슨 일이 있는지, 더 나아가 양전[1]께서 누구를 불러 무슨 일을 어떻게 하명하셨는지 다 소상히 알았다. 궁이란 비밀이 없는 곳이다. 담벼락에도 귀가 있어 누가 임금께 어떤 말을 했는지, 임금의 비답은 어떠했는지, 손바닥 들여다보듯 대신들은 알고 있었다.

그러나 이제 이 집에는 찾아오는 손님뿐 아니라 이 집 저 집 옮겨 다니는 문객과 식객들마저도 발길을 끊은 지 오래였다. 그러니 일절 바깥소식을 들을 수가 없었다. 오신묵의 말이 사실인지 아닌지 알아볼 길이 없었다.

사랑으로 나갔던 김종인이 잠시 만에 돌아왔다. 돌아오고서도 한참 동안 말을 하지 못했다.

박씨가 속이 타서 그의 입만 바라본다.

"마님, 일이 쉽지 않겠습니다."

1 왕과 왕비

마침내 그가 말했다.

"이쪽에서 정 매매를 취소하기를 바란다면 가능은 할 것이라고 합니다만……."

"그런데요? 가능하다면 됐지 뭐가 어렵소?"

"성사가 된 매매를 취소하려면 매매한 가액의 두 배를 돌려주는 것이 일본의 토지거래법이라는군요. 받으신 금액이 팔천 원이니 일만 육천 원을 내주신다면 그 땅을 매수한 이에게 연락을 하겠답니다. 만약 그렇지 않으면 마님을…… 토지 이중 매매죄로 고발하겠답니다. 일진회에 판 땅을 자기들을 속이고 다시 팔았으니 엄연한 사기라는 겁니다."

두 배? 고발? 가슴이 털썩 내려앉았다.

"아니, 그런 법이 어디 있나? 그 땅은 엄연히 조선 땅인데 일본법이 무슨 상관이란 말인가? 게다가 두 배로 물어내라니? 해도 너무 한 것 아니오? 그리고 어머님께서는 일진회에 땅을 잠시 맡기신 것이라고 했는데, 팔았다니?"

"저도 그 말을 했지요. 그런데 일진회 서류에는 삼천 원에 그 땅을 넘기는 것으로 되어 있답니다. 잠시 맡기신 것이 아니고요. 교동 마님께서 먼저 일진회에다 파신 땅을 마님이 또 일인에게 매도를 하셨으니 이중 매매가 된다는 거죠."

"세상에! 이 일을 어쩔꼬."

"이중 매매는 사기 행위라고 겁을 주면서 하는 말이, 사흘간 말미를 줄 테니 일진회 계약을 파기하라는 겁니다. 그렇지 못할 때는 마님께로 변호사를 보내 법대로 처리하겠다고 합니다. 말을 들어보니, 지금 일본인 기술자들이 조선에서 토지 조사 사업을 하려고 전국의 땅 임자가 누군지 조사하고 다닌답니다. 2~3년 안에 조선의 모든 토지를 조사하고 토지대장을 만들어 어디에 있는 몇 번 토지가 누구 것이고 그 크기가 얼마인지, 집인지 논인지 산인지 다 거기 기록한답니다. 무서운 놈들입니다."

"그러니, 그러니 이 일을 어떻게 하면 좋겠소?"

"대방마님께서 일진회에 해주신 매매 계약이 단지 왕실 상납을 피하기 위한 가장 계약이라면, 송병준한테 가서 사정을 이야기하고 그 계약을 없었던 것으로 하시는 게 제일 상책 같습니다. 당장 저들이 말하는 돈을 만들기도 쉽지 않은 데다, 설령 가능하다 해도 너무 억울하지 않습니까?"

넋이 쏙 빠지고 만 박씨에게, 김종인이 걱정스레 덧붙인다.

"제 생각이지만 그…… 송병준이에게 맡기신 것은, 그냥 그 땅을 그자에게 준 거나 다름이 없습니다. 그자가 대방마님을 무슨 감언이설로 속였는지 모르지만, 믿으시면 안 되는 자입니다."

박씨는 눈을 감았다. 그렇다, 눈 달리고 귀 달린 사람이라면 모두 그렇게들 생각할 터였다.

"김 집사, 교동으로 가서 오늘 이용수에게서 들은 말을 마님께 그대로 전해드리세요. 그리고 대방마님을 좀 설득해보세요. 목양사를 일진회에 임시로 맡기셨던 일을 취소하시는 것이 방법이라고. 다행히 마님이 허락하시면, 바로 김 집사가 오신묵을 만나서 뒷일을 처리하도록 하고."

김종인을 내보내고, 박씨는 가만히 앉아 있을 수가 없었다.

검은 구름처럼 몰려오는 불길한 예감에 몸을 떨었다.

'우리도 어찌 되었건 변호사를 구해야 하지 않을까? 정녕 법이 그런 것인지 뭘 어찌 하면 어떤 처벌을 받게 되는지 알아야 대책을 세우지. 아아, 그러나 오신묵이나 송병준을 상대하기엔 김종인이 너무 약하지 않은가.'

음식이 넘어가지 않아 그날 저녁부터 아무것도 먹지 못했다.

벽에 걸린 시계만 초조하게 바라보는 시간이 계속되었다.

이러시면 안 된다며 양주댁이 미음을 끓여 와서 귀찮게 하는 바람에 두어 술을 간신히 넘기고, 한잠도 못 이룬 채 그날 밤을 넘겼다.

교동으로 갔던 김종인이 박씨를 만나러 온 것은 다음 날 저녁이 다 되어서였다.

소금에 절인 참외처럼 쪼그라든 그의 얼굴을 보자, 박씨는 모든 것이 틀어진 것을 직감했다. 김종인이 어렵게 말문을 열었다.

"어제 저녁 교동으로 가 마님을 뵈었습니다. 긴 말씀은 다 드릴 것 없고, 뭐 어쨌든 저쪽에서 재판을 하겠다고 나온다고 하니 마님이 분부하시더군요. 그러면 송가를 만나서 당신께서 도장 찍어준 그 서류를 저보고 찾아오라고 말씀이지요."

"……."

"그나마 다행이다 싶어서, 그런데 엊저녁은 너무 늦어서 오늘 아침나절에 오신묵이를 수소문해 만났습니다. 그래 교동 마님 말씀대로 우리가 도장 찍어준 서류를 찾으러 왔다고 했더니만, 세상에 이자가 눈을 부라리며 저를 나무라는데…… 참 기가 막혔습니다."

"뭐라던가요?"

"안 된다는 거지요. 땅 십삼만 평이 어린애 장난이냐고. 이미 일진회가 산 것으로 알고 있으니 끝난 일이라는 겁니다. 현재 일진회 회장은 이용구라는 사람으로, 줬던 떡을 뺏듯 매매 계약을 취소하는 것은 천하에 송병준이라도 어림없는 소리라고 도리어 콧방귀를 뀝니다."

남편 죽고 나서는 그 많던 치부 집사가 다 떠나고 지금 남은 이들이라곤 김시진과 김종인뿐. 그러니 오신묵 역시도 김종인을 깔보는 모양이었다.

"매매 대금은 받지 않았는데 매매라니 그 무슨 억지인가…….
송병준은 지금 어디 있답디까?"

"사실인지 알 수 없지만 그 계약서를 가지고 일본으로 갔다는 군요."

눈앞이 깜깜했다. 일진회가 땅을 돌려주지 않으면 어쩔 것인가. 어머님이 속아도 단단히 속으셨구나.

"김 집사, 수고했소. 어서 가서 땀이나 식히고, 바로 교동으로 가 봐야겠소. 오신묵 만난 이야기를 어머님께 상세히 말씀드리시오."

"예, 그러지 않아도 교동으로 갈 생각입니다."

잠시 쉴 새도 없이 일어서는 김종인의 발걸음이 무겁다.

"이 댁이 앞으로 어찌 되려고 이러는가."

'송병준이 그자, 돌아간 대감의 피가 마르기도 전에 여기 민씨 댁을 아주 노략질해갈 작정이구나. 바깥세상 일이라고는 아무것도 모르는 저 두 마님들이 상대하기에는 너무 버거운 상대이니 큰일이로다. 그래도 치부 집사라는 내게는 귀띔이나 하고 무슨 일을 하셨어야지…….'

두 마나님이 어찌 이런 엄청난 일을 서로 의논도 없이 벌여놓았는지 답답하기만 하다.

김종인의 보고를 들은 서씨는 끓어오르는 분노를 참을 수 없었다.

"이런 망할 인사들이 있나……."

가슴이 마구 뛰었다. 제대로 숨을 쉴 수가 없었다.

정신없이 그날 일을 돌이켜본다. 송병준이 자기를 가지고 놀았던 것이 분명하다.

그날 송병준은 은근한 말로 서씨를 꾀었다.

"작은 대감 영찬 씨도 어서 귀국을 해서 조정을 위해 일을 해야 할 텐데……. 제가 좀 힘을 써보겠습니다. 제가 지금 내무대신이라, 어전 회의에도 늘 참석하고 아무 때고 상감을 뵐 수 있습니다. 민영찬 대감이 귀국만 하면 비어 있는 군부대신 자리에 대감을 천거할 생각입니다."

귀가 솔깃했다. 늘 벅적거리던 전동 집이 큰아들 영환이 죽고 나서는 폐가처럼 사람의 발길이 끊어진 지 오래다.

"얼마 전부터 군부대신이라고 호칭을 바꿨지만 그게 예전의 병조판서입니다. 돌아간 충정공 대감도 여러 번 판서를 했던 자리고 겸자 호자 대감 때부터 하시던 일 아닙니까. 그러니 민영찬 대감이야말로 그 적임자입니다. 마님께서는 영찬 대감을 하루속히 상해에서 귀국하도록 하십시오. 인재가 필요한 때이니 제가 반드시 힘을 쓰겠습니다."

민문의 세가 꺾인 것이 한스러운 판에, 영찬이 다시 조정으로 나갈 수 있다면 그보다 더 좋은 일이 어디 있으랴. 일본을 등에 업고 온갖 횡포를 부리고 나라의 삼판이며 광산을 일본에 팔아먹는다는 소문이 자자한 송병준이지만, 조정에서 그만큼 힘을 쓰는 사람을 만나기도 힘든 게 사실이었다.

"송 대감이 참말로 힘을 좀 써주시겠소? 그렇다면 내가 상해로 쫓아가서라도 그 사람을 붙잡아오리다."

듣던 중 반가운 말에 서씨는 체통이고 뭐고 가릴 것 없이 송병준의 손이라도 잡고 매달리고 싶었다.

아들 영찬이 불란서 공사직을 내놓고 지금 상해에 와 있다는 편지를 받은 게 얼마 전이다. 그나마 가까이 와 있으니 다행이다 싶었다.

"허허허. 군부대신 자리 하나쯤이야 어렵지 않습니다. 게다가 여흥 민씨 가문 중에서도 핵심인 충정공의 아우가 아닙니까? 걱정하지 마십시오."

상해에서 돌아온 영찬이 다시 조정으로 나아가게 된다면 어디 목양사가 문제인가. 그런 생각이 들다가도, 그날 두 사람에게 눈 뜨고 코 베이는 격으로 당한 것을 생각하면 여전히 분해서 손이 다 떨린다.

그 서류라는 것이 일본말과 한문으로 되어 있어 경황 없이 송가의 말만 믿고 도장을 찍어주었다. 작은아들에게 대신 자리를 준다고 하는데 이것저것 묻기가 뭐해서, 그래서 오신묵이 손가락으로 짚어주는 곳에다 이름 석 자를 쓰고 도장을 찍어준 것이다. 그런 오가야말로 내 집에서 자란 인물이고 우리 집 겸인이 아니었나.

오신묵이 그렇게 나온다면, 그건 바로 송가를 믿고 하는 짓이 분명했다. 믿었던 도끼에 발등을 찍혀도 유분수지 도저히 믿을 수가 없는 일이 벌어진 것이다.

"그런 망종들이 있나! 내게는 일진회에 잠시 맡긴 것처럼 서류만 만들었다가 언제든 돌려줄 듯이 해놓고…… 날 결국 속인 게야. 내가 그자에게 까맣게 속은 거야. 일본의 앞잡이네 나라를 팔아먹을 놈이네 하는 욕을 먹는 작자라도, 설마 우리 집을 그렇게 속일 줄이야 몰랐구나!"

하지만 이미 벌어진 일을 어쩔 것인가.

서씨는 애써 마음을 가라앉히며 김종인에게 말했다.

"애썼네. 공연히 이리저리 다니느라고."

"아닙니다, 마님."

"내 부탁이 하나 있네."

"뭐든 말씀하십시오, 마님."

"지금 편지 한 장을 써줄 것이니 죽동궁 마님께 가져다 드리게."

"예. 그렇게 하겠습니다."

죽동궁이라면 당신의 시아주버니인 민승호의 양자, 민영익의 집을 말한다. 민승호가 살던 집을 양자 민영익이 물려받아 아직도 죽동궁으로 불린다. 그 민영익이야 벌써 중국 상해로 간 지가 오래니, 그 부인을 통해 지금 상해에 와 있는 당신의 아들 영찬에게 연락을 취하려는 심산이다.

그녀는 언문으로 급히 죽동궁 정경부인 안동 김씨에게 편지를 썼다.

죽동 정경부인 보오소.

급한 마음에 여러 문안 인사 제하니 용서하시오. 우리 집 작은 대감, 영찬이 지금 상해에 와 있다는데 집안일로 급히 의논할 것이 있으니 형편 되는 대로 한성으로 들어오라고 해야겠소. 아마 상해 계신 죽동 대감은 영찬과 연락이 닿을 것이라, 대감의 상해 댁 주소를 이 편지를 가지고 간 우리 집 김 집사에게 좀 알려주시오.

댁내 평안하시길 축수하며 이만 줄이겠소.

편지를 다시 한 번 훑어 본 서씨가 그것을 김종인에게 건네주었다.

"전보가 그렇게 빠르다는데 상해에도 전보가 되는지 모르겠군. 만약 된다면 그 댁에서 알려준 상해 주소로 민영익 대감께 바로 전보를 치게. 원동 대감을 하루속히 한성으로 들여보내주십사 하고 말일세."

"예, 말씀대로 하겠습니다."

"나도 전동에 가 기다리고 있겠네."

김종인을 보내 놓고는 서둘러 외출 채비를 했다. 전동 큰며느리를 보러 갈 작정이다. 누구 탓을 할 것이 아니었다. 이제 중요한 것은 어떻게 그 땅을 지키느냐의 문제였다.

"아무리 말이 그렇지, 설마 그 일인도 위약금을 두 배까지야 바라지는 않겠지. 어찌됐건 며느리가 재판을 받게 할 수야 없는 일 아닌가."

송병준을 생각하면 다시금 울화가 치밀었다. 위약금을 물 때 물더라도 송가만큼은 용서할 수가 없다.

'제 놈이 오늘날 누구 덕분에 그 자리에 있는데? 우리 민문이 아니었으면 언감생심, 감히 어디다가 이름 석 자를 내밀어? 은진 송씨? 그것도 믿을 수 없는 말이지. 함경도 기생 자식 주제에 감히 양반 행세를 하면서 거들먹거리는 꼴이라니…… 그렇게 배은망덕한 작자일 줄은 정말 몰랐구나!'

칠십 넘은 서씨지만 젊은이 못지않은 걸음으로 전동으로 향했다.

마음이 급하고 분이 치밀어 오르니 걸음이 평소보다 두 배는 빠른 것 같았다.

납작하니 엎드린 초가집들을 급히 지났다.

모퉁이를 서너 번 돌아 큰길로 나서니 바로 전동이다.

높은 대문턱을 치마를 걷어 들고 들어서니 중문, 또 높은 중문턱을 넘어서 한참을 가로지르니 화초담이 둘러쳐져 있다. 화초담에 난 작은 문을 지나니 저만치 안채 섬돌이 눈에 들어온다. 오늘따라 대문에서 안채가 참으로 멀게 느껴진다.

"아이구, 첩첩이 담이고 담마다 문이니 구중궁궐이 따로 없구나. 이러니 대주[2]가 없는 집이라고 남들이 넘름거리지. 어서어서 아이들이 커야 이런 봉변을 안 당할 터인데."

2 집안 주인 남자

280

교동 마님 오셨다는 애보기[3]의 전갈에 박씨가 다급히 대청 아래로 내려선다.

"어머님, 사람도 안 데리고 혼자 오시다니…… 어서 올라가세요."

서씨가 며느리 박씨를 본다. 며칠 사이에 큰 눈이 십 리는 들어가고 목이 다 길어진 듯하다.

'그래, 이번에 혼이 좀 나야 정신을 차리겠지.'

"나는 괜찮다. 애들은 다 그만하냐?"

"네. 다행히 이제 열도 내리고 잘들 놉니다."

"그래, 어서 들어가자."

서씨가 앞장서서 안방으로 들어간다.

시어머니의 음성이 많이 부드러워진 것 같아 박씨는 적이 마음이 놓인다.

'이 상노인을 내가 이렇게 고생을 시키는구나.'

그런 생각에 고개가 저절로 숙여진다.

"어머님, 저녁 진지 아직 안 드셨지요? 좀 있다 상 들이라고 할까요?"

"오냐, 너는 어쨌느냐? 아직 안 했으면 겸상하라고 일러라."

"아닙니다. 어머님 드시고 나면 먹겠습니다."

부엌으로 나가 찬모에게 시어머니 저녁상 보기를 이른 박씨가

3 아이 보는 여종

돌아와 시어머니 앞에 앉는다. 서씨가 기다릴 새 없이 말문을 열었다.

"김 집사를 죽동에 보냈다. 상해 죽동 대감 주소를 알아오면 그곳으로 연락해서 원동 대감을 빨리 집으로 오라고 할 작정이다. 연락만 잘 닿으면 며칠 안으로 귀국할 수 있을 테니 송병준을 만나든, 그 일인 이견이라는 자를 만나든 해서 둘 중 하나를 취소하도록 해야지. 앉아서 땅을 잃어버릴 수야 없지."

"원동 나리가 오시기만 하면 어떻게 하든 해결이 잘 되겠지요?"

"당연히 그래야 하지 않겠느냐."

"어머님, 너무 심려 마세요. 신색이 많이 상하셨습니다."

"그러나 저러나 궁에서 땅을 빼앗을 것이라는 이야기도, 혹시 저 송가가 꾸며낸 이야기인지도 모르겠구나. 아직 궁에서 아무 말씀이 없는 걸 보면."

"저도 그런 생각이 듭니다. 그런데 어머님, 저쪽에서 재판을 한다 해도 보름 안으로야 못하겠지요?"

"그렇게 되도록 해야지."

서씨가 손자 범식을 데려오라고 했다.

할머니께 절을 올린 범식이 제법 의젓하게 자리에 앉는다.

"범식이는 여전히 글공부 열심으로 하는고?"

"예."

"이 할미는 네가 어서 자라 헌헌장부가 되어서, 네 아버지가 쓰던 큰사랑의 주인이 되기만 기다리고 있다. 큰사랑이 비어 있으니 찾아오는 객도 없고, 쓸쓸하지?"

"네, 아버지가 계실 적 하고는 아주 다릅니다. 요즘에는 제 글 선생님밖에는 오는 사람이 없어요."

"범식아, 사람이 벼슬이 떨어지면 그 집 문전에 사람 발길부터 끊기는 법이다. 그러니 다들 출사出仕를 하려는 게지. 우리 집안은 네게 달렸다. 어서 커서 네 부친처럼 조정에 나아가야 한다. 알겠느냐?"

"예, 할머님."

"그래, 신통하다. 할미 말을 알아들으니. 그런데, 너는 네 색시가 될 사람이 있는 것을 아느냐?"

"아뇨. 처음 듣는 말씀인데요."

"덕소에 사시는 우봉 이씨 댁 아기다. 너하고 나이는 동갑이고 생일은 너보다 한 달이 빠르다고 하더라."

"……"

"지금은 네가 부친의 거상 중이니 장가를 들 수 없지만, 내년에 상이 끝나고 나면 네 혼인을 저쪽과 의논하려고 한다. 그러니 글

공부 열심히 해야 한다. 동생들과 달리 너는 이 집의 주인이고 기둥인 것을 명심하고, 의젓하고 꿋꿋해야 하는 것이야."

"네, 할머님."

"그래, 이즈음에는 누구하고 잠을 자는가? 아직도 유모하고 자는가?"

"아뇨, 저는 안사랑 큰방에서 자고 김 집사 아들이 건넌방에서 잡니다."

"용하구나. 그래, 장부가 되려면 어려서부터 남들과 달라야 하느니라."

서씨가 모처럼 손자를 데리고 앉아 집안 이야기를 하노라니 마침 죽동궁 갔던 김종인이 돌아왔다. 시어머니와 며느리는 아이를 제 처소로 내보내놓고 김종인을 들게 하였다.

"마님, 다녀왔습니다. 다행히 이삼 일 내로 그 댁 사람이 상해로 운미 대감을 뵈러 간다고 하시면서, 그 편에 보낼 테니 편지를 쓰시는 대로 죽동으로 가져오라 하셨습니다."

"옳거니. 그거 잘 됐구나. 그렇다면 길어야 보름 안에 원동 대감이 올 수 있겠다. 어쨌거나 한 달만 끌어보자."

며느리가 들여온 밥상을 받은 서씨는 오랜만에 밥을 달게 먹었다.

조를 알맞게 섞어 밥을 짓고 된장에 끓인 아욱국이 입맛을 돋우었다. 새우젓을 넣은 알찜이 부드러웠다.

저녁상을 물린 서씨가 배 서방을 앞세우고 교동으로 돌아갔다. 어서 가서 아들에게 보낼 편지를 쓸 생각에 조바심이 났던 것이다.

민영찬

민영찬은 집안 형님뻘인 상서 민영익이 전해준 어머니 서씨의 편지를 두 번 넘게 읽었다. 그럼에도 무슨 말씀인지 무슨 사연이 있는지 확실히 파악하기가 힘들었다. 무슨 편지를 그리도 급히 쓰셨는지 당신 말만 해놓으신 탓이었다. 송병준에게 속아서 땅을 넘기는 서류에 도장을 찍으셨다는 이야기는 대강 알 것 같았다. 귀찮고 짜증스러웠다. 이즈음 한참 사귀고 있는 상해 미인 호방이蝴邦伊 때문에 다른 일이 통 손에 잡히지 않는 터였다.

"하필 이런 때 들어오라고 재촉을 하시니!"

어떻게 하든 방이의 마음을 확실히 하려면 시간이 필요한데 당장 들어오라니 어찌 하는가. 파리에서 만난 방이는 사교적이고 교양이 있는 미인으로 일찍이 서양 물을 먹은 세련된 여인이다. 한 차례 이혼한 과거가 있어 자신 같은 조선 남자와 사랑에 빠지기는 했지만 호락호락한 여자가 아니다. 어떻게든 한성에 있는 본처와 이혼을 하겠다고 장담은 해놓았다. 그러나 사실은 자신이 없다. 조선에서 이혼이라는 것은 벌집을 쑤셔 놓는 일이니, 말처럼 쉽지 않을 터였다.

그러나 어쩌랴, 어머니 편지를 무시하고 여기서 계속 시간을 끌 수는 없었다. 그랬다가 어머니 심기를 잘못 건드리면 아내와의 이혼은커녕 방이 문제가 더욱 힘들어질 터였다.

애초에는 상해에서 살림을 차리고 지내다 천천히 서울로 데리고 갈 심산이었다. 그러나 일이 묘하게 꼬였다.

"어머니가 웬만한 성품이셔야지. 내일은 방이를 만나 설득을 해봐야지. 조선으로 함께 가자고."

담배 연기를 내뿜으며 잠시 전 헤어진 방이를 떠올린다. 저녁 식사를 마치고 시내의 분위기 좋은 바에서 시간을 보냈다. 몸의 곡선이 그대로 드러나는 검은 치파오를 입고 다리를 꼬고 앉아 담배를 피우는 그녀의 모습은 참으로 고혹적이었다. 블루스를 출 때 그녀의 모습은 또한 얼마나 사랑스러운가? 세상 모든 것을 잃어도 그녀를 잃을 수는 없는 일이었다.

그녀는 영찬을 '프린스 민'이라고 불렀다.

"내가 프린스는 무슨 프린스요, 그냥 프린스와 가까운 집안이라는 거지."

"당신은 내가 씌워준 왕관을 쓴 프린스. 내가 프린스라고 하면
프린스인 거예요. 하하하."

"무엇이 당신을 이토록 당당하게 만들까? 당신 집안? 아버지
의 재력? 당신의 미모와 매력? 아니면……."

"바로 프린스 민, 당신이지."

"내가?"

"나는 당신이라는 남자를 애인으로 둔 여인이니까."

그러면서도 결혼 이야기만 나오면 즉답을 피하는 그녀였다. 실
은 영찬도 내심 그랬다. 입으로는 결혼을 조르면서도, 아내와의 이
혼이 몰고 올 풍파를 생각하면 마음이 무거웠다.

"당신을 조선으로 데려가기가 두렵소."

"어째서죠?"

"조선이 어떤 나라인지 당신은 상상 못해. 유교의 종주국인 중
국보다 더 유교에 목을 매고 사는 나라가 조선이오. 숨이 막혀서
견디기 힘들 거야. 하지만 난 당신 없이는 한시도 살 수 없어요.
그래서 당분간 여기 상해에서 함께 지내려고 했는데……."

"민 공자님, 당신의 조카인 새 임금님에게 유럽이나 미국의 공
사로 다시 보내달라고 하면 안 될까? 유럽이나 미국이나 러시아

에서, 당신은 외교관으로 나는 외교관의 부인으로 손님을 초대하고 파티를 하고 여행을 다니고. 얼마나 행복하겠어요."

그것은 이제 영찬에게는 가능하지 않은 이야기다. 영찬 아니라 조선인 누구에게라도 불가능한 이야기다. 이태 전에 체결된 을사조약으로 조선은 외교권을 박탈당했다. 이제 조선은 외국에 사신도, 외교관도 보낼 수가 없다. 영찬 자신이야말로 을사조약이 체결된 뒤 불란서 공사직을 잃고 파리에서 지내다가 이제 조선으로 돌아가는 길이다.

그러나 영찬은 그 긴 이야기를 하지 않았다. 방이의 행복한 꿈을 서둘러 깨고 싶지 않았다.

"당신도 알다시피 난 어렸을 적 결혼을 했고 다 큰 아들이 둘이나 있는 사람이오. 물론 아내와 이혼을 할 생각이지만, 조선에서 결혼은 개인의 사생활이 아니오. 두 당사자의 일이 아니고 집안 간의 약속이고, 결혼의 신의를 목숨처럼 소중하게 여긴단 말이오."

어쨌거나 오늘은 결혼에 대한 방이의 확답을 들어야만 했다.

"이혼도 마찬가지로 나와 아내의 일이 아니라 지극히 공적인 일이지. 사랑 때문에 이혼을 한다는 것은 조선에서는 통하지 않는 일이라오. 하지만 난 이혼을 할 거요. 사회적으로 매장이 되는 한이 있더라도 꼭 그렇게 할 것이오. 나를 믿어요. 그리고……

나와 결혼을 해주오."

"프린스 민, 조선도 우리 중국과 같이 남자들이 여러 명의 첩을 둘 수 있다고 들었어요."

"첩이라니, 무슨 그런 당치도 않은……."

"프린스 민, 당신의 아내건 첩이건, 그런 건 내게 아무 의미가 없어요. 당신과 함께 산다는 것이 중요하죠. 당신과 결혼을 한다고 해도 당신의 가족들은 나를 새로운 식구로 받아들이지 않을 테니까. 나는 괜찮아요. 기꺼이 당신의 첩이 될게요. 첩이라는 것이 아내라는 이름보다 훨씬 더 긴장감이 있어서 좋아요."

"방이, 결혼은 장난이 아니오. 재미로 하는 것이 아니란 말이오."

"호방이가 조선 남자의 첩이라! 그거 아주 재미있는데요? 우리 아버지가 날 잡으러 조선으로 오지만 않으면 좋겠는데. 하하하."

그녀 아닌 어떤 외국 여인이라도 조선 남자의 아내가 되는 순간, 그 여인은 자신만의 세계에 갇힐 수밖에 없다. 집 안에서나 집 밖에서나 어디에도 낄 수 없는 외톨이가 될 것이다. 주변의 눈길 또한 냉혹할 것이다. 아무리 잘난 여자라도 조선에서는 가정이 세상의 전부일 수밖에 없는 것이다.

어쨌거나 분명한 한 가지는, 그녀가 정실이니 첩이니 하는 고리타분한 생각에 얽매이지 않는 여인이라는 점이었다. 영찬은 기뻤다. 그만큼 자신을 사랑한다는 말로 들렸다.

영찬은 마시다 만 꼬냑을 단숨에 입에 털어넣고 방이의 손에 입을 맞추었다.

'지금 나는 이 아름다운 여인을 불행으로 이끄는 것은 아닌가.'

연기처럼 피어오르는 죄책감을 술기운으로 누르며 그는 자기 앞에 내려앉은 구름 위로 올라타고 하늘로 날고만 싶었다.

닷새 후, 두 사람은 짐을 싸서 요코하마로 가는 배를 탔다. 신혼여행 겸 일본에서 이삼 일 머물다 조선으로 들어갈 생각이다. 문득문득 찾아오는 불안감이 고개를 들 때마다 그는 방이와의 사랑에 빠져드는 것으로 모든 것을 잊었다.

"당해서 생각하자. 정 안 되면 있는 것을 다 정리해서 상해로 돌아오면 된다. 녹봉이 없어도 먹고살 만큼은 가지고 있으니 그나마 다행 아닌가. 인생이 뭐 그리 대단한 것이라고."

죽동궁에서 연락이 왔다.

아들 영찬이 보름 안으로 제물포에 닿을 수 있다는 소식이었다. 서씨는 한시름을 놓았다.

그간 송병준에게 사람을 보내 좀 보자고 하길 여러 번이었다. 그러나 그는 거드름을 피우며 이 핑계 저 핑계로 속을 태우고는 끝내 나타나지 않았다. 분하고 괘씸하기가 이를 데 없었다. 어디 고발이라도 해서 망신을 주고 싶은 심정이었다.

하지만 또 누가 아나? 제 입으로 말한 것처럼 머잖아 영찬에게 군부대신이라도 시켜줄지. 그거야 제 돈 드는 일도 아니고, 조정 에서도 그가 천거하기만 하면 안 된다고 할 사람이 지금 누가 있 겠는가.

헤이그에 밀사를 보낸 것이 발각된 고종 황제를 협박해서 만 만한 순종에게 왕위를 넘기게 한 인물이 바로 그였다. 한창 일본 을 등에 업고 권세를 부리는 그를 감히 건드릴 만한 존재는 조선 에 없었다. 다행히 땅을 산 이견이라는 일인에게는 '아들 민영찬 만 돌아오면 위약금을 물어주든지 아니면 대신 다른 땅이라도 꼭 주겠다'고 하고는 시간을 벌어놓았다.

시어머니와 며느리, 두 사람은 이른 새벽이면 정화수를 떠놓 고 빌었다. 틈만 나면 절에 가서 부처님께 빌었다. 어떻게 하든 땅 문제가 순조롭게 풀리기를 축원했다.

그리고 기다리던 아들 민영찬이 돌아왔다.

영찬은 다 저녁이 돼서야 교동으로 어머니를 뵈러 왔다.

"어제 제물포에 배가 늦게 도착하여 그곳 대불 호텔에서 하루 를 묵고 왔습니다."

"그래, 이렇게 쉽게 온 것만 해도 다행이지. 잘 했소."

"어머니, 그동안 뵙지를 못했더니 많이 수척해지셨습니다. 어디 편찮으신 곳은 없습니까?"

"나야 타고난 강골이니 몸이야 성하다오. 이즈막에 목양사 문제로 속을 좀 썩여서 그렇지."

"보내신 편지에, 무슨 땅으로 인한 문제가 있다고 하셨더군요. 일이 얼마나 급하기에 상해까지 편지를 보내셨습니까?"

"대감 들으면 기가 막힐 일이오. 돌아간 충정공이 운영하던 목양사를 송병준이한테 눈 뜨고 앉아서 뺏겼다네."

"어머니, 목양사를 빼앗겼다니요?"

"그런데 일이 더 복잡해진 게, 거의 비슷한 날짜에 전동 형수가 일본 사람에게 그 목양사를 팔았다네. 팔천 원에 팔았다며 내게로 돈을 가져오고서야 나도 형수가 땅 판 사실을 알게 되었고. 내가 그 이틀 전에 송병준이 말대로 일진회에 그 땅을 넘겨준 것을 형수가 몰랐으니 그리 되었지. 그러니 땅을 산 그 일인이 가만히 있겠는가? 돈을 배로 물어내든지 형수를 감옥으로 보내든지 한다고 협박을 한다는 게요. 그래서 오신묵이더러 송병준을 만나게 해달라고 하는 중인데, 둘이 짜고 일본에 갔다느니 바쁘다느니 하면서 통 나타나질 않는 거요. 그러니 나나 전동 형수나 다 초

죽음이 됐지."

"그런데, 두 분이 어째서 서로 의논도 않고 그리 급하게 목양사를 처분할 생각을 하신 건가요?"

"허, 내 그 말을 못했구면."

서씨가 힘이 드는 듯 방바닥을 짚으며 고쳐 앉는다.

"그게, 왕실에서 그 땅을 상납하라는 분부가 곧 있을 것이라고 오신묵이가, 대감도 잘 아는 그 오신묵이가 양쪽 집으로 다니며 하도 겁을 주는 바람에, 형수나 나나 급한 마음에 서둘다 그렇게 됐네."

영찬은 기가 막혔다.

"일진회에 그 땅을 내어준 내 잘못이 커. 송가가 일단 일진회에게 땅을 판 것처럼 가장 계약서 한 장만 만들면 아무도 그 땅을 건드리지 못한다는 말에 내가 그렇게 하라고 도장을 찍어준 게야. 게다가 송병준이가 자네를 군부대신으로 만들어주겠다고 하니, 내가 마음이 솔깃해져서 해달라는 대로 해주게 된 거지. 그자가 우리 집을 이렇게 속이리라고는 꿈에도 생각 못했지 뭔가."

노인은 지금 생각해도 분하다는 듯 몸을 부르르 떨었다.

'나를 군부대신으로 만들어주겠다? 감언이설로 노인의 마음을 흔들어놓았구나.'

그러나 아주 허무맹랑한 소리 같지는 않았다. 목양사를 차지하는 대신 입막음으로 그렇게 해줄 수도 있을 터였다.

'송병준이야 제 돈 안 들이고 땅을 가져가고, 그 대가로 비어 있는 대신 자리에 나 하나 앉히는 것은 일도 아닐 터이니……. 어디 두고 보면 알겠지. 그럼 한번 그자를 만나봐야 하려나?'

은근히 기대가 되었다. 돌아간 형님은 형님이고 산 사람은 살아야 하지 않겠나.

목양사. 직접 가본 적은 없다. 형님 충정공이 러시아에 사신으로 갔을 때 독일제 수차[1]며 농기구, 밀가루 만드는 기계도 들여다 놓았다고 들었다. 조선에는 없던 새로운 종자를 들여와 서양식으로 과일나무며 가축 기르기를 시험하던 농장이었다. 농장이 겨우 자리를 잡을 만할 때 형님이 세상을 떠난 것이다.

이 일은 사람을 시켜 알아보고 처리를 해야 할 일이지만, 영찬 자신도 어머니께 말씀드리지 않을 수 없었다. 방이에 대한 이야기다.

"알았습니다, 그 일은 내일부터 알아보도록 하지요. 그리고…… 저도 어머니께 상의드릴 것이 있습니다."

"무슨 일인지 말을 해보시게."

"제 처 준식이 어미와…… 이혼을 하려고 합니다."

---

1 물펌프

"뭣이?"

"말씀드린 대로입니다. 그…… 제가 여러 해 동안 서양에서 지내다 보니, 준식이 어미와는 통 맞지 않아 도저히 내외간으로 함께 살 수 없을 것 같습니다. 그리고…….."

참다못한 서씨가 아들의 말을 끊었다.

"아닌 밤중에 홍두깨 내미는 격으로, 이혼이라니? 무슨 소리요? 아내가 정 맞지 않으면 소박을 한다는 소리는 들었어도 이혼이란 말은 처음일세. 준식이 어미가 그만하면 성품이나 행실이나 다 법도에 어긋나는 것이 없는데, 어찌 뜻이 맞지 않는다고 이혼이란 말을 그리 함부로 하는가?"

"아직 준식이 어미한테는 이야기를 못 했습니다만, 저는 제 마음에 드는 사람을 후처로 맞을 생각입니다. 어머니께는 죄송한 말씀이지만, 앞으로 나랏일을 하는 데도 도움 될 사람이 아내로 필요합니다. 제 아내 문제는 제가 알아서 하도록, 어머니께서는 모른 척해주세요."

"그건 안 되오."

서씨는 완강했다.

"대감이 준식이 어미가 마땅치 않다 하면 그건 내가 어쩔 수는 없소. 남자가 본처가 있어도 따로 마음에 드는 여인이 있어 함께 데려와 사는 경우야 흔한 것 아니오. 마음에 있는 여인이 있으면 첩으로 들이시오. 그거야 몇이 됐든 내가 말리지 않겠소."

"어머니, 제가 마음에 두고 있는 사람은 첩이 될 그런 사람이 아닙니다."

"내 알기로 당상관의 양반이 이혼을 하려면 아마 전하의 승인을 받아야 할 것이오. 또 그래야 이혼한 아내를 내명부에서 제명할 수 있을 것이오. 대감이 알아서 하되 공연히 긁어 부스럼 만들지 마오. 지금 이혼 이야기를 꺼냈다가는 될 일도 안 될 것이오."

더 이상 그 문제로 어머니와 옥신각신해봤자 소용이 없을 것이다. 그 사실을 잘 아는 영찬이 지그시 어머니의 손을 잡는다.

"어머니, 오랜만에 뵙는 어머님께 이렇게 걱정을 끼쳐드려 죄송하고 마음이 아픕니다. 너무 심려치 마세요. 일이 되어가는 대로 하겠습니다. 오늘은 늦었으니 이만 돌아가고, 내일 아침 다시 문안 여쭙겠습니다."

아들의 다정한 말 한마디에 얼었던 마음이 봄바람에 눈 녹듯 풀리는 서씨였다.

큰아들 영환은 백부에게로 출계를 하기도 했지만 맏이라 그런지 늘 어렵기만 했다. 살가워 마음이 더 가기로는 역시 늦둥이 영찬이었다.

남은 손자를 볼 서른다섯 나이에 수태를 하고는 집안사람들 보기 남사스러워서 배가 불러 올 때까지 임신한 사실을 숨겼었다. 저 아들 영찬이 그렇게 태어난 아들이다.

큰댁에 대를 이을 아들이 없으면 비록 아들이 영환 하나였더라도 큰댁으로 양자를 보내고 다시 양자를 들이는 것이 법도다. 영찬이 아니었더라면 지금쯤 서씨는 양자에게 의탁을 할 처지였다.

'내가 저 아들을 안 낳았더라면 어쩔 뻔했을꼬. 처지가 지금보다도 궁색해졌으리라. 참 고맙고 고마운 일인지고.'

어머니 서씨의 집을 나선 영찬은 방이가 있는 정동의 호텔로 인력거를 돌렸다. 어머니를 만나고는 바로 원동 집으로 가서 아내와 아이들을 보려 했었다. 그러나 생각을 바꿨다. 호텔로 가서 방이와 커피부터 한 잔 하고 싶었다.

수중에 가진 돈도 얼마 남지 않았으니 가지고 있는 전답 중 손쉬운 것부터 정리를 해야 할 터였다. 방이와 살 집도 마련해야 하고, 송병준을 만나 목양사 건도 해결해야 하고, 아내를 설득해서 이혼도 해야 하고.

쉽지 않은 일들이 줄줄이 기다리고 있다.

임은 돌아왔으나

몇 년을 떨어져 지낸 남편이 제물포에 도착한다는 기별이 왔다.

영찬의 아내 한산 이씨는 설레는 마음으로 치장에 각별히 신경을 썼다.

몸종이 놋대야에 더운물을 가득 채워서 뒷방에 들여놓아주자, 장미 꽃잎 말린 것을 작은 주머니에 넣어 물에 담갔다. 물이 적당히 식은 뒤에 그 물에 베수건을 적셔 온몸을 깨끗이 닦았다. 서양 여자들이 그렇게 한다는 소리를 듣고는, 마당에 심은 장미가 한창 예쁠 때 꽃잎을 따서 잘 말려 두었던 것이다. 따뜻한 물에 담긴 꽃잎의 색깔이 아직 선연하게 붉다.

남편의 취미에 따라 연한 은회색 치마에 연분홍 저고리를 입고는 마루에 놓인 큰 전신 거울에 자신의 모습을 비쳐본다. 내세울 것 없는 인물이지만 치장을 하니 자기가 보기에도 그런대로 나아 보였다.

이어 남편이 반주飯酒로 들 송설주와 안주를 다시 챙겨 본다. 야무지게 생긴 놋 보시기에 육포며 어란이며 얌전히 담겨 있다.

"찬모에게 칭찬을 좀 해줘야겠구나. 나이는 먹어도 솜씨는 여전하니."

그러나 그날, 남편은 집에 오지 않았다.

하기야 저녁이 다 돼서야 배가 제물포에 들어왔다니, 한성까지 두 시간이나 걸리는 기차를 타고 오기가 힘들었으리라. 이해는 가지만 실망이 컸다.

다음 날 아침나절에는 오겠지 하고 기다렸다. 그날도 남편은 나타나지 않았다.

그다음 날 늦은 저녁이 되어서야 집으로 왔다.

서대문 기차역으로 남편을 마중 나갔던 겸인이 귀띔을 해주는 것이었다.

"대감께서 서대문역에서 바로 정동에 있는 손탁 빈관으로 가서 짐을 풀고 하루 이틀 쉬시다가 집으로 오신다고 하시는데요."

"빈관에서 쉬시다 오신다니?"

"말씀드리기가 좀 그렇지만, 함께 온 여인이 있는 것 같았습니다."

"함께 온 여인?"

"두 분이 외국 말로 소통을 하시는데, 중국 여인이 아닌가 싶더라고요. 대감께는 제가 이런 말씀 드린 거, 말씀하지 말아주세요."

"아마 외국 공사관 부인과 동행을 하신 게지. 이 서방, 공연히 쓸데없는 이야기 만들지 말아요."

말을 전한 이 겸인을 그렇게 나무라기는 했으나 의심과 질투가 하루 종일 그녀를 괴롭혔다.

'설마 대감이 상해에서 자기 여자를 데리고 온 것은 아니겠지. 한성을 방문하는 외국 공사관 식구이거나 직원일 것이야.' 그렇게 스스로를 달래면서도 걷잡을 수 없는 의심이 꼬리에 꼬리를 물었다.

길고 긴 하루가 그렇게 지나고 이튿날 저녁이 되어서야 남편이 돌아온 것이다.

오래간만에 집으로 돌아온 남편은 아내를 대하면서도 얼굴에 반가운 기색이라고는 찾아볼 수 없었다.

"그간 잘 지냈소? 나 없는 동안 집안 돌보느라 수고가 많았소."

"아닙니다. 객지에서 고생하신 대감이 힘드셨죠."

영찬이 안방에 들어서자마자 가방에 넣어가지고 온 회색 족제비 목도리를 꺼내 아내에게 건넨다.

"겨울에 두루마기 입고 두르면 보기도 좋고 따뜻할 것이오. 서양 여자들은 코트 위에다도 두르지만 양장 위에 바로 두르기도 합디다.”

“아이고 부드러워라. 참 따뜻하겠습니다.”

“이런 털로 된 물건은 물에 직접 빨지는 않는다니 그렇게 알아 둬요.”

“이 좋은 것을 어머님께 드리시지…….”

“워낙 살생을 싫어하시는 분이라, 털실로 짠 스웨터를 사다 드렸다오.”

“잘 하셨습니다.”

멀찌감치 앉아 있는 두 아들을 부른 영찬이 사가지고 온 연필과 공책을 내주었다. 큰아들 준식이는 벌써 열셋이니 장가간다는 소리가 나오게 생겼고, 작은아들 홍식이도 의젓한 열 살이었다. 이혼을 해도 아이들 때문에 크게 걱정할 일은 없을 듯했다.

“저녁은 드셨습니까? 준비는 해두었는데, 진짓상을 들이라 할까요?”

“아니오. 상해에서 함께 온 손님이 있어서, 저녁을 대접하느라고 함께 먹었소. 그리고 당분간은 내가 그 손님을 대접해야 하는 처지라, 집에서 잠을 자지 못할 것 같소.”

“그 여인이…….”

아차, 싶은 이씨가 입을 다문다. 당신이 말하는 손님이 그 여인이냐고 물으려다 깜짝 놀라 입을 다문다. 그만 말이 새어나온 것이다.

"그 여인이라니 누구 말이오?" 하고 화라도 내면 좋으련만, 순간 남편은 말없이 눈살을 찌푸렸다.

"그 이야기는 차차 하기로 합시다. ……필요한 물건이 있으니 사랑에 잠시 들렀다가 가겠소."

일어서는 남편을 바라보며 아내가 울음을 터트렸다. 어깨가 서럽게 흔들렸다.

"어찌 이러실 수가 있단 말입니까? 오 년을 넘게 집을 비우셨건만 어째 하룻밤도 안 주무시고 가시다니요. 손님은 무슨 손님입니까? 저도 다 들었습니다. 첩을 데려오신 게지요?"

"……."

부모간의 싸움이 심상치 않은 것을 눈치챈 아이들이 슬그머니 일어서 물러간다.

"아니면 아니라고 말을 하세요! 누구 죽는 꼴 보시렵니까?"

아내가 울며 달려들었다. 영찬이 대꾸하는 대신 아내의 잔뜩 찌푸린 얼굴을 바라보았다. 영찬보다 두 살이 위인 아내. 주걱턱에 두 눈 사이가 좁고 이마도 좁아 옹색하고 옹졸한 인상이다. 그런 사람이 눈을 치켜뜨며 울고 달려드니 더 뭐라 변명을 하고 싶지도 않고 그나마 미안하던 마음도 사라졌다.

"지금은 대화가 되지 않을 듯싶으니 다음 날 이야기합시다. 내 일간 다시 오리다."

돌아앉아 넋두리를 하며 우는 아내를 뒤로하고 사랑으로 갔다. 잠긴 문갑을 열고 토지문서를 보관해 둔 주머니를 꺼내 가져온 가방에 넣고 집을 나섰다.

밖에 인력거가 대령하고 있었지만, 그냥 걷고 싶었다.

제물포에서 한성으로 들어오던 날, 서대문 기차역으로 마중을 나왔던 하인이 방이를 보고는 아내에게 귀띔해준 모양이다. 차라리 잘 됐다는 생각이 들었다. 어려운 말을 꺼내기가 오히려 수월해졌으니.

코끝에 닿는 초가을 밤공기가 싸하니 좋았다.

포장이 안 되어 흙먼지 날리는 길을 인력거와 소달구지가 함께 움직이고, 행인들은 양복에 모자 쓰고 가죽 구두를 신은 모던 보이를 염치없이 쳐다본다.

'우리는 언제 서양을 따라가려나. 서양까지 말할 것도 없이 일본만 해도 이제는 우리와 천양지차가 되었다. 이 백성들은 언제 이 가난과 무지를 벗어날 것인가?'

거리의 초라한 상점들과 거기 놓인 초라한 물건들보다 더 초라한 사람들을 보며, 영찬은 앞으로 이곳에서 어떻게 지내야 할지가 걱정이었다.

보고 싶지 않고 듣고 싶지 않은 내 나라 조선.

형님 영환과 나누던 대화를 떠올린다. 1897년 영국 빅토리아 여왕 즉위 60년 기념식 참석차 형님과 함께 유럽을 방문했을 때의 일이다.

대로변의 우람한 건축물들이며 길바닥에 촘촘히 박아놓은 코블스톤을 바라보며 영찬이 말했다.

"우리 조상들은 뭘 했는지. 아직도 기어들어가는 흙집에서 살고, 길바닥은 비가 오면 사람이 다닐 수도 없이 진흙탕이 되고. 사람들은 땟국물이 흐르는 옷을 사시사철 입고……."

형님 영환의 나무람이 아직도 귀에 쟁쟁하다.

"가난하면 더러울 수밖에 없는 걸 모르느냐. 우리 조선이 지금 이 지경으로 어지러운 데는 우리 민문閔門의 잘못이 매우 크다. 그러니 너는 어느 누구보다도 일심으로 나라와 백성을 위해 일해야 한다. 네가 여기서 이렇게 마차를 타고 다니는 것도, 다 그 더러운 백성들이 죽어라고 일해서 낸 세금 덕분이다. 그것을 알고, 공금 쓸 때는 늘 그 백성들을 생각해라."

형님은 참으로 대단한 사람이었다. 러시아 황제 대관식에 참석했다 귀국해서도, 쓰고 남은 은자 천 칠백 원과 잔돈까지 상감께 돌려드린 사람이다. 여자 문제도 그랬다. 젊은 시절 개성 유수로 잠시 있던 때, 개성 관아에 있던 기생 하나가 영환에게 반해 그렇게 자기를 거두어 달라고 애원을 했다. 그러나 그는 단 한 번 거들떠보지도 않았다.

"나는 아내가 있고 첩이 있는 사람이다. 여자는 그것으로 되었다."

살아서 뜻을 이루지 못한 기생 기흥, 을사년에 영환이 자결했다는 소리를 듣고 곧 따라서 죽었다 한다.

지금 형님이 살아 있다면, 영찬은 감히 방이를 아내로 맞겠다는 이야기를 입도 벙긋 못할 터였다. 열두 살이나 나이 차이가 나니 사실 아버지나 마찬가지로 어려운 형님이었다. 매사에 철저하고 분명하며, 그러면서도 너그럽던 분.

새삼 형님이 그리웠다.

걸어오는 동안 먼지가 하얗게 내려앉은 구두를 털고 호텔 계단을 올랐다.

벌써 아홉 시다. 저녁을 먹지 않았지만 생각도 없었다.

목욕을 했는지, 방이는 가운만 걸친 채 의자에 기대 앉아 책을 읽고 있었다.

"늦어서 미안하오. 저녁 식사는?"

"혼자 거리 구경 나갔다가 호떡집이 있기에, 반가워서 들러 만두로 요기를 했어요. 아주 맛이 있었어요. 당신은?"

"나도 나가서 만두나 먹을까? 깨끗하던가요?"

"그건 모르죠. 그 전족한 할머니는 지난해에 머리를 감고 아직안 감은 것 같던데? 하하하."

목욕을 마친 영찬이 가운으로 갈아입고 방이 곁에 앉았다.

그녀가 읽던 책을 슬그머니 빼앗아 탁상 위에 놓는다. 영어판〈안나 카레니나〉다.

"재미있소?"

"아―, 비극적인 사랑이에요."

"비극적인 사랑이라."

"나는 사랑도 비극적인 것이 좋아요. 비극적 사랑은 짧지만 깊이와 열정이 있잖아요."

"방이, 나는 당신을 절대 비극적인 사랑의 주인공으로 만들지않을 것이오. 어떤 대가를 치르더라도……."

전날 마시다 남긴 위스키를 두 개의 잔에 따라 하나를 방이에게 내민다.

벌어진 가운 앞자락 사이로 방이의 작지만 아름다운 가슴이 드러난다. 장미 봉오리 같은 연분홍 유두가 그림처럼 아름답다. 영찬은 그녀의 가슴에 얼굴을 묻고 그녀의 영롱한 아름다움을 만 끽한다.

장차 어떠한 난관이 기다리고 있더라도, 이 한순간의 행복을 맛본 것으로 결코 후회하지 않을 것이다. 비록 이 사랑이 비극으로 끝나더라도.

다음 날 아침, 약속한 대로 송병준이 영찬을 만나러 호텔로 찾아왔다.

익숙한 솜씨로 커피 잔을 집어든 송병준이 한 모금 마시고는 입을 떼었다.

"그간 구라파 여러 나라 공사로 다니며 그네들의 문물을 익힌 대감이니, 여기서 벌어진 일들이 이해가 안 될 수도 있겠소이다."

"……."

"조선은 아직 미개한 나라입니다. 나는 서양문물에는 문외한이오만 일단 일본과 비교하더라도 그래요. 정치나 법이나 제도나, 조선은 모든 것이 다 엉망이란 말이오. 뭐 하나 제대로 갖춰진 것이 없으니."

잘 빼입은 양복에 희끗희끗한 머리칼, 콧수염까지 기른 송병준은 제법 중년의 신사 꼴이 났다. 그런 그를 마주 앉아 바라보는 영찬은 입맛이 썼다.

'친일파가 되었다더니 아주 가관이구나! 뭐나 되는 줄 알고 우쭐해서 거드름을 피우는 꼴이라니.'

"목양사 건만 해도, 그 토지가 돌아간 충정공이 가지고 계시던 것은 맞습니다. 하지만 민비가 충정공의 양부이신 민태호 영감에게 내리신 것이라고 하니, 내가 걱정이 됩디다. 지금 조정이라는 것이 이름만 조정이지 재정이 완전히 파탄이 난 지경이라, 궁내부에서 예전에 하사했던 장토들을 거둬들인다는 소문이 한때 돌았지요. 내가 그래도 제법 그런 말들을 누구보다 일찍 접할 수 있는 입장 아닙니까. 하도 걱정이 되어서 교동으로 자당[1]을 찾아뵌 거요."

마시던 커피를 마저 홀짝이고는 말을 잇는다.

"그래 그런 소문을 일러드리고는, 내가 삼 년 전에 만든 일진회 이름으로 일단 해놓고 때를 보자고 제안했더니 반색을 하시며 꼭 그렇게 해달라고 신신부탁을 하시지 않겠소. 해서 일단 매매 계약을 맺어서 일진회 명의로 돌려놓은 것이라오. 그러니 행여 이상한 오해는 마셨으면 하오. 내가 지금 내 재산만 해도 관리하기가 힘든 지경인데 무슨 쓸데없는 욕심을 또 내겠소."

1 남의 어머니를 높여 부르는 말

"오해라기보다 일이 좀 복잡해서……."

"어쨌거나 나도 체면이라는 것이 있지 않겠소. 일진회도 하나
의 단체고 내가 혼자 운영하는 것도 아닌데, 가져다 준 지 며칠도
안 된 땅을 다시 내놓으라면 내 얼굴이 뭐가 되겠소? 그러니 그
일은 한두 해나 지난 후에 처리하는 것으로 합시다."

들어보니 그도 그럴듯했다. 송병준 입장에서는 난처하기도
하리라.

"잘 알았어요. 한데, 전동 형수님이 그런 사실을 미처 알지 못하
고 일본 사람에게 그 땅을 팔았다 하오. 지금 그자가 형수님을 이
중 매매죄로 고발하겠다고 협박하는 모양이오. 그게 싫으면 손
해배상을 하라는데, 그 금액이 점점 늘어 이제는 삼만 오천 원을
부른다니 어쩌면 좋겠소? 송 대감이 그 일본 사람을 좀 만나서 해
결을 해주시오. 나보다야 송 대감이 나서는 것이 그 일인에게도
약발이 있을 듯해요. 나는 일본말도 서툰 데다 오랜만에 귀국해
서 개인적으로 좀 해결할 일도 있고. 그래서 아직 주상을 뵙지도
못한 형편이고……."

송병준이 속으로 웃었다.

'상해 멋쟁이 신여성을 첩으로 데리고 들어왔다더니, 네 녀석
이 그 일로 뭔가 똥끝이 타는 모양이구나. 아직 주상을 뵙지도 못

했다? 제아무리 순종과 어린 시절 동문수학한 사이라고 해도, 그 주상이 지금 허수아비인데 무슨 덕을 보겠다는 소리인가. 한심한 인사 같으니!'

그러나 돈 냄새 맡는 데는 둘째가라면 서러운 송병준이다.

"그렇게 합시다. 내 한번 그 사람을 만나 속을 떠봐야겠소. 손해 배상으로 삼만 오천 원을 내라니 그건 지나쳤고, 어쨌거나 잘 조정을 해보지요. 수일 내로 연락을 드리리다."

"고맙소."

"아직 조선 실정에 어두우실 테니, 뭐든 상의할 일이 있으면 내게 전화를 하시오. 도울 일이 있으면 적극 돕겠소."

송병준을 보낸 민영찬이 시가 하나를 꺼내 물었다. 담배는 피우면서도 시가 연기는 못 참는 방이 때문에 참고 참았다가 오늘 처음으로 맛보는 시가다.

기분이 썩 좋지 않았다. 일본군 세력을 업고 제법 조선의 실세가 되어서 거들먹거리는 송병준의 꼴이라니. 이 나라가 정말 망조가 들긴 든 모양인가.

가슴 깊숙이 퍼지는 시가 연기가 날카로운 신경을 조금은 진정시킨다.

민 왕후가 돌아간 후로 민가들의 권세는 쪼그라들 대로 쪼그라든 것이 그대로 느껴진다.

그리고 머지않아 일본은 조선을 완전히 합병할 것이 불을 보 듯 뻔했다.

영찬 자신의 정치 생명도 나라와 운명을 같이 할 것이 분명하 다. 그렇다면 일본에 협조하거나 망명을 가거나 둘 중에 하나다. 망명이라. 나이 들어 관직도 없는데 어느 나라에서 나를 받아준 단 말인가?

차라리 조선에서 죽은 듯 엎드려 지낼 수밖에 없는 노릇이다.

앞날은 그렇다 치고 당장 시급한 문제는 방이와 살 집을 찾는 일이다. 희푸른 시가 연기를 내 뿜으며 영찬이 궁리한다.

'오늘 오후에는 방이를 어머니와 형수님께 데리고 가서 인사를 드리도록 하자. 내일부터는 북촌 나들이나 하면서 집 구경을 좀 해야지.'

서씨가 엎드려 절하는 아들의 중국 첩을 딱하다는 듯 바라본다.

앞가슴이 그대로 드러나는, 몸에 찰싹 달라붙는 서양 드레스 를 입고 머리에는 꼴사나운 모자를 쓰고 있다. 절로 한숨이 나온 다. 게다가 발에는 발가락이 훤히 비치는 얇은 양말을 신었다. 하 긴 저 옷에 버선이야 못 신겠지.

찬찬히 방이의 이목구비를 살펴본다. 키도 크고 피부도 희고 잘생긴 얼굴이다. 아마 한족 여인 같은데 저만한 여자가 어찌 해서 조선 남자의 첩이 될 생각을 했는지 알다가도 모를 일이다. 무슨 사연이 있을라.

"게 앉아라."

그래도 사랑하는 아들이 데려온 여자라 그런지, 미운 마음보다는 볼수록 가엾은 마음이 든다.

"네가 여기까지 내 아들을 따라왔을 때는 조선 여자가 되기로 한 것 아니겠느냐. 그러니 이제부터 조선 예절을 잘 배워야 할 게다."

알아듣든 말든, 서씨는 조선말밖에는 할 줄 모르니 하고 싶은 말을 한다. 아들이 첩에게 뭐라고 서양 말로 옮기니, 계집이 웃으며 고개를 끄덕인다.

"저 아이가 저를 죽인대도 모르고 살린대도 모를 테니 대감이 힘이 많이 들겠소. 쯧쯧. 좋은 건 잠시인데 장차 어쩌려오? 하루 이틀 데리고 살 것도 아니고."

"너무 심려 마세요, 어머님. 지금은 말을 몰라 그렇지 곧 배울 겁니다. 중국 태생이면서 불란서 말도, 영어도 제 나라 말처럼 잘하는 사람이니, 아마 조선말도 쉽게 익힐 것입니다."

"그런 꼭지 덜 떨어진 소리는 그만하고…… 준식이 어미와 전동 형수에게도 인사를 시켜야지."

"예에……."

"그리고 그 빈관²이라는 데가 돈이 한두 푼 들지 않을 텐데. 남의 눈도 많을 것이고. 어서 들어갈 집을 구해야 할 것 아니오. 원동으로 저 아이를 데리고 들어갈 수는 없을 테고."

"이 사람이 준식 어미를 만나는 것을 꺼리니…… 원동은 인사 안 데려가렵니다."

"하기야 중국 여자가 조선 풍속을 알겠나. 그러니 이혼은 안 된다는 게야. 자네가 봉사손인데 제사며 집안 관리며 저 아이가 할 수 있겠는고? 좋아서 데리고 사는 것이야 크게 흉 될 게 없지만 본처를 홀대하면 안 되네."

"제가 알아서 하겠습니다. 어머니는 아무 걱정하지 마세요."

'식구로 여기지도 않고 가족으로 대접도 하지 않을 거면서 무슨 인사는 그리 차리라는 것인지…….'

영찬은 속으로 투덜거린다.

교동에서 어려운 시간을 보내고 나온 두 사람이 창덕궁 쪽으로 향했다. 중국의 궁에 비하면 규모는 비교가 안 되지만 우거진 숲과 나무가 어우러져 아담하고 단정한 창덕궁을 방이에게 보여주고 싶었다.

2 호텔

"멋져요."

열린 돈화문을 통해 궁을 들여다보며 방이가 감탄했다.

"중국의 궁궐은 너무 커서 위압적인데, 조선의 궁은 짜임새가 있고 아담하고 여성적이에요. 예뻐요. 나중에 당신을 따라가 임금님과 왕후도 만나고, 궁궐도 구경하고 싶어요."

"아, 물론 그래야지."

다음 날 영찬은 방이를 데리고 전동 형님 댁을 찾았다.

형수가 두 사람을 위해 조촐한 점심상을 마련했다. 방이는 형수에게 가죽 장갑과 접는 부채를 선물했다. 두 여인은 말은 통하지 않음에도 웃는 낯으로 서로의 호감을 주고받았다.

두 여인을 안방에 남겨두고 영찬은 형님이 쓰시던 큰사랑으로 갔다.

주인 잃은 공간은 사람의 온기가 끊긴 지가 오래였다. 닫아 두었던 방문을 열자 곰팡이 냄새가 코를 찌른다. 세상인심을 그대로 보여주듯 적막했다.

여기 가득하던 인사들은 지금 다 어디로 갔나?

쓸쓸한 마음을 달래며 형님이 혼자 쓰시던 서실로 가본다.

형님이 거기 앉아 있을 것만 같다.

방문을 열어 놓고 동편으로 난 들창을 열었다. 우람한 홍송의 등걸이 주인 없는 방을 지키듯 시야를 가로막고 있다.

방 안을 서성이다가 형님이 관복을 걸어두던 협실을 들여다본다.

텅 빈 방 안에 빈 의복걸이만 남아 있다.

'저기서 대나무가 절로 자라났다니!'

형수가 보관하고 있는, 이제는 푸석푸석 마른 대나무를 두 눈으로 직접 보았지만 여전히 믿을 수 없었다.

형님이 앉아 글을 쓰던 책상 앞에 앉아보았다.

책상을 한 차례 손으로 쓸어보자니 저절로 눈물이 난다.

형님 가신 지 이 년, 그새 영찬은 불란서 공사의 자리를 잃었다. 신문을 통해 형님의 자결 소식을 접한 유럽과 미국의 외교관들은 만날 때마다 진심 어린 안타까움을 전했다. 조선의 부당한 현실에 분개하는 이들도 적지 않았다.

그러나 이후로 달라진 것은 아무것도 없었다. 오히려 세계에서 일본의 위상은 더욱 높아지기만 했다.

형님은 왜 그런 길을 택했단 말인가?

형님의 죽음은 그저 하나의 에피소드에 지나지 않는가?

그렇다면 젊은 아내와 다섯 아이를 남기고 형님은 아무 의미 없는 선택을 했단 말인가?

책상 서랍을 열어보았다. 뭔가 쓰인 종이 한 장이 접혀 있다. 형님의 글씨다. 급히 쓴 듯 갱지에 철필로 쓴 칠언율시. 날짜는 적혀 있지 않지만 '조정이 결딴난 것이 부끄럽다'는 문장으로 보아 자결을 선택하기 직전이었을 것으로 추측된다.

盡日行行綠樹陰 진일행행녹수음
하루 종일 푸른 나무 그늘을 거닌다.

有時住杖聽幽禽 유시주장청유금
지팡이 내려놓고 그윽한 새소리를 듣는다.

尋常水石牽情興 심상수석견정흥
예사로운 수석이 정취를 이끌고
着處雲山起隱心 착처운산기은심
눈앞의 운산에 숨고 싶은 마음 일으키네.

老稚挾雌驕近道 노치협자교근도
늙은 꿩은 까투리 옆에 끼고 교만하게 다가오고

新鶯引子巧穿林 신앵인자교천림
새 꾀꼬리는 새끼를 이끌고 교묘히 숲을 빠져나가누나.

回首朝端愧陸沈 회수조단괴륙침

　조정을 바라보니 사직이 무너진 것 부끄럽도다.

울컥, 눈물을 참을 수 없다.

나라 걱정으로 괴로워하던 형님의 마음이 깊이 사무쳤다.

소리 없이 뜨거운 눈물이 뺨을 적시었다.

"형님, 못난 저를 용서하세요. 저는 형님의 그림자도 못 쫓아가는 이기적인 인간입니다. 형님, 이제 부디 나라 근심을 잊고 극락 정토에서 새소리를 즐기세요."

　영찬이 수행원으로 참석한 두 번째 유럽 사행. 여왕을 알현하고 조선 국왕의 친서를 바칠 때, 형님은 조선말로 그 친서를 읽었고 영찬은 그것을 번역한 영문을 여왕에게 읽어드리는 영광을 가졌다.

　형님 영환은 여행 동안 하루도 빼지 않고 일기를 썼다. 러시아 사행 동안 겪고 본 일을 엮어 〈해천추범海天秋帆〉을 쓰셨듯, 2차 유럽여행에서도 매일의 일을 기록하여 〈사구속초使歐續草〉라는 기행문을 남겼다.

　"내가 수년 동안 사신의 명을 받고 두루 각국을 다녔는데 이한 권의 책이 그 자취이다……. 내가 이 사행을 통해 나라에

이익이 될 일을 할 능력은 없으니 다만 그 산천이나 풍토의 다름이나, 인물과 시정의 번화함은 뒤에 오는 사람들이 혹 채택할 수 있을 것이다. 까닭에 이것을 기록하여 보관한다."

〈사구속초〉 서문에 그가 남긴 말이다.

형님에 대한 세간의 평가는 억울함이 있다.

명성황후가 고종의 비로 곤전의 자리에 오르며 승승장구한 민씨 일가의 번영만큼, 그 중심에 있었던 아버지 민겸호나 형님 민영환은 사람들의 입에 오르내리며 욕을 먹어야 했다.

탐관오리.

아버지에 대해서는 그럴 수도 있지만, 형님에게만큼은 그 이름이 너무 억울했다. 아버지를 임오군란으로 잃으며 깨우친 것이 컸던 때문인지, 형님은 전혀 재물을 탐하거나 자기 세력을 만들지 않았다. 민가 중에는 탐관오리가 많았지만 형님은 예외였다. 땅을 늘리지도, 물건을 탐하지도 않았다. 가진 것이라곤 왕실에서 내린 하사토가 전부였다. 생전에 치부를 했던들, 그의 장례 비용이 빚으로 남았을 리 있겠는가?

그럼에도 명성황후와 민씨 일가에 대한 군중들의 증오가 표출될 때마다 그 화살은 조정의 중심에 있던 형님을 향하곤 했다.

그러나 영환은 불평하지 않았다.

오히려 속죄의 마음으로 그것을 받아들였다.

자신은 아무리 애써도 형님을 따라갈 수가 없는 소인에 불과하다는, 그 판단이 오히려 영찬의 마음을 편하게 해주었다.

"나는 형님을 따라갈 수 없다. 나는 나다. 이 어려운 세상을, 나는 내 방식대로 사는 수밖에 없다."

준식이 어미

남편이 데리고 온 상해 여자 이야기가 장안의 큰 얘깃거리였다.

중국 여인인데 전족도 하지 않은 걸 보면 하층민 출신인 것이 분명하다는 이야기가 있는가 하면, 그게 아니라 그 부모가 중국에서도 일찍 개화한 상류사회 사람이며 딸을 어려서 미국으로 보내 학교를 다니게 해서 그렇다고도 했다. 인물도 대단한 미인이지만 옷 입은 것과 말하는 것에도 양갓집 딸다운 품위와 격조가 보인다고도 했다.

"서양 말도 여러 나라 말을 하고, 윗사람이건 남자건 별로 눈치를 보는 기색이 없더래. 그야말로 참 멋지고 시원시원한 성격 아니야?"

심지어 이런 말을 하는 사람도 있었다.

"명성황후가 살아 있었더라면, 민영찬 대감은 첩의 덕을 봐도 톡톡히 봤을 뻔했지."

"그러게 말이야. 민 왕후가 서양 문물에 좀 관심이 많았나? 아마도 매일 궁으로 불러들여 서양의 문물에 대해 이것저것 물어도 보고 서양 말을 배운다고도 하고 총애가 컸을 것인데."

들려오는 방이의 소문에 이씨는 기가 죽었다.

남편과는 스물이 안 되어서 혼인을 하고 아들을 연달아 둘이나 낳았다. 손이 귀한 집이라 그만으로도 왕후장상이 부럽지 않았다. 그 무서운 시어머니의 사랑을 독차지했다.

큰댁 동서가 아이를 낳지 못하자 시어머니 서씨가 나서서 큰아들의 첩을 들였다. 그 동서는 마음고생을 무척 하다가 갓 서른에 죽었다. 후취로 들어온 박씨도 혼인하고 삼 년이나 소박을 당했으며 그러고도 그림자처럼 몇 년을 살았다.

그에 비하면 자기는 여태 그런 문제로 속을 태운 적이 없었다. 남편과 아기자기 재미있는 사이는 아니어도, 적어도 첩이란 것은 모르고 순탄하게 이십 년 가까이를 살았다. 나랏일을 하느라 미국이다 구라파다 몇 년을 나가 살던 남편이었지만, 설마 조선 여자도 아닌 이국 여자를 가까이 하랴 하고 마음을 놓고 지냈다. 그런데 뜻밖에 강적이 나타난 것이다.

첩이라는 것이 말이나 통해야 데려다 가르치고 나무라며 정실

대접을 받을 터인데, 어디 달나라에서나 온 것 같은 여자라니 그것도 틀렸다. 온전히 남편만 빼앗긴 꼴이 되었으니 분하기 짝이 없었다.

"금계랍이라도 먹고 확 죽어버릴까?"

몇 년을 혼자 외롭게 지낸 자신의 얼굴 한 번 거들떠보지도 않는 야속한 남편.

어디서 갑자기 나타나 이제까지 지켜온 자신의 온 인생을 뒤집어놓은 방이.

두 사람에게 망신을 주려면 못 할 짓이 없을 것 같았다.

나오느니 한숨이고 앉으나 서나 일이 손에 잡히지 않았다. 남편과 그 계집이 지금 뭘 하고 있을까 하는 생각이 내내 머릿속에서 떠나지 않는다. 가슴에서 불덩어리가 치밀어 오르는 것을 꾹꾹 눌러 참으며 그녀가 몸종을 불렀다.

"얍실아, 가서 금계랍이나 좀 사오너라. 머리가 깨지는 듯이 아프구나."

마님이 건네주는 돈을 받아가지고 안방을 나오던 얍실이 어미는 '잘코사니' 하는 소리가 저절로 나온다. 딸아이 이름이 얍실이라고 늘 '얍실이'로 불리는 가평댁은 주인마님이 가엾기는커녕 깨소금 맛으로 고소하다.

'머리가 아프겠지. 남들 첩 봤다고 우습게 보면서 그렇게 교만을 떨더라니…… 물은 건너봐야 알고 사람은 지내봐야 안다잖아. 그 서방님이 그럴 줄이야 누가 알았어?'

얍실이 어미가 사온 금계랍 한 통을 이씨가 문갑 서랍 깊숙이 넣었다.

며칠 모았다가 여차하면 한 입에 털어 넣을 작정이다.

독사의 혀

목양사를 매수한 일인 이견을 송병준이 만나고 온 모양이었다. 계약을 파기하는 조건으로 위약금 삼만 오천 원을 요구했는데, 오랜 위협과 협상 끝에 애초에 매수했던 금액 팔천 원만 돌려주기로 하고, 그 돈을 현금으로 열흘 안에 해결하는 것으로 합의했다고 했다.

"처음에는 빳빳하게 굴더니, 그래도 팔천 원에 합의를 보았으니 다행이오. 그자도 내 이름 석 자를 들었는지 더는 버티지 못합디다. 그간 일본에서 서울로 다닌 경비며 중간의 수고비며 이자를 생각하면 좀 더 줘야 한다고 울상을 짓던데, 내가 '여덟 살짜리와 한 계약은 무효이고 계약이 무효면 이쪽에서도 돈을 돌려줄 의무가 없다'고 좀 겁을 줬더니 마지못해 합의합디다. 어떠시오?"

송병준은 의기양양한 얼굴이었고 영찬은 어쨌거나 그의 수완에 놀라지 않을 수 없었다.

"수고 많으셨소. 그러나 열흘 안으로 그만한 대금을 마련할 수 있을지 걱정이오. 어머님과 의논하고 바로 연락을 드릴 터이니, 그때 다시 봅시다."

결국 평북 의주의 팔백 석지기 땅, 이천의 삼백 석지기 땅, 그리고 경기도 진잠의 삼백 석지기 논을 팔아 보태기로 했다. 어머니가 맡아 가지고 있던 팔천 원은 빚도 갚고 앞으로도 쓸 일이 많을 터였다.

영찬은 송병준에게 세 군데 토지를 파는 일과 함께, 제물포에 있는 자기 가택 또한 팔아달라고 부탁했다. 송병준이 나서면 열흘 안에 충분히 자금을 마련할 수 있을 터였다.

'제 놈 말마따나 그 정도 자금은 그에게 조족지혈일 것이니, 우릴 속인다고 해봐야 크게 속이지는 않으리라.'

영찬의 생각이었다. 그도 그럴 것이 송병준은 1904년 일본과 러시아 사이에 전쟁이 시작되자 오타니 기쿠조大谷喜久藏의 통역으로 따라 나오면서 막대한 공작금을 받았다는 소문이었다. 그 돈으로 친일 단체를 만들고 유력한 인사들을 포섭하는 한편 첩에게 '파성관'이라는 요정을 차리게 했는데, 그곳 술자리에서 귀동냥한 정보를 일본에 밀고하며 막대한 재산을 모았다는 소문

또한 있었다. 뿐인가. 을사조약 이후 통감부가 설치되자, 그 통감부의 힘을 빌려 왕실의 이권을 일본에 넘기면서 또 재산을 불렸다고도 했다. 그 정도의 사람이 설마 남의 땅 판 돈에서 푼돈이야 떼겠나 하는 것이 영찬의 생각이었다.

그야말로 골치 아프고 귀찮은 것은 전염병보다 싫은 것이 그였다.

이후 송병준은 수하를 시켜 민영환의 전장 세 군데를 팔아 만 삼천 원을 마련하였고, 그로써 이견철태랑에게 팔천 원을 돌려주고 오천 원을 남겼다. 아무도 모르는 돈이었다. 그 돈을, 송병준은 서씨에게 목양사 대금으로 보낼 생각이다. 송병준으로서는 손 안 대고 코 푸는 격이었다.

"양반의 자식들이란 게을러빠진 데다 만사 귀찮아하는 병이 들어 탈이야. 조금만 머리를 굴리면 돈 나올 구멍은 얼마든지 있고말고. 어디 두고 봐라. 민가네 재산이 얼마나 가나."

생각했던 것보다 이번 일이 수월하게 끝나자, 그의 가슴 밑바닥에서는 만족감이 아니라 더 큰 욕심이 뱀처럼 꿈틀거렸다.

민영찬이 토지 판 문서며 영수증을 내놓으라고 할 것에 대비해, 그는 이중으로 서류를 만들어 준비해놓기까지 했다. 그러나 민영찬은 거기에 대해서는 일절 말이 없었다. 자신을 믿는 것인지, 골치 아픈 일에 관여하기 싫어서 그러는 것인지, 귀찮은 일이 끝났으니 그저 다행이라 여기는 것인지…….

수중에 떨어진 거금 오천 원 가운데, 송병준은 딱 잘라 삼천 원을 교동 서씨에게 보냈다. 그렇게 송금을 해두면, 나중에라도 그 목양사를 자신이 매입한 것이라는 사실을 절대 부인 못할 것이다.

골치 아플 뻔한 일이 잘 풀려 흐뭇해진 그는 느긋이 기대앉아 궐련을 피워 물었다.

'살맛 나는구나. 세상 돌아가는 것이 재미있어 죽을 지경이로다!'

백록동 집

영찬과 방이가 고른 집은 백록동[1]에 있었다. 99칸까지는 안 되지만 담장 안에 행랑채를 빼고도 기역 자, 디귿 자, 미음 자 건물이 세 채였다. ㅁ자의 안채에는 내실, 이부자리며 옷장을 보관하는 뒷방, 6칸 대청, 건넌방, 큰 부엌, 찬방이 딸려 있었고 건넌방에서 ㄱ자로 꺾어져 또 방이 2개가 붙어 있었다.

안방에서 대청, 건넌방 앞까지 있는 쪽마루에 난간을 둘러 정취를 더했다.

안채 앞쪽으로는 목란과 작약이 가득한 제법 너른 정원이, 뒤쪽으로는 목련과 배나무 아래 채소를 가꿔 먹을 수 있는 텃밭도 있다. 텃밭 한편에는 제법 물이 깊은 우물이 있다.

안채와 사랑채는 나지막한 담에 내놓은 문이 있어 사랑에서 안으로 쉽게 접근할 수 있는 것도 그 집의 장점이다. 사랑채는 주

---

1 지금의 삼청동

인이 쓰는 큰사랑과 마루, 작은 서실이 있으며 따로 문객들을 위한 작은사랑이 큰사랑과 통하도록 지어졌다. 문중 어느 어른의 소유로, 그가 권세 좋았던 시절 마음껏 지은 집이다. 방이와 둘이 살기에는 큰 편이지만 그래도 집이란 좀 커야 한다. 그래서 답답할 때면 사랑에서 안마당으로 안에서 뒷마당으로 오갈 수 있도록 다 통해야 한다. 앞으로는 조회[2]에 나갈 일도 없이 집에 있을 시간이 많을 터니 더욱 그렇다.

방이도 그 집을 좋아했다. 특히 마루가 넓고 대청의 앞뒤가 툭 터져서 마음에 든다고 했다. 집을 둘러보며 방이는 영찬의 귀에 대고 소곤거렸다.

"마루가 넓어서 댄스파티하기에 아주 좋을 것 같아요."

말은 안 했지만 집의 뒷담이 길과 면하여 있는 것도 큰 매력이었다. 혹시 자동차를 사더라도 뒷담에 차가 드나들 문만 하나 내면 차를 담 안쪽에 세워둘 수 있을 터였다.

영찬은 전답을 팔고 어머니가 보태주신 돈으로 결국 그 집을 샀다.

영찬이 첩을 위해 집을 사는 줄 알자, 집주인은 '정신 나간 인사 아닌가?'라며 집을 팔지 않으려 했다. 영찬이 방이를 데리고 직접 찾아가서 몇 번이나 조른 끝에야 겨우 거래가 성사되었다.

2 조정회의

집을 사고 남은 돈으로 자동차도 샀다. 새 차는 아니지만 차가 생기니 생활이 완전히 달라졌다. 그렇게 편할 수가 없었다. 비만 오면 길이 엉망이니 도저히 장화 없이는 다니기가 힘들었다. 매번 인력거를 타려니 겨울에는 추워서 잠시도 힘들었는데 이제는 어디든 마음대로 다닐 수 있을 터였다. 가구며 기물을 하나하나 고르고 사들이는 재미도 쏠쏠하다는 것을 이번에 처음으로 알았다.

방이는 이즈음 서양 선교사들이 조선말을 가르치는 학당에 열심히 다닌다. 어머니가 만들어 보내신 한복에 두루마기까지 입고 조바위를 쓴 것이 제법 조선의 양반가 며느리 티가 났다.

학당을 다니면서부터 방이도 생기가 돌았다. 서양 선교사들이나 공사관 부인들과도 가까이 지내고 파티에도 자주 나갔다.

내친 김에 방이를 위해 일인 무역상을 통해 피아노까지 주문했다. 상해 호텔 로비에 놓인 피아노를, 그녀가 그 얼마나 유려하게 치던가. 그날 로비에 있던 손님들이 모두 피아노를 둘러싸고 서서, 그녀가 연주하던 아름다운 선율에 그 얼마나 감동했던가.

집에 피아노가 들어오자 집 안은 방이의 손님으로 북적댔다.

주로 서양 선교사 가족들과 외교관들, 사업가들이었다. 접대비가 만만치 않았다.

벌이 없이 곶감 빼먹듯 쓰는 돈은 금세 바닥이 났다. 원동 큰 집

살림은 매년 추수 때 들어오는 곡식으로 충당되었으나 방이와 영찬의 씀씀이는 큰 집의 몇 배가 되었다. 게다가 원동에서는 돌아간 명성황후의 친정 제사까지 모시는 형편이었다. 종형 민영익이 중국으로 망명을 가고서 옮겨온 제사다. 돈 걱정이라고는 해본 적이 없는 영찬이나 그의 아내나, 씀씀이를 줄이기는 쉽지 않았다.

목양사 반환 소송

이즈음 부쩍 일본 형사가 수시로 찾아와 동태를 살피고 있는 실정이다. 겉으로야 문안인사차 들렀다고 하지만 누구를 만났는지 무엇을 하며 지내는지 동향을 살피러 드나드는 것이 뻔하다. 고종 황제가 물러나고 왕위에 오른 순종 임금을 가끔 찾아뵙고 옛이야기라도 나누고 싶었지만 이 눈치 저 눈치를 보느라 그러지 못하는 형편이었다.

돈 문제로 고민하던 영찬은 목양사를 되찾아야겠다고 결론을 내렸다.

목양사를 맡아 서양식 농법으로 잘 운영하면 밭작물, 과실수만으로도 상당한 소득이 될 것이다. 송병준이 어머니를 감언이설로 속여 그 땅을 차지했다는 소문이 장안에 파다했으니 그걸 가만히 앉아 내버려두는 것도 체면이 서지 않는 노릇이다.

일진회에 땅을 맡긴 지도 벌써 일 년이 되었으니 이렇게 있을 수만은 없다. 약속했다던 군부대신 이야기는 둘째치고 그 이후로 일절 연락이 없는 송병준이 괘씸하기도 했다. 일전에도 일진회로 사람을 보내 좀 만나자고 했건만, 바쁜 일이 끝나면 연락을 하겠다더니 아직 깜깜 무소식이다.

목양사 건이 어서 끝나야 방이를 데리고 상해에를 한 번 다녀올 터인데. 뭐 하나 마음대로 되는 일이 없다. 영찬의 고민이 깊어지던 즈음, 어떻게 된 노릇인지 대한매일신보가 목양사 사건을 다뤘다.

송병준의 심장이여

나라의 붓그럼과 백성의 욕됨을 분해하여[1] 목에 피를 뿌려

자결한 민충정공의 끼친[2] 재산이 송병준의 입으로 다

드러가고 말리로다. 정충 대절이 천일을 관통하는 끼친

재산이 송병준의 겁탈함을 당하며 그 부인과 어린 자녀가

얼고 주려죽고 말리로다. 오호-라 참혹하다. 송씨의 나라를

병드리던 독한 수단을 충정공의 집에서 또 당하였스며 송씨의

백성을 잔해하던 독한 심장이 충정공의 집을 또 범하였도다.

우리는 민충정공의 일을 엇지 차마 말하리오. 일신을 죽여서

1 분하게 여겨
2 남긴

국가의 희생이 되었스매 슬픈 바람 옛집에는 푸른 대가 스스로 나고 푸른 산 높은 무덤에는 가을바람이 소소하니 초동목수도 위하야 마암이 상하고 로상[3] 행인도 위하야 눈물이 떠러지리로다. 저 적적한 찬방에 부인은 피눈물을 흘리고 처량한 옛집에 어린 아해들은 부친을 부르는 소리에 누가 슬퍼하고 불쌍히 여기지 안으리오. 공은 비록 갓스나 공의 셋친 전장은 남엇스며 공은 비록 도라오지 아니하나 공의 끼친 집은 오히려 잇스니 누가 이거슬 사랑하고 호위할 마암이 없스리오.

우리는 헤아리건대 시랑[4]의 성품과 사갈의 심장이 잇는 자라도 필연 공을 사랑하는 마암으로 공의 끼친 전장[5]을 사랑하고 공을 존중하는 정신으로 끼친 가택을 보호하여 저 령뎡고고한 어린 아해와 파거하는 부인을 극력 보호하리라 하엿더니 어찌하여 저 인도人道도 없고 인정도 없는 송병준이 이런 잔인참혹한 일을 차마 행하여 공의 처지를 협박하는가. 공의 처지를 협박만 할 뿐 아니라 공의 천여 석 추수하는 전장을 득탈한 뿐 아니라 인천항에 있는 가옥까지도 빼아삿도다. 오호-라, 저도 또한 사람이라 어찌 차마 이런 일을 할까. 저의 수단이 비록 독하다 한들 어찌 이런 일을 차마 하며

3 거리
4 승냥이와 이리
5 농토

저의 심장이 비록 독하다 한들 엇지 이런 일을 차마 하며 저의

입이 비록 독하다 한들 어찌 이거슬 차마 먹는가 이거슬 보면

일반분이라도 혈기가 있는 자야 엇지 분하히 여기지 아니리오.

대개 저[6]는 일본에 붓치는 일을 자자히 강구하는 자인데

공은 한국을 붓드는 도를 자자히 강구하던 자며 저는 나라를

해롭게 하고 몸만 이롭게 하는 자인데 공은 나라를 위하며 몸을

죽인 자이며 저는 천하 사람이 침을 배앗고 저의 악한 행적을

꾸짓는데 공은 천하 사람이 사모하여 비록 부인유자[7]라도

또한 찬양하고 존중하니 저는 필연 공을 시기하여 미워하는

짐승의 마음을 금치 못하여 그러함인가 이러함으로 공의

전택[8]을 빼아스며 처자를 얼고 주려 죽게 하여 저의 한하던

마암을 쾌히 풀고저함이 아닌가.

저 오신묵은 본래 공의 집 겸인으로 정종모발頂踵毛髮[9]이

모다 공의 덕택이어늘 홀연 공의 전일[10] 은덕을 배반하고

송병준과 부동하여 이런 악한 일을 서로 도우니 오호―라

이는 송씨보다 그 심장이 더욱 참혹자로다 저 오가는 오히려

타인타성이라고나 하려니와 공의 친제[11]되는 민영찬 씨는

외어 기모로 생각한들 엇지 차마 저 흉악한 자들을 연락하여

일호도[12] 애련한 마암이 없는가 공의 충혈이 밋쳐 마르지도

6 송병준을 가리킴　　　　10 과거
7 여자와 어린이　　　　　11 친동생
8 밭과 집　　　　　　　　12 한터럭
9 이마, 발꿈치, 터럭, 머리칼

아니하여 더 극흉극악한 공의 끼친 재산을 강탈하니 만일 구천지하에 공의 혼령이 오히려 잇슬진대 그 마암이 어떠할까. 이제 어떤 유지한[13] 인사들이 통분함을 참지 못하여 일국 동포가 일제히 거소하여 충신의 끼친 혈속[14]을 살리기로 여러 번 광고하엿스니 과연 이러케 하여 천하사람의 공공한 분[15]을 쾌히 신설하기를 우리는 축원하노라.

1908년 12월 8일 자
대한매일신보

짧지 않은 기사를 고무되어 읽던 영찬이 발끈했다. '민영찬 씨는 …… 엇지 차마 저 흉악한 자들을 연락하여'라는 대목에 화가 나지 않을 수 없었다.

"아니 이거 참! 오신묵이와 송병준을 힐난한 것은 당연하지만, 그런데 왜 거기다 나를 가져다 붙여? 마치 내가 무슨 그들과 내통이나 하며 음모를 꾸민 것처럼 들리지 않나! 이런 말도 안 되는 소릴 함부로……. 무책임한 인사들 같으니. 내가 지금 관직에 있다면 감히 이렇게 함부로 말을 했으랴!"

화를 누르며 전동으로 향했다.

목양사 건으로 고소를 하더라도 형수나 조카 범식의 이름으로

---

13 뜻이 있는
14 남긴 유족
15 분노

해야 할 터였다.

형수라고 하지만 형님과 워낙 나이 차이가 져서 영찬보다도 서너 살 아래다.

형수도 얼굴이 말이 아니다. 목양사 문제로 마음고생이 심했을 터다.

"아주머님, 혹시 저쪽에서 무슨 연락이라도 받으신 것이 있습니까?"

"송씨 쪽에서는 일절 연락이 없어요. 처음부터 제가 고분고분하게 말을 듣지 않아서인지, 저하고는 연락을 안 하려는 것 같습니다."

"그런…… 일이 있으셨나요?"

"집안 청지기던 오신묵이 와서 뭐라고 하는데 말이 앞뒤가 안 맞고, 게다가 송병준이라는 사람이 서방님도 아시다시피 하도 좋지 않게 이름난 사람인데 그이 앞으로 매매 계약을 한다면 다들 뭐라겠습니까? 하필 땅 팔 곳이 없어서 그 매국노에게 형님 땅을 팔았느냐고 할 것 아닙니까? 그래 굶어죽어도 당신들한테는 그 땅 못 판다고 했었지요."

나이 어린 형수에게 그렇게 야무진 구석이 있었다니, 사람이 다시 보이는 것이었다.

"아주머님이 그 말씀 참 잘하셨습니다. 그런데 그 무서운 호랑마님 우리 어머니가 어쩌다가 그렇게 쉽게 넘어가셨는지 모를 일입니다."

박씨가 할 말이 있었지만 모른 척 말을 삼켰다.

'대감을 군부대신 시키고 싶어서 그러신 것 아니오? 집안에 벼슬 끊어지면 큰일 나는 줄 아시니……'

"그런데 아주머니, 저 송병준을 어떻게 하실 작정이십니까?"

"제가 무슨 수로 그자를 건드리겠습니까. 서방님께서는 혹 무슨 생각이라도 있으신가요?"

"아무래도 그자가 감언이설로 연로하신 어머니를 속인 것이라는 생각이 자꾸 들어서요. 그래서, 재판을 해서라도 목양사를 찾아야 할까 봅니다."

"재판이라고요……."

"재판을 하게 되면 송가가 주장하는 매매 사실이 거짓임으로 드러날 테고 그러면 재판부가 송가에게 명령을 내릴 것입니다. 그 땅을 우리에게 다시 돌려주라고."

"송병준을 건드렸다가 혹시 서방님 앞길에 누가 되지나 않을까 해서 지금까지 참은 것이지요. 그렇게 해도 괜찮으시겠어요?"

말은 그렇게 하면서도 시동생 영찬의 얼굴에서 눈을 떼지 못했다. 송병준을 상대로 재판을 하자는 그 말을, 박씨는 그대로 믿을 수 없었다.

'아니, 어떻게 그 송병준한테 우리 의주 땅을 팔아서 그 돈을 이견철태랑에게 돌려주라고 부탁할 수 있었단 말인가? 직접 나설 형편이 안 되어 사람을 시킨다 해도 하필 송병준이라니.'

세상에 생각이 없어도 그렇게 없을 수가 있는가. 그런 시동생의 말을 믿어도 좋을지 망설여졌다.

한배에서 나온 형제가 어쩌면 저리도 다를 수 있단 말인지 한숨만 나왔다.

남편은 공사가 분명한 사람이었다. 더없이 꼼꼼하고 세심한 사람이었다. 사행에서 돌아오면 여비로 받은 돈의 지출목록을 직접 점검하고는 쓰고 남은 돈은 끝전까지 챙겨서 궁내부에 돌려주던 사람이었다.

그런데 동생이라는 저 민영찬은 귀찮은 일이라면 손도 까딱하기 싫어서 그 도둑에게 여기저기 땅을 팔아달라고 부탁을 한 데다, 그것으로도 모자라서 '돈이 들어오면 그것을 이견철태랑에게 보내라'고 속 편하게 맡긴 사람이다.

'그런 양반이 이제 와서 무슨 생각으로 송병준을 고발한다는 것인가? 골치 아픈 일이라면 저승사자보다 싫어하는 양반

이⋯⋯.'

말없이 자기를 바라보는 형수의 따가운 눈길을 의식한 영찬이 말을 이었다.

"형수님이 송병준을 고소하시겠다고 하면, 제가 좀 나서서 알아보겠습니다."

목양사를 찾으면 자신이 직접 운영하겠다는 이야기는 덧붙이지 않았다. 복잡한 말을 미리부터 공연히 꺼낼 필요가 없다. 땅을 찾고 나면 그때 이야기해도 늦지 않을 것이다. 버려진 것이나 다름없이 된 땅을 운영하자는 건데, 뭐 반대할 이유도 없으리라.

박씨 부인은 박씨 부인대로 일단 재판을 하는 것이야 손해 볼 게 없으리라는 생각이 들었다. 그래도 아직은 조정에 연줄도 있고, 자신보다야 발 넓은 시동생 영찬이 나서는 것이 나을 터였다.

"그렇지 않아도 그 사람들 한 짓이 하도 괘씸해서, 재판을 해서라도 목양사를 되찾아야 하지 않을까 싶던 참이었어요. 서방님께서 나서 주신다면 더할 나위 없이 고맙지요. 저야 아는 것도 없고, 아녀자가 나서는 것도 볼썽사나운 일이니."

"알겠습니다. 아주머니, 변호사부터 알아보고 다시 연락을 드리겠습니다."

영찬이 급히 일어섰다.

"그보다 전화부터 하나 놓으세요. 일일이 왔다 갔다 해야 소통이 되니, 재판이 시작되면 전화부터 있어야 할 거예요."

'전화를 놓으라니… 그 귀한 전화가 어디 동네 아이 이름도 아니고…….'

　송병준을 상대로 한 목양사 반환 소송이 경성재판소에서 시작되었다.

　재판이 시작되자 송병준은 황성신문에 광고를 냈다. 대한매일에 게재한 기사와 민영환 측의 광고는 허무맹랑한 것이며, 자기는 민영환 집안 처지가 딱해서 목양사를 삼천 원에 매수한 것이고 대금도 보냈다는 것이다.

　민씨네가 송병준을 상대로 재판을 한다는 기사가 신문에 나자, 사방에서 격려하는 편지와 성금이 모여들었다. 아직까지도 남편을 추모하는 그들이 참으로 고마웠다.

　"이런 분들을 위해서도 재판에서 이겨야 할 텐데……."

　재판은 지루하게 진행이 되었고 1심 재판은 송병준의 손을 들어주었다. '송병준과 서씨가 맺은 계약서는 그것이 가장假將으로 한 매매로 보기 어렵다'는 판결이었다. 계약서상 어디에도 일시 맡긴다는 말이 없고, 그 매매 계약서가 체결된 이후 지금까지 한

번도 일시 맡긴 땅에 대한 아무런 언급이 없으므로 그 계약이 무효라는 민범식의 주장은 근거가 없다는 것이다.

박씨 부인은 너무 억울하고 분하여 땅을 치고 통곡을 하고 싶었다.

"송병준이 농간을 부리지 않을까 마음 졸였더니 역시 이리 되는구나. 분하다. 하지만 이대로 주저앉을 수는 없지! 변호사 말대로 항소를 해서라도 다시 한 번 싸워보자."

박씨는 마음을 단단히 먹었다.

이왕 세상에 다 알려진 일이어서 더 부끄러울 것도 없었다.

이번에는 그녀가 직접 변호사와 상의하기 시작했다. 변호사에게 '시어머니 서씨가 목양사를 사고파는 것에 관여할 하등의 법적 권리가 없다'는 점을 특별히 강조했다. 남편은 백부인 민태호閔泰鎬에게로 출계하여 그로부터 그 땅을 상속받았고, 생가의 어머니 서씨와는 법적 모자관계가 아닌 때문이다. 따라서 그를 낳아준 생모 서씨는 법적으로 남편 민영환의 숙모가 되므로 숙모가 조카의 재산을 임의로 매도할 수 없다. 그러므로 서씨와 일진회가 맺은 계약은 무효이며 송병준의 소유권도 인정할 수 없다는 것이었다.

"재판소까지 갈 것도 없다. 길을 가는 사람을 붙잡고 물어도 너무도 명백한 일 아닌가. 어디 가는 데까지 가보자."

재판관이 농간만 부리지 않으면 이길 수 있다고 박씨 부인은
굳게 믿었다.

항소심 재판이 경성 공소원에서 열렸다. 재판장은 일본 사람
이지만 다행히 조선인 통감부 판사 두 사람이 배당이 되었다는
소식이었다. 조금은 안심이 되었다. 그래도 조선 판사들이라면
이 억울한 사건을 자세히 살펴보겠지, 하는 실낱같은 희망이 생
겼다.

그러나 항소심 재판에서도 결과는 역시 마찬가지였다. 이번에
도 패소였다.

결국은 송병준의 1심과 항소심 재판비용까지 물어주게 되었다.

　……피 항소인 송병준은 광무 10년(1906) 8월 중
　　항소인으로부터 본소의 물건을 삼천 원으로 매수하여 인도를
　　받은 자인 바 가장매매명의자로 보관을 위탁받은 자가 아니며
　　그렇지 않다 하더라도 당해물건은 같은 해 10월 8일 일본인
　　나카무라 세이로에게 매도하였기에 항소인의 청구에는
　　응할 수가 없다 하고 증인 남정관과 오신묵은 위 매매가
　　가장의 매매가 아니었음을 증언함으로써 위 매매가 가장의

매매였음을 인정하기에는 그 증거가 부족하다…….

경기도 부평군 남면 홍주산 아래 소재 진황지 길이 9리, 너비 10리, 서쪽 홍주산 남쪽 둔근촌 북쪽 신성리 동쪽 부평정거장 한계와 주택 2채 창고 2채 농업기계, 소나무, 호두나무, 과수, 뽕나무, 포도, 핵과, 쌀 30섬, 보[16] 한 곳의 보관위탁계약의 무효임을 확인하며 그 물건을 피 항소인에게 인도할 것을 판결한다.

명치明治 42년(1909년) 12월 15일
경성 공소원 민사 제 1부
재판장 통감부 판사 미다쿠三宅
통감부 판사 신재영
통감부 판사 함태영

너무도 분하고 허탈했다.

재판이란 피를 말리는 일이다.

지난 이 년간의 싸움이 이렇게 허무하게 끝나고 마니 이 세상에 믿을 것이 아무것도 없다는 절망뿐이었다.

남편이 남긴 유산을 지키지 못하고 그것도 하필 송병준에게 빼앗긴 것을 생각하면 그야말로 죽을죄를 진 심정이었다. 차마 얼굴을 들고 아이들을 볼 수가 없었다.

16 저수지

재판이 그렇게 허망하게 끝나고 나서는 밤에 자다가도 벌떡 일어나 마당을 헤맸다. 맨발이 얼어붙는 것도, 밤이슬에 옷이 젖는 것도 몰랐다.

그러는 중에도 노인은 늙어가고, 아이들은 무럭무럭 자랐다. 아이들이 건강한 것만 해도 다행이었다.

그 와중에도 새 생명은 태어났으니, 서울 오고 이 년 만에 방이가 딸을 낳은 것이다.

제 어미, 아비를 섞어서 닮은 아이는 눈에 넣어도 아프지 않을 지경으로 예뻤다. 유모의 말로도 갓 태어난 아이치고 이렇게 이목구비가 뚜렷한 아이는 보지 못했다고 했다. 아이가 생기니 유모가 들어오고 식구가 느니 안잠자기도 늘고 씀씀이는 점점 커졌다. 늘지 않는 것은 오로지 들어오는 돈뿐이었다.

'사업을 하든, 관직을 하나 꿰차든 뭘를 하기는 해야겠는데……'

아기 우는 소리를 피해 사랑으로 나온 영찬이 담배를 입에 물고 앉아 이 궁리 저 궁리가 많다. 요즘 들어 더욱 방이 볼 낯이 없었다.

'재판에서 진 거야 억울하지만 어쩔 수 없는 일이다. 세상이 일본 사람들 손에서 돌아가는데 누가 지금 송병준을 이긴단 말인가? 다들 뒤에서는 친일파라고 손가락질을 하지만, 지금은 그자와 척을 지고는 살아남을 수가 없는데 어쩌란 말인가?'

재판에서 지고 나자 '영찬이 송가와 한패가 돼서 일부러 형수 편을 들지 않았다'는 말이 그의 귀에도 들려왔다. 형의 전장을 팔고 그 돈으로 뒤틀어진 계약관계를 무마하는 일을 송병준에게 맡긴 게 그 빌미가 되었다는 것을 그도 잘 알았다. 하지만 영찬이라고 할 말이 없는 건 아니었다.

'그래도 송가가 처리했으니 그나마 제때 처리가 됐지, 누가 열흘 안에 그런 돈을 마련한단 말인가? 아니 그럼 내가 직접 나서서 그 땅을 팔고 다니란 말인가? 겸인들을 시켰더라면 그 값에 팔지도 못했을 것을……. 사정도 모르고 남의 일이라고 떠드는 무책임한 놈들. 하기 쉬운 말이라고 뒤에서 입만 나불거리는 꼴이라니.'

그 따위 말을 하고 다니는 놈들을 잡아다 콩밥을 먹이고 싶지만 여러 가지로 수세에 몰린 자기 처지를 생각해서 참고 있는 중이다.

그러니 지금 송병준을 만나러 가는 길이 상쾌할 리가 없다.

"그 작자는 날 보려면 백록동으로 오지, 지가 언제부터 송병준이라고 날더러 오라 가라란 말이야?"

생각은 그렇게 하면서도 혹시 무슨 좋은 제안이라도 있지 않을까 내심 기대가 된다. 만나자고 한 곳은 파성관. 송가의 첩이 운영한다는 바로 그 요정이다.

조방꾸니를 따라 안내된 내실로 들어가니 안석에 비스듬히 기대앉아 있던 송병준이 반쯤 일어나 그를 맞았다.

"아, 이거 민 대감을 이렇게 누추한 곳으로 오시라 해서 미안하오. 워낙 대궐 부럽지 않은 저택에 사시는 분을, 허허허."

첫마디부터 삐딱하게 비웃는 투다. 영찬이 자리를 잡고 앉자 술상이 들어왔다.

"난 술은 못합니다."

기분이 상한 영찬이 차갑게 말했다.

"재판도 끝났고, 민 대감이 서운하게 생각하실 것 같아 이렇게 모셨습니다. 대감하고는 직접 연관이 없으나, 집안일이니 이번에 재판 결과에 마음이 상하셨을 것이오."

"……."

"그러나 정리는 정리고 법은 법이니 어쩌겠소. 그리 아시고, 내게 원망하는 마음이 있다면 모두 푸시오. 사는 게 다 그런 거 아니겠소? 허허허."

"재판 때문에 날 보자고 한 것은 아닐 테고 내게 무슨 할 말이 있어서 부른 것 아니오?

송병준이 빙긋 웃더니 뜻밖에 집안 안부를 물어온다.

"그래 부인은 그만 하시오? 금계랍 먹고 살기가 쉽지 않은데."

"……."

"다행이오, 민 대감. 운이 좋았어요. 여자가 한을 품고 죽으면 삼대三代에 서리가 내린다고 하지 않소? 대감이 그 방면에는 아직 초보라 그렇지, 첩을 서너 명씩 두고도 두루 잘 지내는 사람도 많다오. 그런 건 가끔 내게 와서 좀 배우시오. 허허허."

자못 유쾌한 듯 송가가 제 무릎을 쳐가며 웃는다.

영찬은 자리를 박차고 일어나고 싶은 것을 참는다. 없는 이야기도 아니었으니 할 말이 없다.

아내가 금계랍을 먹고 혼절했다는 연락을 받은 게 얼마 전이었다. 원동으로 달려갔더니 아내는 혼수상태였고 마당에는 약 달이는 냄새가 가득했다. 그를 본 한의가 한심하다는 듯 말했다.

"워낙 약을 많이 삼켰지만, 목구멍에 손가락을 넣어 토하게 했으니 죽지는 않을 것이외다."

얼굴이 굳어 아무 소리도 못하고 앉아 있는 그를 향해 송병준이 정색을 하고 말했다.

"그건 그렇고. 내가 지금 통감부에 대감 이야기를 해놨어요. 좀 기다리시면 소식이 있기는 있을 것이오."

기다리던 이야기를 하나 싶었는데 역시 발을 빼는 듯한 말투다.

"그건 그렇고…… 내가 오늘 대감한테, 충고라고 하기는 그렇고, 요긴한 정보를 하나 드리겠소."

"……?"

"들어보세요. 어차피 조선은 일본이 병합하게 돼 있어요. 빠르면 올해 안으로, 늦어도 내년 안으로는 일본이 조선을 합병합니다."

이자가 지금 무슨 소리를 하자는 것인가?

"지금 일본에서는 '아시아주의'에 따라 그것을 준비하고 있어요. 그 일을 조선에서 추진하는 주체가 바로 일진회예요. 일진회에서 조선 인사들 이름으로 '합방청원서'를 만들어서 일한합방을 표면화시킬 계획이지요. 청원서에 조선의 지도층 인사들이 많을수록 그 힘이 커지겠지요. 그래 내가 대감에게 먼저 귀띔하는데, 이번에 대감도 거기 이름을 올립시다. 그러면 앞으로 대감이 활동하시는 데도 힘이 될 것이고, 혹 사업을 한다 해도 더 수월할 것이고, 또 내가 대감을 어디든 천거를 한다고 해도 이야기가 잘 통할 것이고. 생각해보시오. 돌아간 형님과 다르다는 것을, 대감 스스로 보여줘야 일이 쉽지 않겠소?"

영찬은 뜻밖의 제안에 입맛이 써서 대꾸를 하지 않았다.

"세계가 돌아가는 대세로 말하면 미국이 필리핀을 접수하고,

영국이 인도를 먹고, 불란서가 인도지나를 자국 식민지로 만든 것이 다 그런 우주의 순리를 따르는 것 아니겠소. 그런 판에 이 미개하고 가난한 조선이야 더 말해 무엇 하겠소. 어차피 세계의 기운이 그 방향으로 가고 있는데…… 나 하나 안 된다고 발버둥을 쳐봐야 나만 손해라 이 말이오. 이왕 병합할 거, 우리가 자진해서 주도하면 일본도 앞으로 조선에 대해 너그럽지 않겠소? 허 참, 대감처럼 서구문명을 많이 접한 외교가에게 이거 내가 무슨 강론을 하나, 허허허……."

분통이 터져서 더 앉아 있을 수가 없었다.

'지금 이 작자가 윤치호의 사회진화론社會進化論인지 뭔지를 어디서 귀동냥해서는 떠벌리고 있는 수작 아닌가!'

능글맞게 웃고 있는 송가의 뺨이라도 한 대 시원하게 갈겨주고, 합방청원서 받아내는 사업으로 얼마나 받아먹었느냐고 퍼붓고 자리를 박차고 일어나고 싶은 것을 가까스로 참았다.

"생각해줘서 고맙소. 좀 두고 봅시다."

애매모호한 한마디를 남기고는 영찬이 바로 일어섰다.

미국이나 유럽 공사, 하다못해 대리공사로라도 나가보려는 꿈은 물거품이 된 지 오래였다. 1905년 보호조약이 체결되기 전부터, 일본은 해외에 파견된 조선 외교관을 모두 불러들이고 자국 공사관에서 조선 문제를 관장하고 있다. 그렇다고 국내에서 관직을 잡는 것도 쉽지 않으니, 송가가 이렇게 건방지게 나와도 참을 수밖에 없는 현실이다.

참담했다. 정말이지 기분이 더러웠다.

이대로는 집으로 들어갈 수 없었다. 이런 기분으로는 방이와 말다툼이나 할 것이 뻔하다. 방이도 요즘 들어서는 아무것 아닌 일에도 짜증을 자주 내는 것이 전과 많이 다르다. 감정의 기복도 심하고 건강도 좋지 않아 늘 잔병을 달고 산다. 답답한 조선에서의 일상에 지쳐가는 모양이다.

목적 없이 걷던 그는 눈에 띄는 바로 들어갔다.

그의 차림새를 훑어본 주인이 머리가 땅에 닿게 허리를 굽혀 인사를 하고는 시키지도 않은 양주 한 병을 들고 나왔다.

"저희 집에서 가장 고급한 술입니다, 손님."

마실 줄도 모르는 술을 술집 여인이 따라주는 대로 마셨다.

그의 일생에서 처음으로 그렇게 폭음을 하고는 결국 정신을 잃었다.

아침나절, 겨우 잠을 깼을 때 그는 알 수 없는 방에 홀로 누워 있는 자신을 발견했다. 도망치듯 그곳을 빠져나와 거리로 나섰다.

해는 중천에 걸렸고 지나는 사람들이 흘끗거리며 바라보았다. 여인들은 그의 흐트러진 행색에 몸을 피하며 눈살을 찌푸렸다.

"팔자 좋구나. 아침부터 술에 취해 몸을 못 가누는 꼴이라니."

"옷 입은 걸 보니 한가락 하는 개화신사로구먼. 허허, 망조로다……."

지나가던 이들이 들으라는 듯 수군거렸다.

정신이 번쩍 들었다. 참담했다. 영찬은 사람들의 눈길을 피해 공중목욕탕을 찾아 골목으로 들어섰다.

'사람이 땅으로 떨지는 것은 일순간이로구나.' 급히 목욕탕을 찾아 들어가 옷을 벗으려던 그는 조끼에 차고 있던 회중시계가 없어진 것에 일순 당황했다. 탕에 들어가 더운물에 몸을 담그고 앉은 뒤에야 시계가 보이지 않는 이유를 깨달았다. 엊저녁, 술집에서 돈이 모자라 시계를 내주었던 일이 어렴풋이 떠올랐다.

형님을 따라 유럽 사행 갔을 때 마련한 서서제 금시계다. 시계 뒷면에는 특별히 주문하여 '여왕 즉위 기념. 1897'이라고 영어로 새기고 그 아래 그의 이름 머릿자를 음각으로 새겼다.

시계를 찾으러 가야겠다고 생각을 하다가 곧 그만두었다. 물건의 주인이 누구라는 것쯤은 벌써 술집에서 다 알았을 것이다. 낯을 들고 그것을 찾으러 갈 수가 없었다. 그는 그날 처음으로 사람이 나락으로 떨어지는 기분이 어떤 것인지를 경험했다.

초겨울, 바람에 날리다 길 위에 떨어져 밟히는 낙엽이 마치 자신의 내일의 모습인 듯했다.

내일이 없는 인생이 그림처럼 그의 머릿속을 헤엄치고 있었다.

죽은 형이 다시금 떠올랐다. 의정부 참정이던 형님이 주불란서 공사로 파리에 있던 그에게 편지를 보냈다. 형님이 자결하던 1905년 봄이었다.

> ……어제 하야시 곤스케가 내게 말하길 대한국에서 파견한
> 해외 공사들을 모두 소환할 것이라고 하더라. 그러면서 하는
> 말이 '소환을 하지 않더라도 월급을 보내지 않으면 저들이
> 자진해서 모두 귀국할 것'이라고, 그래 조정의 재무고문
> 브라운에게 '해외 공관 사람들의 월급을 송금하지 말 것'을
> 지시했다고 하는구나.
> 놈에게 말해주었다.
> "나는 내 동생이 차라리 파리에서 굶어 죽기를 바란다"고.
> 그런 각오로 버티거라.
> 폐하의 하명이 있을 때까지 자리를 지켜야 한다.
> 너는 폐하가 서임한 조선 외교관임을 명심해다오.

'그러나 나는 굶어 죽기 전에 돌아왔구나. 돌아와서도 이 지경이구나.'

어제 송병준이 한 말을 떠올린다. 지금 조정은 있으나 마나 한 존재가 되어버렸다고 했다. 고약하지만 틀린 소리도 아니다. 지난번 순종과 태황제 고종을 함께 뵈었을 때, 그 얼마나 암담한 심정이었던가.

외교권도 군사권도 일본으로 넘어간 지가 오래요, 이번에는 '사법권과 감옥을 관장할 권리까지 내놓으라'는 일본 통감부의 요구에 순종이 순순히 응하지 않자 통감 데라우치 마사타케가 순종을 대신하며 대리청정을 했다. 순종은 말 그대로 허수아비였다. 연금이나 다름없는 상태에서 임금의 복장을 하고 앉아 있는 허상의 왕이었다.

'이 판국에 관직에 한 가닥 기대를 가지고 있었다니.'

그런 자신이 가소로웠다.

'그렇다면 이제 어떻게 해야 하는가'

민 아무개의 동생이라는 운명이 아니었다면, 합방청원서에 도장을 찍어주고 남은 것을 모두 팔아서 상해로 가고만 싶었다. 가는 곳마다 그림자처럼 따라붙는 일인 형사도 진저리가 난다. 만나는 사람마다 죽은 형의 이야기를 하며 은근히 자신을 나무라

듯 하는 말들도 더 이상 참기 힘들다.

하지만, 그렇다고 어찌 '합방청원서'에 이름을 올리겠는가?

그로부터 십 년 후, 그는 결국 일본으로부터 자작 작위를 받았다. 원한 것은 아니었지만 그에게는 계속되는 압박을 견딜 힘도 의지도 없었다.

따분한 생활이 계속되자, 방이는 여섯 살 된 딸 메리를 남겨놓고 상해로 돌아갔다.

"여기서는 아무것도 할 수 있는 것이 없어요. 숨이 막혀서 이렇게 죽은 듯이 살 수는 없어요."

방이가 떠나면서 남긴 말이다.

그녀는 이미 자신에게 흥미를 잃은 것이 분명했다.

영찬 역시 그녀에게 정이 떨어지기는 마찬가지다.

함께 사는 동안, 그녀로 인해 한시도 긴장의 끈을 놓을 수가 없었다. 방이는 영찬이 감당하기에 지나치게 화려하고 도도하고 또한 자유분방했다. 어느 자리에서 만난 이완용에게 "나라를 팔아먹은 인사"라며 침을 뱉어서 정동 외교가에서도 이야깃거리가 되었다. 화려한 외모와 거침없는 언변으로 늘 화제를 바람처럼 몰고 다녔다.

방이가 떠나고 나자 백록동 집을 유지할 형편도, 그럴 필요도 없었다. 그 집을 정리한 영찬은 딸아이를 데리고 원서동 본가로 들어갔다. 거기서 기다리는 것은 아내의 싸늘한 눈길과 보이지 않는 손가락질뿐이다. 무엇보다, 어미를 잃고 큰어미 눈길을 피해 집 안에서 겉도는 어린 딸을 보는 것이 견디기 힘들었다.

'어딜 가든, 어차피 아무것도 할 수 없기는 마찬가지 아닌가. 이 꼴 저 꼴 안 보고 마음 편하기는 상해가 나을지도 모르지.'

그러나 상해에는 방이가 있다. 자신이 가까이 가는 것을 방이는 부담스러워할 것이다.

더구나 메리까지 데려간다면.

고민하던 영찬은 그 얼마 후 남은 재산을 처분해서 상해로 떠났다. 딸 메리를 데리고. 그에게는 다른 선택의 여지가 없었다. 모든 것을 흐르는 시간에 맡기는 수밖에.

릴리아스 언더우드 부인

"정경부인, 그간도 평안하셨습니까?"

언더우드 목사의 부인 릴리아스가 오래간만에 박씨 부인을 찾아왔다. 우리말 발음은 좀 어색해도 의사소통에는 어려움이 없는 릴리아스 부인이다. 말만 잘하는 게 아니고 조선을 사랑하는 마음 또한 지극하니 박씨가 마음을 터놓고 대할 수 있는 거의 유일한 사람이다.

"네, 그럭저럭 지내고 있어요. 댁에서도 모두 안녕하시죠?"

"아, 저희는 다 잘 있습니다."

언더우드 목사 내외는 남편 살아 있을 적부터 가끔 집으로 초대해서 저녁을 함께 하던, 오랜 친구 같은 사람들이다. 눈이 파랗고 생긴 건 달라도 말을 하면 웬만한 조선 사람보다 통하는 데가 더 많아 늘 반가운 이들이다.

"부인, 민 장군은 조선뿐 아니라 미국과 유럽에서도 애국자로 존경받는 분이지만, 장군이라기보다 진정한 신사였습니다. 물론 가정에서도 그러셨겠지만 저희 내외는 그분에게서 크게 감동을 받은 적이 있습니다."

"어떤 일이 있으셨길래……."

"보호조약 전의 일이지요. 일본의 대단한 정치가[1]가 왕실을 방문한다고 해서 조선의 최고 대신들까지 모여 그 손님을 환영하는 저녁 식사가 있었어요. 물론 지금의 태황제 전하께서 그렇게 하명을 하신 것이고요."

박씨 부인이 궁금하여 큰 눈을 더 크게 뜨고 이야기를 기다린다.

"저희 내외도 영광스럽게 초대를 받았는데, 그날 다른 일 때문에 저희가 몹시 늦게야 파티에 도착을 했어요. 급히 파티 장소로 들어가 보니 저희 자리는 치워졌고, 한창 식사들을 하는 중이었지요. 저희가 얼마나 민망했겠어요."

"그러셨겠네요."

"그때였어요. 저희를 보신 민 장군께서 자리에서 일어나시더니, 당신 식기를 치우라고 하인에게 이르시고는 그 자리를 저희에게 내주셨지요. 그리고 직접 저희 식기를 받아서 앞에 놓아주시는 것 아니겠습니까?"

---

1 릴리아스가 말하는 '일본의 대단한 정치가'는 이토 히로부미로 추정된다. 민영환은 1904년 3월, 이토가 대한제국을 방문했을 때 '일본국 대사 영접 위원장' 책임을 맡기도 했다. 〈Min Yong-hwan〉, Michael Finch p.25, 하와이 대학 출판부, 2002

"아아."

"그러고는 다른 내빈들을 향해 이렇게 말씀해주시더군요. '여러분 언더우드 목사가 피치 못할 사정 때문에 이렇게 늦으셨습니다. 어쨌거나 참석하셨으니 고마운 일입니다. 여러분, 우리 모두 언더우드 내외분을 환영합시다!' 그러자 모두들 마지못해 저희 내외에게 박수를 보내고 인사를 했지요."

박씨가 알 만하다는 듯 고개를 끄덕인다.

"민 장군은 대단한 외교가이면서 진정한 신사셨어요. 그분이 접시와 컵을 당신 손으로 직접 옮기신 것은, 그날이 아마 생전 처음이었을 테죠."

"그렇죠. 집에서나 밖에서나 그분이 그릇에 손을 댈 일이야 없으셨죠."

"그때 그 일본 정치가가 왕실과 조정 대신들을 매수하려고 온 것임을, 민 장군은 벌써 눈치채고 계셨어요. 그래서 그런 조짐을 영국 대사로 있던 조던 씨에게 알리신 거랍니다. 그처럼 우울한 날에, 저희에게 그런 친절을 베푸신 그분이야말로 진정한 신사 중에 신사라고 저희 내외는 늘 이야기했답니다."

언더우드 부인의 이야기를 들으며, 박수영은 그날 저녁의 일을 떠올렸다.

미국 대통령의 딸 엘리스가 저녁 초대를 받아 집에 왔던 저녁이었다. 마당에 핀 보라색 들국화를 한 송이 꺾어 엘리스에게 건네주며 다정하게 말을 붙이던 남편의 모습…….

호방하면서도 섬세한 사람이었다.

속이 상할 때면 화를 내는 대신 사랑에 나가 줄기차게 담배만 태우던 분이다. 실제로 그가 쓰던 서실에는 서양 시가에 궐련에 잎담배에, 가게를 차려도 될 만큼 담배가 가득했다.

마음이 여린 분이기도 했다.

칼로 손톱을 깎다가 실수로 손을 베이고는, 손에서 피가 나자 그걸 보지 못하고 외면을 하던 분이다. 그런 분이 어찌 그런 끔찍한 죽음을 택했는지…….

열 길 물속은 알아도 한 길 사람 속은 모른다더니, 어떻게 스스로 당신 목을 찔렀단 말인가.

세월이 흐른 지금도, 박씨 부인은 여전히 남편이 어떻게 그런 끔찍한 죽음을 택했는지 생각만 해도 가슴이 저렸다.

해방과 함께 온 손님들

해방이 되어 미국에서 돌아온 이승만이 계동으로 민영환의 부인을 찾았다.

터전이 넓고 양관까지 있는 것을 보면 어느 대단한 귀족의 집이었을 것인데, 지금은 많이 퇴락한 것이 한눈에 들어온다. 이층 목조 건물인 양관은 낡을 대로 낡아서 이제는 아무도 쓰지 않는 것 같았다. 한때 웅장했을 한옥도 원래의 형체가 많이 손상된 것이 그대로 드러난다.

"어서 오십시오. 먼 걸음 하셨습니다."

충정공의 둘째 아들 장식과 막내아들 광식이 마중 나와 그를 기다리고 있었다.

두 사람이 허리를 굽혀 정중히 인사를 드렸다. 둘 모두 사십줄은 되어 보였다. 아버지 충정공을 많이 닮은 모습이었다.

'세월이 많이 흘렀구나. 코흘리개였던 아이들이 저렇게 중년이 됐으니…….'

이승만은 1904년 가을 미국으로 떠나기 전, 민영환의 초대를 받아 갔었던 그의 전동 집을 떠올려본다. 대문에서 사랑채까지 가는 데 문을 몇 개를 지났는지 기억도 나지 않는다. 그 정원이며 사랑의 누마루들이며……. 지금은 그 집이 어떻게 되었는지 궁금했다.

충정공의 부인이 댓돌 아래로 내려와 그를 맞는다. 그녀도 칠십이 가까운 듯, 머리는 백발에 그 좋던 풍채는 간 곳이 없다.

박씨 부인과 이승만이 자리를 잡고 마주 앉았다.

두 아들이 그에게 절을 하고는 윗목으로 가 앉는다.

박씨 부인 역시 이승만의 얼굴을 보며 세월의 흔적을 실감하지 않을 수 없었다.

한성 감옥에서 출옥한 그를, 어느 날 남편이 집으로 불렀다. 옥방에 있던 젊은이이니만큼 한 상을 잘 차려서 사랑으로 내보내던 기억이 새롭다.

새파랗던 갓 서른의 청년이 백발노인이 되어 돌아온 것이다.

"부인, 그동안 알령하셨습네까? 마니 변하셨습네다."

엊그제 둘째 손자 병기가 중앙청 앞에서 연설하던 이승만의 말투를 흉내 내서 모두들 박장대소를 했는데, 아닌 게 아니라 오랜 외지 생활에 우리말도 많이 잊은 듯하고 말투도 외국인이 한국말을 하듯 어색했다.

"저도 그동안에 독립운동 한다고 풍파를 많이 겪었습네다만, 이렇게 살아서 부인을 만나니 반갑기 그지 없습네다."

그의 손과 눈 밑의 근육이 몹시 떨렸다. 미국으로 가기 전, 형무소에서 고문을 받아 그렇게 됐다는 이야기를 들은 기억이 난다.

"그해에 충정공 선생이 저를 특별히 석방해서 미쿡으로 보내주지 않았다면, 지금까지도 한성 형무소에 있었을 것입네다. 그동안 고문으로 죽었을 수도 있지요. 저는 그분, 잊지 못합네다."

"그분은 박사님께 큰 희망을 걸었었습니다. 오늘 살아계셔서 이렇게 이 박사님을 만났더라면 매우 기뻐하셨을 겁니다."

"참으로 위대한 분입니다. 선생이 자결했다는 소식을 미쿡에서 듣고, 저는 무릎을 꿇고 밤새 기도해씀네다. 제가 미쿡에 간 지 꼭 일 년이 되던 때 일이었습네다. 그리고 조국에 오자마자 이렇게 부인 뵈러 왔습네다."

"바쁘실 텐데 이렇게 와주시니 고맙습니다. 이제 해방이 되고 일본이 다 물러갔으니, 이 박사께서 나라를 위해 하실 일이 참으로 많겠습니다."

"그럴 것입니다. 할 일이 아주 많습네다."

주름진 이승만의 얼굴에 굳은 의지와 뚝심이 고집스레 드러나 보인다. 남편이 그를 두고 했던 말이 떠오른다.

"이승만이 언변도 좋고 열성적인 데다 독립을 향한 의지도 강한 청년인데. 다만 하나 고집이 세고 너무 독선적인 게 탈이야. 미국으로 보내기 전에 꼭 만나보고 싶다고 황제께서 청하시건만, 죽어도 폐하를 뵙지 않겠다지 뭔가. 나라를 망친 겁쟁이 임금이라고. 그렇게 달래고 청을 해도 막무가내니…… 폐하께는 이 군의 몸이 좋지 않아 입궐하기 어렵다고 아뢰고 말았지."

고종이 밀서를 전하라고 보낸 궁녀마저 만나지 않고 그대로 돌려보낸 이승만.

영환은 청년 이승만의 그런 아집과 강한 기질을 걱정했다.

"너무 강해. 그 완강한 성격이 득일 수도 있지만, 지나치면 독이 될 수도 있으니……."

이승만에 대한 민영환의 그러한 우려는 오래지 않아 나타나기 시작했다. 정적이 될 만한 인물들을 차례로 제거하고 누구와도 권력을 나누려 하지 않았다. 일제에 협력한 친일 세력을 감싸고 자기 세력 기반으로 만들어 바른 역사를 세우지 못한 것은 크게 잘못한 일이다.

그다지도 원하던 독립은 되었건만 일본이 철수하자마자 나라는 둘로 쪼개져 북에는 소련이, 남에는 미국이 들어와 다시 주인 행세를 하고 있다.

손자들이 박씨 앞에 와 분개하고 한탄을 토할 때마다 박씨는 혼잣말을 했다.

"그 양반이 살아계셨더라면 얼마나 분통해 하셨을꼬! 독립만 되면 다 잘될 줄 아셨는데……."

이승만의 방문이 있은 후, 많은 인사들이 박씨 부인을 찾았다.

이시영과 조소앙도 귀국하자 영환의 부인을 찾아와 영환의 죽음을 애도하고 위로했다. 그들은 입을 모아 말했다.

"광복된 오늘 민영환 선생이 계셨더라면 얼마나 기뻐하셨겠습니까. 지금 지하에서 손뼉을 치며 웃으실 것입니다."

"그렇습니다. 앞으로는 자손들도 어깨를 펴고 이 나라에서 할 일이 많을 것입니다. 사이불사死而不死! 죽으나 죽는 것이 아니라는 선생의 말이 맞았습니다!"

민영환 선생이 자결한 지 사십 년.

독립된 이 나라가, 과연 선생이 꿈꾸던 나라로 다시 설 수 있을 것인가?

외세에 흔들리지 않는 강건한 나라.

모든 인민이 인간답게 살 권리를 타고난 나라.

공정하고 파벌 없는 정부가 일하고, 신분의 귀천 없이 능력에 따라 일하며, 모든 백성이 열심히 일하고 나라에 봉사하며 당당하게 살 수 있는 나라.

그것이 그가 꿈꾸던 나라였다.

집필 후기

　내게는 증조부가 되시는 충정공 민영환이 활동했던 시기는 청일 전쟁을 전후해서부터 을사조약이 체결되던 1905년, 대한 제국의 시기까지다. 왕실의 최측근인 여흥 민씨 가문에서 태어나 자신의 의지와 상관없이 빠르게 권력의 중심으로 들어서게 되었고 그 시기 정치에서 중심적 역할을 감당해야 했던 그는, 격동의 시기에 사력을 다해 나라를 위해 동분서주했지만 결국 스스로 목숨을 끊은 불운의 정치인이다. 그가 정치에 발을 들여놓기 이전부터 이미 조선왕조의 비극적 몰락을 예고하는 조짐들은 나타났고, 그런 틈새를 타고 외세의 침탈이 시작되었다. 우리 민족 역사상 가장 불행하고 혼란스러운 시기였다, 사천 년의 역사를 이어오며 한 번도 국권을 타민족에게 내어준 적이 없던 나라가 국권을 일본에 빼앗기고 강토는 청국을 비롯한 러시아와 미국, 서구 열강들의 각축장이 되었으니, 그의 좌절과 분노, 절망과 죄책감을 오늘의 우리는 그 깊이를 가늠할 수 없을지도 모른다. 결국 그는 스스로 목숨을 끊어 일본에 항거하고 이천만 동포에게 사죄하는 것으로 마흔다섯의 생을 마감했다.

조선의 최상위 정치엘리트로서 그가 감당해야 했던 책임의 무게는 그가 말했듯 개미가 태산을 지고 다니는 것과 같이 무겁게 그를 압박했을 것이다.

그분의 자결 후 결국 조선은 일본의 식민국이 되었고, 왕실의 몰락과 함께 우리 집안도 몰락의 길을 걸었다.

가정적으로 가장 큰 행복을 누리던 마흔다섯의 정치인이 왜 자신의 목에 칼을 꽂았을까 하는 의문이 늘 나를 떠나지 않았다. 그런 의문과 함께, 어렸을 적 집안 어른들로부터 들어오던 집안의 내력들이 바로 조선의 역사였다는 사실을 인식하게 되면서부터 그분의 일대기를 써야겠다는 것을 내게 맡겨진 책무처럼 느껴왔으나 그러지 못했다. 나의 게으름과 부족한 공부 탓이다. 그리고 이제 내 생의 끄트머리 가까이에 서고 보니 더는 미룰 수 없다는 초조감에 떠밀려 이 소설을 쓰기 시작했다. 실존했던 인물들의 실명이 소설에 많이 등장하지만 이야기에는 작가의 상상력이 많이 작용했음을 말씀드린다. 복잡한 시대적 배경 때문에 사실 이 작업은 쉽지 않았다. 그나마 여러분들의 따듯한 도움이 없었더라면 이 글을 완성하기 힘들었을 것이다.

영국 역사학자로, 조선의 민영환을 연구하여 케임브리지 대학에서 박사학위를 받은 마이클 핀치 교수의 저서 〈민영환〉(Min Yong-hwan, A Political Biography, 2000, Univ. of Hawai Press)과 고려대학교 박물관에서 민영환 사거 100년을 기념하여 펴낸 〈사이불사死而不死〉, 국사편찬위원회에서 펴낸 〈閔忠正公 遺稿〉를 일조각에서 한글로 번역하여 펴낸, 〈민충정공 유고〉의 도움을 많이 받았다.

역사학자의 눈으로 보기에는 부족하기 짝이 없었을 이 글을 끝까지 읽고 추천사를 써주신 고려대학교 강만길 명예교수님, 거친 초고를 읽고 조언을 아끼지 않은 홍경표 교수님과 친구들, 이름 없는 작가의 글을 주저하지 않고 출판해주신 중앙일보플러스에 진심으로 감사의 말씀을 드린다.

또한 끊임없는 자극과 격려를 보내준 남편과 두 딸, 성은과 영은에게 이제라도 고맙다는 말을 하고 싶다. 그들이 아니었으면 지금 나는 아주 다른 사람으로 살고 있을지 모를 일이다.

2018년 초가을
민명기

여흥민씨 가계도

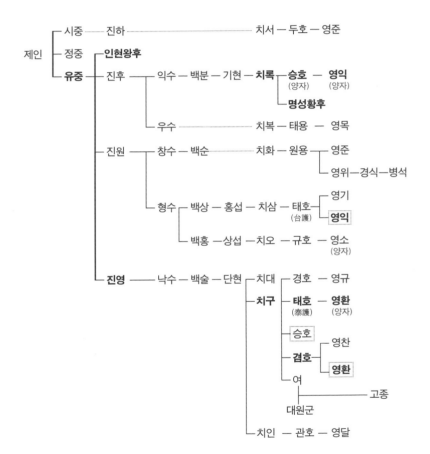

죽지 않는 혼

초판 1쇄 2018년 10월 10일

지은이 ㅣ 민명기

발행인 ㅣ 이상언
제작총괄 ㅣ 이정아
표지디자인 ㅣ 김아름
내지디자인 ㅣ 최수정

발행처 ㅣ 중앙일보플러스(주)
주소 ㅣ (04517) 서울시 중구 통일로 92 에이스타워 4층
등록 ㅣ 2008년 1월 25일 제2014-000178호
판매 ㅣ 1588-0950
제작 ㅣ (02) 6416-3933
홈페이지 ㅣ www.joongangbooks.co.kr
포스트 ㅣ post.naver.com/joongangbooks
인스타그램 ㅣ www.instagram.com/j__books